Karin Müller

NORDSTERN

Die Nacht der freien Pferde

SCHNEIDERBUCH

Bisher bei Schneiderbuch erschienen:

Das Rätsel des Pferdeamuletts (Band 1)
Das Rätsel des Pferdeamuletts – Godivas Geschenk (Band 2)
Das Rätsel des Pferdeamuletts – Eponas Erbe (Band 3)

Nordlicht – Im Land der wilden Pferde (Band 1)
Nordlicht – Im Bann der wilden Pferde (Band 2)
Nordlicht – Die Magie der wilden Pferde (Band 3)

Nordstern – Der Ruf der freien Pferde (Band 1)
Nordstern – Die Nacht der freien Pferde (Band 2)

1. Auflage 2021
Originalausgabe

Dieses Werk wurde vermittelt durch Agentur Brauer
(Agentin: Ulrike Schuldes).
Satz: Datagrafix GSP GmbH, Berlin, www.datagrafix.com
Druck und Bindung: GGP Media GmbH, Pößneck
Printed in Germany • ISBN 978-3-505-14417-2

www.schneiderbuch.de
Facebook: facebook.de/schneiderbuch
Instagram: @schneiderbuchverlag

Klimaneutral
Druckprodukt
ClimatePartner.com/15109-2009-1001

MIX
Papier
FSC FSC® C014496

Inhalt

Prolog

Ich stehe in der Dunkelheit. Um mich ist das Wiehern von Pferden. Ich spüre ihre Leiber, die Wärme ihrer Körper. Ich höre ihr Trappeln. Sie flehen mich um Hilfe an. Zu Hunderten.

Aber wer bin ich, dass ich ihnen helfen könnte? Ich kann sie nicht sehen.

Es ist Nacht.

Finstere Nordnacht.

Nicht einmal mein Stern leuchtet mir den Weg.

Es riecht nach Schwefel, nach Feuer und Lava, nach versengtem Fell und Angst. Ich wusste nicht, dass Lava einen Geruch hat. Verbrannte Erde. Nichts wächst mehr.

Alles fließt. Doch hier ist es nicht Wasser, sondern ein träger Strom aus Feuer und Glut. In seinem Schatten erkenne ich rötliche Umrisse, Schemen. Zusammengedrängte Körper, wispernde Stimmen. Und in der Tiefe rot glühendes Lachen. So als hätte ich keine Chance. Es macht mich wütend.

Ich werde fortgerissen in einem tosenden Strudel. Dann ist da Stille. Kälte. Ich friere. Ich bin allein. Eine dunkle Zeit liegt vor uns.

Von irgendwoher habe ich ein Streichholz. Ich zünde es an und sehe funkelndes Eisglitzern.

Gletscherlicht. Ganz kurz nur. Und schaue in mein eigenes Gesicht. Dann ist wieder Nacht.

Die Berge atmen. Feuer und Eis.

Wo die Haut der Erde so dünn ist wie hier, da sind viele Grenzen fließend. Der Wind trägt ihre Lieder mit sich fort.

Die Huldu haben mich gelehrt, ihnen zu lauschen, sie zu verstehen. Aber was nutzt uns das jetzt? Nun bin ich die Einzige, die diese Melodien noch spürt. Die Dunkelheit umhüllt mich. Ich zittere, friere. Ich fürchte mich. Weil alles doppelt ist und auch wieder nicht. Mein Köper schmerzt. Aber ich darf nicht aufgeben. Sonst ist alles verloren. Sonst sind die Pferde verloren. Nicht nur Drifa. Ich muss meiner Bestimmung folgen.

Es ist längst geschehen.

Und es gibt Hoffnung.

Ich brauche den Stein. Er wird mich führen.

Durch Zeit und Raum.

Durch die Nordnacht.

Ein Funken Hoffnung.

Ein Nordstern.

Sie rufen mich Weltenwanderin. Weltenwandlerin.

Aber ich trage noch einen anderen Namen. Ich kann mich erinnern.

Erla. Meine Mutter rief mich Erla.

Dies ist meine Geschichte.

1. Zwischenwesen

Flóki starrte das bewusstlose Mädchen an. Er fragte sich immer noch, wie sie es aus dem Schneesturm bis hierher geschafft hatten. Nur bruchstückhaft und viel zu langsam kehrte seine Erinnerung zurück.

Die letzten Tage hatten sein ganzes bisheriges Leben auf den Kopf gestellt. Erla hatte einen Unfall gehabt, beim Schafabtrieb im Hochland. Kadlin und er hatten sie gefunden – und offensichtlich hierhergebracht. Aber wie waren sie alle hergekommen? Sie hätten Erla gar nicht transportieren können – oder die schwer verletzte Drifa, ganz ohne Ausrüstung. Es war ein Marsch von vielen Stunden. Und doch, die beiden waren hier. Sie waren ganz sicher nicht auf eigenen Füßen hergelaufen. Jórunn schien zu glauben, er *hätte etwas damit zu tun. Aber was?*

Wie konnte das sein? Er konnte die Erinnerungslücken nicht füllen, sosehr er auch sein müdes Hirn zermarterte. Als würde er an einer rätselhaften Krankheit leiden.

Und was war das überhaupt für eine Kreatur gewesen, die Erla und Drifa dort oben in den Bergen angefallen hatte?

Er seufzte. Von dem Moment an, als er sie im Schnee entdeckt hatte, bis zu ihrer Ankunft hier auf dem Hof war alles so undurchsichtig wie Gletschereis.

Sein Kopf dröhnte immer wieder, als ob eine Herde Islandpferde mitten hindurchgaloppierte. Zwischendurch wusste er nicht, wo er sich befand, wann *er sich befand, was Traum war und was Wirklichkeit.*

Mal meinte er zu schlafen, doch dann fand er sich plötzlich beim Holzhacken, Ausmisten, Heuumschichten oder etwas ähnlich Schweißtreibendem wieder, bis er erneut das Gefühl hatte, dass ihm der Schädel platzte oder er sich hinlegen musste, weil ihm die Beine versagten. In einem Moment war ihm so speiübel, dass er nicht einmal kühles Wasser trinken mochte, dann wieder schaufelte er Essen in sich hinein, als hätte er den Sprengisandur, den Weg durch die gefährliche Sandwüste im Hochland, zu Fuß bewältigt. (Was obendrein völlig absurd war. Niemand hielt sich freiwillig in dieser Einöde auf, sie war das Reich von Geistern und Geächteten.)

Nachts driftete er in unruhigen, seltsamen Träumen davon, in denen er in der ewigen Dunkelheit einer eiskalten Höhle fror. Oder er wachte schweißgebadet auf, weil ihn rot glühende Augen anstarrten.

Flóki versuchte zunehmend verzweifelt, sich zu sortieren. Seine Gefühle und Gedanken waren das reinste Chaos.

Verlor er langsam den Verstand? Die Tiere schnupperten an ihm, als ob sie sich nicht sicher waren, ob er noch derselbe war. Sogar Brúna, seine braune Stute, war im ersten Moment vor ihm zurückgewichen, bis sie ihn an der Stimme und den vertrauten Handbewegungen wiedererkannte. Was war mit ihm geschehen, das solche Dinge auslösen konnte?

Seine Aufmerksamkeit sprang kurz zu Kadlin, die konzentriert am Tisch Kräuter zu einem Brei zerstampfte. Er hätte sie gern danach gefragt. Aber er fürchtete sich vor ihrer Reaktion. Oder der Antwort, falls sie sie kannte.

Sein Blick glitt wieder zurück zu Erla. Ihre Zöpfe hatten sich gelöst. Die rotblonden Haarsträhnen auf dem weißen Kissen sahen in seinen Augen aus wie Honig über frischem Skyr. Sie war so wunderschön, trotz der vielen Kratzer und blauen Flecken und dem verkrusteten Riss an ihrer Stirn. Aber sie stöhnte im Schlaf, sie hatte Schmerzen, und darum war alles andere zweitrangig. Es würde ihm schon wieder einfallen. Im Moment war es nicht wichtig.

Behutsam streichelte er Erlas Hand, die schlaff neben ihrem Körper lag. Ihr Bein war gebrochen, aber der Rücken war noch schlimmer verletzt. Jórunn meinte, es sei nicht einmal sicher, ob Erla je wieder beschwerdefrei laufen könne. Die nächsten Tage würden das entscheiden. Darum musste sie ganz gerade liegen und durfte sich nicht bewegen.

Kadlin und er hatten die Patientin nach Jórunns Anweisung mit Kissen und Stroh so im Bett geschient, eingekeilt und gestützt, dass Erla darin wie in einer Wanne lag und sich weder drehen noch aufrichten konnte – wenn sie denn wach gewesen wäre.

Der mehrtägige Schafabtrieb hätte Erlas letzter großer Arbeitseinsatz sein sollen, bevor sie Ingvars Hof verlassen hätte und zu ihrer Mutter nach Hvolsvöllur umgezogen wäre. Hinüber auf die andere Seite des breiten Gletscherflusses, auf den Hof von Hrafn, der im Frühling ein ganzes Schiff voller deutscher Frauen als Arbeitskräfte für isländische Bauernhöfe hergeholt hatte. Viele von ihnen hatten ihr Glück in Island gefunden. Hrafn und Erlas Mutter hatten sich verlobt, und sie hatte sogar einen isländischen Namen angenommen. Aus Berta war Björk geworden, und Erla würde somit den Nachnamen Björksdóttir tragen.

Flóki biss sich auf die Zunge, weil ein kleiner Teil von ihm sich insgeheim darüber freute, dass sie nun noch ein wenig länger in seiner Nähe bleiben würde. Aber um welchen schrecklichen Preis? Er schämte sich sofort für diesen eigennützigen Gedanken und verbannte ihn aus seinem schmerzenden Kopf.

Keine Frage, Erla hatte ganz dringend von Ingvar, Hrafnhildur und Andri weggemusst. Es waren rechtschaffene Leute, aber sie waren hart und ungerecht zu ihr gewesen. Erla war ihnen zu jung und unerfahren, und dass sie ganz selbstverständlich mit den Huldu umging, war ihnen unheimlich. Es war selten geworden, dass jemand von der Menschenseite aus durch den Nebel der Dimensionen gehen konnte – und dann noch eine Fremde! Der Großvater, Thorbjörn, war in Ordnung gewesen, er war ein Sehender wie Erla, aber der Rest der Familie hatte ihr nicht gutgetan.

Wegen Thorbjörn war ihr der bevorstehende Abschied schwergefallen – aber noch viel mehr seinetwegen. Flókis Magen hüpfte und kribbelte, als ob ein Schwarm Mücken darin herumflöge, wenn er daran dachte, wie sie sich beim Tanzabend vor einer Woche zum ersten Mal geküsst hatten. Er wusste, dass Erla ihn ebenso gern hatte wie er sie.

Aber wie lange konnte sie noch gefahrlos bei ihnen bleiben?

»Trink«, sagte Kadlin knapp und riss ihn aus seinen Gedanken. Sie reichte Flóki eine dampfende Tasse Kräutertee.

»Was ist das?«, fragte er und ließ widerstrebend Erlas Hand los.

»Mädesüß, Quendel und Moos gegen den Kopfschmerz und Leimkraut für den Stoffwechsel. Jórunn hat die Kräuter für dich dagelassen.«

Die alte Kräuterfrau und Heilerin sah jeden Tag nach dem Mädchen und dem Pferd.

Er nickte, dankbar und immer noch nachdenklich, und pustete in das herbsüß duftende Gebräu.

Jórunn …

Von ihr hatte er auch geträumt. Damit hatte alles angefangen.

In der Nacht vor dem Schafabtrieb hatte sie an seinem Bett gestanden. Sie hatte ihm aufgetragen, dass er auf Erla achtgeben und in den Bergen in ihrer Nähe sein sollte: »Ein Sturm zieht auf, und er meint es nicht gut mit euch, Flóki. Sei wachsam!«

Die Runen hatten Jórunn gesagt, dass Erla ihn brauchen würde. Es war das erste Mal gewesen, dass er einen so intensiven Wachtraum hatte, noch dazu mit einem Auftrag. Und ganz offensichtlich hatte er versagt.

Unbedacht nahm er einen Schluck von dem Tee.

»Heiß«, keuchte er auf und hustete. Seine Zunge brannte, und seine Augen tränten vor Schmerz.

Kadlin gluckste leise. »Das hat Tee so an sich.«

Erla stöhnte, und sie drehten beide den Kopf.

»War sie schon einmal wach?«

Kadlin schüttelte den Kopf. »Und wie geht es Drifa?«

Flóki drehte sich weg von Erla und sprach so leise er konnte. Er wusste nicht, wie tief der heilsame Kräuterschlaf war, in den Jórunn sie gelegt hatte, und ob seine Stimme nicht doch zu ihr durchdrang. Sie sollte das nicht hören müssen. »Vater sagt, es müsste schon längst besser sein. Sie ist noch nicht über den Berg.«

Kadlin nickte stumm.

Flóki dachte schaudernd an die klaffende Verletzung an der Schulter von Erlas Schimmelstute. Tiefe Risse, wie von einer klauenbewehrten Pranke, und dazu kam der Sturz, mehrere Meter tief. Sie waren zu weit entfernt gewesen, es war alles so schnell gegangen. Er hatte mit ansehen müssen, wie es passierte – so gut man eben sehen konnte durch einen Schneesturm –, unfähig, etwas dagegen zu tun.

Er hatte den Fall an seinem eigenen Körper gespürt, den Schock, den dieser in dem tapferen kleinen Pferd ausgelöst hatte. Immerhin hatte der Schnee den Fall offenbar abgemildert.

Sie waren gleich bei ihnen gewesen. Das Bild des weißen Pferdes im

Schnee, das stöhnend versuchte aufzustehen, hatte sich ihm eingebrannt. Erla hatte danebengelegen wie eine weggeworfene Puppe. Das Nächste, was er wusste, war, dass sie unten auf dem Hof gewesen waren, alle zusammen, mit Jórunn. Die hatte auf ihn eingeredet. Dann fehlte ihm wieder ein Stück.

Von den Schaftreibern in Erlas Gruppe hatte auch Stunden später noch niemand bemerkt, dass sie überhaupt fehlte.

Flóki war in den Stall gegangen, hatte sich nach Jórunns Anweisungen um Erlas Schimmelstute gekümmert und später dort sein Nachtlager aufgeschlagen, nicht nur wegen Drifa. Erla lag in Ulvis Bett, in der Kammer über dem Stall, die sich die Geschwister sonst teilten. Aber mit Erla und Kadlin, die bei ihr wachte, in einem Raum zu schlafen schickte sich nicht. Im Stall bekam er außerdem sofort mit, wenn es Drifa schlechter ging.

Erla hing unglaublich an dem Tier. Die beiden hatten eine so tiefe Verbindung, wie er sie zwischen einem Menschen und einem Pferd noch nie erlebt hatte. Sie hatte die Stute Ingvar, dem Bauern, für den sie den Sommer über so hart geschuftet hatte, abgekauft. Auch die beiden Waisenlämmchen hatte sie beinahe vollständig abbezahlt, bevor der Unfall geschah.

Flóki erinnerte sich, wie sie Boogie und Woogie zusammen auf die Welt geholt hatten. Er hatte sie hierhergebracht, nachdem er dem alten Thorbjörn die Nachricht übermittelt hatte, dass Erla lebte und bei seiner Familie in Sicherheit war.

Er schluckte. Zumindest hoffte er, dass sie hier wirklich in Sicherheit war und dass es ihr Kraft und Mut geben würde, dass immerhin die Tiere bei ihr waren, wenn sie erfuhr … Er stöhnte. Diese endlosen

Grübeleien führten zu nichts, aber er wusste nicht, wie er das Kreisen in seinem Kopf beenden konnte.

»Vielleicht war es ein Eisbär?«, murmelte er zusammenhanglos und sah zu Kadlin hinüber. »Sie treiben manchmal auf Schollen an Land. Ich habe die Spuren im Schnee gesehen. Sie waren riesig. Das wäre vielleicht eine Erklärung.«

Außer Polarfüchsen gab es keine Raubtiere auf Island. Doch die waren scheu und sehr klein. Sie wurden allenfalls Hühnern gefährlich. Trolle hielten sich erst recht fern von Menschen. Einer von denen würde es niemals wagen, sich an einem Menschen oder seinem Pferd zu vergreifen. Niemals.

Kadlin sah nicht auf, sie zerdrückte weiter erdig riechende Wurzeln und duftende Arnika in ihrem Mörser. »Das hätte sich herumgesprochen. Du bist der Einzige, der diese Pfotenabdrücke überhaupt gesehen hat. Da war zu viel Schnee.«

Flóki schüttelte den Kopf. »Keine Pfotenabdrücke, Kadlin. Das waren wirklich große … Tatzen. Mit Klauen! Du musst sie doch auch bemerkt haben.«

Sie zog unwirsch die Augenbrauen zusammen und brabbelte etwas Unverständliches vor sich hin. Warum war sie so abweisend zu ihm?

»Glaubst du mir nicht?«

Sie hob die Schultern und ließ sie wieder fallen. »Ich weiß nicht … doch, natürlich, aber … Wir sollten nicht darüber reden. Hast du nicht gehört, was Jórunn sagte? Es zieht das Dunkle nur noch mehr an. Also lass es gut sein. Bitte, Flóki. Setz mir lieber einen neuen Topf mit heißem Wasser auf, sobald du deinen Tee getrunken hast. Ich möchte Erla mit dem Beinwellauszug, den ich gestern angesetzt habe, neue Umschläge machen. Den Rest kannst du danach für Drifa mit in den Stall hinübernehmen. Ihren Prellungen wird es auch guttun. Aber bring es ja nicht an die offenen Stellen, hörst du? Da musst du aufpassen.«

Er nickte. »Erinnerst du dich wenigstens, wie wir hierhergekommen sind? In mir ist alles verschwommen.«

»Ich habe dir doch schon gesagt: Ich weiß nicht mehr als du. Frag Jórunn. Jetzt trink, und dann geh.«

Energisch riss sie Leintücher in Streifen, Gespräch beendet. Aber an der Art, wie sie dabei die Schultern straffte und die Lippen zusammenkniff, sah er, dass sie ihm etwas verschwieg. Sie schickte ihn fort, damit er nicht weiterbohrte. Er war ja nicht blöd.

Sie war wie ausgewechselt, seit sie vor zwei Tagen – oder waren es bereits drei? – unten vor seinem Elternhaus wieder zu sich gekommen waren, aus dem Nichts des Schneefeldes. Was für eine Reisegesellschaft: ein bewusstloses Mädchen, eine schwer verletzte Stute, eine schockiert dreinblickende Kadlin und ihre eigenen beiden Pferde. Sie hatten kein Wort darüber gewechselt, was geschehen war. Kadlin wich dem Thema sofort aus. Seine Freundin aus Kindertagen wich ihm *aus – und wie zum Hohn piepte und schmerzte sein Kopf noch immer und ließ ihn Farben sehen, die nicht da waren.*

Flókis Mutter war nicht zu Hause gewesen, als es passierte. Sie war mit seinen kleinen Geschwistern Ulvi und Jarle zu Verwandten in die Ostfjorde gereist. Die Frauen wollten gemeinsam von der über den Sommer gewonnenen und bereits gewaschenen und gekämmten Wolle walken, was nicht versponnen werden sollte, bevor der Winter die Pässe unüberwindbar machte. Inzwischen musste die Nachricht von den Ereignissen sie erreicht haben. So etwas verbreitete sich normalerweise mit dem Wind bis in die entlegensten Höfe, er rechnete daher jede Stunde mit ihrer Rückkehr.

Flókis Vater hatte ebenfalls nichts dazu gesagt, kein Wort zu all dem, als hätte es eine stille Übereinkunft mit Jórunn darüber gegeben.

Er hatte seinen Sohn in stummer Erleichterung darüber, dass es ihm einigermaßen gut ging, umarmt und fest an sich gedrückt. Dann hatte er ihm geholfen, im Stall eine Ecke für Drifa einzurichten, und eine Vorrichtung mit einem Flaschenzug gezimmert, die dem Pferd in den ersten Tagen das Stehen erleichtern sollte. Jetzt schwebte die Stute mehr, als dass sie stand, in diesem Halteapparat. Denn sie fürchteten, dass sie sich fest legen und nie wieder aufstehen könnte. Drifa war schwer verwundet und wirkte genauso verwirrt und panisch, wie er sich fühlte.

Flóki wusste, für die eigenen Pferde hätte sein Vater niemals solchen Aufwand betrieben. Wenn ein Tier sich so schwer verletzte oder krank wurde, war das furchtbar, aber Teil der Natur. Sie gab, und sie nahm. Das Leben war hart so nah am Polarkreis.

Aber kein Angehöriger des Hulduvolkes würde es wagen, die alterslose Heilerin oder eine ihrer Entscheidungen infrage zu stellen. Man begegnete ihr mit Ehrfurcht und Respekt, aber auch mit einer gewissen Scheu, und hinter ihrem Rücken drohte man ungehorsamen Kindern nur halb im Scherz damit, dass die Einsiedlerin sie in ihre Höhle in den Bergen holen würde, wenn sie nicht folgten.

Schon Flókis Vater war mit diesen Sprüchen aufgewachsen, und dessen Vater sicher genauso. Jórunn war so alt wie die Vulkane, meinten viele. Für Flóki war sie immer wie eine Großmutter gewesen, aber in den letzten Monaten hatte sie sich mehr und mehr zurückgezogen. Vorgeblich wegen Kadlins Ausbildung. Aber Flóki spürte, dass es etwas mit Erlas Ankunft zu tun hatte, er konnte es nur genauso wenig einordnen wie die jüngsten Ereignisse.

Die alte Kräuterfrau sprach nur noch in Rätseln. Und sie wirkte besorgt. Zutiefst beunruhigt. So hatte er sie nie zuvor erlebt. Auch darum hatte er sich bisher zurückgehalten mit all dem, was ihm so durcheinander im Kopf herumschwirrte. Und doch war Jórunn die Einzige, an die er sich mit seinen Fragen wenden konnte.

Es waren so viele Dinge, die er nicht verstand, kein Wunder, dass ihm der Schädel immer noch heftig brummte.

Was hatte es mit all diesen Lücken in seinem Gedächtnis auf sich? Viele Stunden waren wie ausradiert, ein gähnend weißes Blatt Papier. Hatte er gegessen? Geschlafen? Die Schafe und die Pferde versorgt? Es musste so sein, zumindest hatte ihm niemand Gegenteiliges vorgeworfen.

Flóki nippte vorsichtig an dem immer noch heißen Tee. Ein paar andere Erinnerungsfetzen drängten an die Oberfläche seines Bewusstseins. Verwackelte Bilder, das Rascheln von Stroh, weitere Puzzleteile, aber immer noch zu wenige, als dass sie Licht auf das gesamte Geschehen werfen und einen Sinn ergeben würden. Er war neben Drifa im Stall aufgewacht. Immer noch, oder wieder, mit diesen fürchterlichen Kopfschmerzen. Er war nach draußen gestürzt und hatte sich mehrfach hinter dem Abort übergeben müssen, bevor er wieder einigermaßen klar sehen konnte.

»Wo ist Erla?«, hatte er gefragt, als er sich zurückgekämpft hatte, und sich mühsam am Türpfosten des Stalles festgehalten.

Kadlin hatte zusammen mit seinem Vater das verletzte Pferd verbunden – und schon da war sie seinem Blick ausgewichen. Ihre Nase hatte geblutet. Das tat sie immer, wenn Kadlin die Zeit gebeugt hatte, es war anstrengend für ihren Körper.

Als er jetzt, einer Eingebung folgend, verstohlen sein eigenes Taschentuch aus der Hosentasche zog, stellte er fest, dass daran ebenfalls geronnenes Blut war. Das warf neue Fragen auf und brachte keine Antworten.

Sein Vater hatte ihn hilflos angesehen und war daraufhin regelrecht ins Haus gestürmt, wo Jórunn für sie kochte, wie sie es auch früher manchmal getan hatte, als Flóki noch klein und Jarle ein Säugling gewesen war. Durch die Wände hatten Kadlin und er gehört, wie er heftig auf die Heilerin einredete. Er hatte wütend geklungen, aber Worte hatte Flóki durch die dicken Torfwände nicht verstehen können.

»Oben«, hatte Kadlins einsilbige Antwort gelautet, mitten hinein in den Streit, der sie nicht zu interessieren hatte, und hier waren sie nun.

Nachdenklich betrachtete Flóki das braunfleckige Taschentuch. Dann steckte er es zurück in seine Hose, schüttelte unwillig die sonderbaren Erinnerungen aus seinem Kopf, leerte die Teetasse und stand auf.

Kadlin tat, als forderten die Leintücher immer noch ihre volle Aufmerksamkeit. Er brauchte sie gar nicht zu fragen, er kannte ihre Antwort auch so: Frag Jórunn.

Vorsichtig, Schritt für Schritt, mit einer Hand am Geländer, hangelte er sich die steile, schmale Treppe hinunter. Er war wackelig auf den Beinen, wenn er aufstand. Auch das war seit ihrer Rückkehr aus den Bergen so. Aber er funktionierte. Die Tiere mussten versorgt werden und die Menschen auch, es würde sich schon legen.

Während er auf dem Herd Wasser heiß machte, wie Kadlin ihn gebeten hatte, tauchte eine weitere Szene aus seinem verschütteten Gedächtnis auf. Ein Gesicht zuerst, das von Jórunn, die ihn vor dem Haus an der Hand packte und ihm streng in die Augen sah. Dieser Moment musste noch vor dem Gespräch mit Kadlin im Stall stattgefunden haben. Denn in dieser Erinnerung lag Erla noch auf dem

Hof, eingewickelt in seinen Reitumhang. Wie nur hing das alles zusammen?

Flóki seufzte schwer. Vielleicht musste er sich einfach damit abfinden, die Ereignisse nie ganz verstehen zu können.

»Nein!«, hörte er wieder Jórunns befehlende Stimme.

Er hatte Erla aus dem nassen und kalten Schneematsch heben wollen, obwohl er keine Ahnung hatte, wie er das bewerkstelligen sollte. Sie war zwar dünn, aber ein Mensch wog trotzdem bestimmt um die achtzig Pfund.

Jórunn war ihm in den Arm gefallen. Sie hatte ihn an der Hand gepackt und ihm intensiv in die Augen gesehen, bis er das Gefühl hatte, dass sich alles drehte und verschwamm. Wässriges Blau webte sich um ihn herum.

»Nicht so. Tu es noch einmal«, hallte Jórunns Stimme in ihm nach.

»Aber was denn?« Wie damals blinzelte er und versuchte seinen Blick scharf zu stellen. Er hatte keine Ahnung gehabt, was sie von ihm wollte. Doch sie hatte ihn einfach nicht losgelassen und ihn dabei weiter fixiert, als sei er schwer von Begriff. »Bring sie nach oben. Bewege nicht ihren Körper. Bewege den Raum.«

»Den Raum?«

Verständnislos hatte er sie angestarrt, aber Jórunn war dabei geblieben.

»Schließ deine Augen. Tu es jetzt«, hatte sie in diesem Ton gesagt, der keinen Widerspruch duldete, und ihn mit ihrem himmelblauen Blick noch fester gebannt als mit dem Klammergriff ihres Armes.

Da hatte er losgelassen. Widerstandslos war er in die kreisenden Strudel eingetaucht, bis er seinen Körper nicht mehr spürte und auch nicht den Boden, auf dem er zu stehen glaubte.

»Gut so. Jetzt konzentriere dich auf Ulvis Bett. Oben in der Kammer. Lass es aus dir strömen, so wie du es unbewusst im Schneefeld getan hast. Denk nicht nach. Denk nur an Erla. Erinnere dich, wie sie deine kleine Schwester oben in der Kammer versorgte. Bring sie … dorthin … jetzt. Halte dich nicht mit dem Weg auf. Stell es dir vor, wie du es haben willst, wie es sein soll! Beobachte das Ergebnis, das Resultat.« Sie redete unablässig auf ihn ein, und er spürte an einem leisen Luftzug, wie sie zu Kadlin herumfuhr. »Und du, halt die Zeit an. Genau jetzt!«

Danach fehlte ihm wieder ein Stück. Ein großes. Aber das war … Das konnte nicht sein!

Flóki keuchte. Schweiß brach ihm aus.

Er *sollte das getan haben? Aber warum konnte er sich dann nicht an das* Wie *erinnern? Wie er es angestellt hatte? Und doch war da das Blut an seinem Taschentuch, Kadlins furchtsamer Blick … und Erla oben in Ulvis Bett.*

Gereizt nahm Flóki den Schürhaken und fachte das Feuer hinter der Ofentür an. Dann schob er den großen Topf auf die gusseiserne Fläche darüber.

Nein. Er hatte keine Begabung. Nicht so wie Kadlin, die die Zeit beugen konnte. Oder Ulvi, die das Zweite Gesicht hatte.

Missmutig starrte er in den Topf. Niemand konnte so etwas. Den Raum beugen. Er hatte Überlieferungen davon gehört, die so alt waren, dass niemand mehr wusste, was daran wahrhaftig und was Legende war. Sie hatten kein gutes Ende. Das war keine Gabe, die in Menschenhand gehörte. Es war ein Fluch.

Das Wasser kochte.

Flóki füllte es in eine Kanne. Dann fiel ihm ein, dass Kadlin damit ja Umschläge machen wollte, also brauchte sie ein anderes Gefäß. Fahrig angelte er eine Emailleschüssel aus dem Regal unter dem Spülstein und nahm sie ebenfalls mit nach oben, und sein Gedankenkarussell drehte und drehte sich unablässig weiter.

Als er am Ende der Treppe angelangt war, kam er auf die einzig logische Erklärung für das alles: Es war ein Wunder! Die alten Götter hatten gewirkt, und deswegen sprach auch niemand darüber. Damit konnte er leben. Er hatte nichts damit zu tun. Keine Gabe. Keine Schuld.

Erleichtert atmete er aus und wagte ein kleines Lächeln.

Kadlin sah ihm stirnrunzelnd entgegen, und Flókis Euphorie fiel sofort wieder in sich zusammen. Er brachte all seinen Mut auf.

»Wird sie wieder gesund werden?«, sprach er die wichtigste aller Fragen aus.

»Natürlich. Darum ist sie hier.« Kadlin nahm ihm das heiße Wasser und die Schüssel ab und sah ihn besorgt an. »Alles in Ordnung mit dir? Du siehst aus, als hätte dich ein Troll zum Essen eingeladen.«

»Ja. Ja, sicher. Mir geht es gut.« Er nickte bekräftigend. Aber es war dennoch eine Lüge. Nichts war in Ordnung. Alles war aus den Fugen geraten. Alles. Er konnte nicht einmal sich selbst anlügen.

»Ich habe den Raum gebeugt, nicht wahr? Das war ich.«

Kadlin presste die Lippen aufeinander. »Frag Jó…«

»Frag Jórunn, ja, ich weiß. Aber du warst dabei!« Er wühlte in seiner Hosentasche nach dem blutigen Taschentuch und streckte es ihr entgegen. »Ich werde noch wahnsinnig, Kadlin. Erklär es mir. Sag mir, was du weißt.«

Kadlin schüttelte den Kopf. Sie sah sich nervös nach Erla um. Dann lauschte sie nach unten. Aber da war niemand. Dort kam er ja gerade her. Jórunn war zu einer anderen Patientin gerufen worden, und sein Vater kontrollierte die Zäune an den Winterweiden, es gab genug zu tun, bevor das Wetter schlecht wurde, auch ohne die unvorhergesehenen Ereignisse.

»Rede mit mir! Bitte.«

Ohne ein Wort stellte sie den Topf ab und zog ihn zu sich auf Jarles Bettkante herunter. »Sei leise!«

»Hast du mir geholfen? Fehlen dir auch Teile deiner Erinnerung? Kannst du –?«

»Schh! Sei endlich still«, fuhr sie ihm über den Mund und seufzte. »Niemand darf davon wissen! Wir dürfen nicht darüber sprechen. Fast zweihundert Jahre ist niemand mit dieser Gabe geboren worden, Flóki. Wenn du sie hast, dann … Es ist gefährlich, verstehst du? Der Gode wird wissen, was zu tun ist. Aber bis dahin –«

»Der Gode?« Flóki riss die Augen auf.

»Dein Vater hat dir nichts gesagt?«

»Nein. Was sollte er denn –?«

»Gut«, behauptete Kadlin und ließ ihn schon wieder nicht ausreden. Sie sah zu Erla. »Er ist auf dem Weg hierher. Er kommt wegen ihr. Aber er wird auch mit dir reden wollen. Sag ihm nichts, bevor du mit Jórunn gesprochen hast, hörst du? Und erst recht nicht über dieses … Ding.«

Flóki schnitt eine Grimasse. »Also hast du es doch gesehen. Ich wusste es.«

Kadlin grinste schelmisch. »Wie lange kennen wir uns? Blind war ich noch nie. Aber ich kann die Klappe halten, wenn es drauf ankommt. Und das solltest du auch lernen.«

Sie stand auf und ging zurück an den Tisch, um die Umschläge vorzubereiten.

Ich bin ganz ruhig. Um mich herum ist nur Licht. Ich weiß, dass ich gestürzt bin, oben in den Bergen. Mein Bein, meine Wirbelsäule, mein Pferd … Da war diese Kreatur, die es auf das Lamm abgesehen hatte, und dann auf mich. Es war ganz furchtbar, aber das ist nur noch ein Wort.

Ich empfinde nichts dabei. Ich bin vollkommen frei von Emotionen.

Ich habe keine Angst. Ich spüre keine Schmerzen. Keine Kälte, keine Wärme. Nichts davon fühle ich. Keine Sehnsucht, keine Wünsche. Ich treibe einfach nur, schwerelos, körperlos im ewigen Weiß. Geborgen, friedlich. Ich bin einfach. Ich bin.

Mir ist, als würde ich alle Geheimnisse der Welt kennen, als hätte ich Zugang zu unendlichem Wissen und reiner, liebevoller Weisheit. Vollkommenheit. Alles ist hier. Hier ist Alles. Ich bin ein Teil dieses Ganzen, ich füge mich nahtlos ein. Ich selbst bin unendlich.

Und dann ist da ein Punkt in diesem Weiß, aus dem ein Farbnebel entspringt. Ein Flackern und Blinken. Ein Nordstern. Zu dem Licht gesellt sich Dunkel, ein wunderschöner Nachthimmel tut sich auf. Ganze Galaxien voller Sterne, wunderschöne, glitzernde Lichtpunkte inmitten violetter, grüner und dunkelblauer Schwaden. Sind das Nordlichter? So weit draußen?

Und dann zieht mich etwas machtvoll zurück, und mit diesem Sog schwindet das Licht, der Schmerz kehrt zurück, presst mich aus der Formlosigkeit zurück in meinen Körper, ich spüre seine Konturen, das Leid, die Freude, Erfahrungen, die waren und die noch kommen werden. Ich weine und schreie und kann mich nicht bewegen, weil alles so wehtut. Ich spüre Flüssigkeit in meinem Mund, die ich trinken soll, höre Stimmen, die mich trösten wollen, Hände, die mich beruhigen. Ich drifte in unruhigen Schlaf voller Träume und Traumgestalten. Dazwischen tauchen Gesichter auf, sehen mich besorgt an, liebevoll, gedankenschwer. Sie reden miteinander, reden mit mir, auf mich ein. Wollen, dass ich eine Entscheidung treffe – für das Licht oder für die grüne Erde, für das Feuer und das Eis, die Wasserfälle und die Stürme in der giftigen Nordnacht, die vor mir liegt. Eine Zeit der Prüfungen steht an. Bin ich bereit, mich ihnen zu stellen?

Das wunderschöne Helle wird auf mich warten, ich weiß das. Und es gibt noch so viel zu erleben hier, zu leben, zu lernen, zu lieben. Flóki. Drifa, Mutsch und viele Wesen, deren Namen ich noch nicht kenne. Aber ihre Gesichter und Seelen ziehen schon jetzt in schillernden Farben an mir vorüber. Ich freue mich auf sie. Und ich habe eine Aufgabe. Ich nehme sie an. Und auch den hohen Preis. Es ist wichtig. Ich bin wichtig. Wofür, das habe ich bereits vergessen.

»Ja«, höre ich mich sagen. »Ja, natürlich komme ich zurück.« Doch ich weine dabei, denn was ich dafür aufgeben muss, ist nicht in Worte zu fassen. So wunderschön ist es hier. Ich möchte nur noch ein paar Minuten in der Unendlichkeit baden, aber ich komme nicht mehr bis ganz hinauf. Etwas zieht mich noch weiter nach unten. In Mutter Erde, an die Wurzeln des Weltenbaums Yggdrasil. Hier war ich schon einmal, ich erinnere mich, hier lässt es sich gut schlafen.

Wie eine Raupe verpuppe ich mich in diesem heimeligen Kokon aus Schicksalsfäden. Warm und weich fühlen sie sich an. Die Nornen spinnen immer weiter und weben mich darin ein, und ich schlüpfe unter die Decke, in die das Symbol des Ægishelms gewirkt ist.

Ich werde Kraft brauchen für das, was vor mir liegt. Jórunn hat das gesagt. Und so lassen sie mich in Ruhe, die hier unten und die oben. Sie hören auf sie. Alle, sogar der Gode. Sie ist eine weise Frau. So möchte ich auch mal werden.

Nur noch ein wenig schlafen. Schön ist es hier. Ich nippe noch einmal an der Medizin, die sie mir hinhalten, dann dämmere ich wieder weg. *Dein Name ist Erla*, sagt die Midgardschlange. *Aber auch das geht vorüber.*

2. Home, sweet home

Flóki versuchte, sich vorzustellen, was er an Erlas Stelle getan hätte. Wie wäre es für ihn, wenn er seine Familie verlassen müsste, um zu leben? Wie hätte er sich entschieden? Erla hatte eine gute Wahl getroffen. Die einzig richtige in seinen Augen, aber wie würde sie das sehen? Später?

Er war nicht dabei gewesen, als sie sie aus dem künstlichen Heilschlaf weckten, damit sie ihre Entscheidung treffen konnte. Rauði, der Rote war der höchste Friedensrichter des Bundes. Solange er Erla befragte, hatte Flóki sich um die Pferde gekümmert und etwas zu essen und zu trinken für den hohen Gast vorbereitet. Von den Gesprächen hatte er nichts mitbekommen, bis zu dem Zeitpunkt, als sie ihn aus dem Stall dazugeholt hatten. Er hatte so darauf gehofft, dass sie dem Angebot des Goden zustimmen würde.

Und sie hatte es getan. Es war ihre einzige Möglichkeit gewesen, um sich selbst zu retten – und Drifa eine Chance zu geben. Aber er mochte sich nicht ausmalen, wie schwer es für sie sein würde, wenn sie die Konsequenzen begriff, die Folgen. Wenn sie das nächste Mal zu sich kommen und verstehen würde, was es für ihre Zukunft bedeutete – das ganze Ausmaß.

Flókis Blick streifte den kleinen Lederbeutel mit den Runen, der unscheinbar auf Erlas Nachttisch lag, und eine weitere Erinnerung an diesen schicksalsträchtigen Tag kehrte zu ihm zurück. Der Beutel hatte inmitten einer Pfütze gelegen, die noch die Spuren der außergewöhnlichen Reisegruppe erahnen ließ: Erlas Umriss, seine und Kadlins Fußspuren und die Hufabdrücke von drei Pferden … im schmelzenden Schnee. Dabei war hier im Tal der Boden noch tiefgrün und der Himmel wolkenlos und von klarem, leuchtendem Blau. So himmelblau wie Erlas Augen. Doch es war wie mit den Figuren, die man in Wolken erkannte. Die einen sahen sie, die anderen nicht, und anscheinend war das gut so.

Er hatte den eisverkrusteten Runenbeutel aufgehoben und Erla nach oben gebracht, gleich nachdem er ihn draußen gefunden hatte. Gänsehaut bildete sich auf Flókis Armen, und ein Schauer rieselte ihm den Rücken hinunter, als auch diese Bilder plötzlich Sinn ergaben. Er war also nicht verrückt geworden – aber vielleicht verlor er trotzdem langsam den Verstand?

Die Befragung durch den Goden steckte ihm noch in den Knochen. War das wirklich ihre eigene Entscheidung gewesen? Hatten sie Erla nicht dazu gedrängt? Hätte sie sich überhaupt anders entscheiden können, in der Situation, in die sie sie gebracht hatten? War am Ende alles seine Schuld?

Hilflos sah er zu Kadlin hinüber, die gerade den nächsten Verbandswechsel vorbereitete. Er war so stolz gewesen, hatte sich so für Erla gefreut, an dem Tag, als Jórunn ihn zu ihr geschickt hatte, damit der alte Thorbjörn und er ihr halfen, sich ihre eigenen Orakelsteine zu schnitzen. Aber was, wenn damit schon alles seinen Anfang genommen hatte?

»Warum war es Jórunn deiner Meinung nach so wichtig, dass Erla eigene Runen bekommt?«, platzte er heraus. »Du bist doch Jórunns Schülerin, nicht sie.«

Kadlin sah kurz auf und hielt inne. Dann runzelte sie die Stirn und zählte gelassen weiter Tropfen aus einem kleinen braunen Fläschchen in die Emailleschüssel. Sie füllte sie mit heißem Wasser auf, gab die zerstoßenen Kräuter dazu und tunkte konzentriert mit einem Holzstab Leinentücher hinein.

»Ich stelle nie eine Entscheidung von Jórunn infrage, und du solltest das auch nicht. Sie tut, was die Götter ihr eingeben«, erwiderte sie endlich. »Die Runen haben Erla beschützt. Niemand weiß, wohin ihre Reise sie noch führt. Sie wird sie brauchen.«

»Ja. Eben. Und fällt dir da gar nichts auf? Es ist, als ob Jórunn gewusst hätte, was passieren würde. Ist das nicht seltsam? Warum hat sie Erla dann nicht schon viel früher gewarnt? Sie hätte es uns sagen müssen. Dann würde sie jetzt vielleicht nicht hier bei uns liegen!« Aufgebracht deutete er auf seine reglose Freundin.

»Flóki! Was redest du da!«

Kadlin machte einen Satz zurück, weil ihr vor Schreck fast die Schüssel aus der Hand geglitten wäre und das Wasser darin herumschwappte. Heißer Sud spritzte auf den Boden. »Jórunn weiß viele Dinge. Aber es steht uns nicht zu, den Weltenlauf zu ändern. Du weißt das so gut wie ich. Selbst wenn sie es könnte, dürfte sie es nicht. Schreckliche Dinge können sonst geschehen.«

Flóki biss sich auf die Lippe. Schreckliche Dinge waren *bereits passiert. Aber er wusste, worauf Kadlin anspielte. Vielleicht war das der Grund, weswegen Jórunn ihm nur in einem Traumgesicht erschienen war. Sie hatte es ihm gegenüber nie erwähnt, und er beschloss, es von seiner Seite auch nicht zu tun. Er atmete aus und ließ den Kopf hängen. Die Spannung wich aus seinem Körper, und er fiel in sich zusammen.*

»Du hast recht. Es tut mir leid.«

»Ich weiß, wie viel sie dir bedeutet, Flóki. Was wir getan haben, war gefährlich genug. Ich kann die Zeit beugen und du den Raum.

Aber wenn sie reißen würden … wer weiß, was wir damit lostreten könnten. Ich glaube, dass Jórunn alles tut, was in ihrer Macht steht.«

Er nickte und wischte sich eine Träne aus dem Augenwinkel.

»Ich habe Angst, dass Erla es eines Tages bereuen wird. Dass sie mir die Schuld geben wird, weißt du?«

»Das kann ich verstehen. Aber Erla ist klug. Sie weiß es besser.«

»Warum haben die Götter zugelassen, dass Erla so etwas Schreckliches widerfahren ist? Und Drifa? Das Schimmelchen hatte nun wirklich niemandem etwas getan.«

Kadlin seufzte. »Sieh mal«, sagte sie ruhig. »Was geschehen ist, hat auch sehr viel Gutes. Erla wird nun alles über Kräuter und Runen lernen können, genau wie ich. Ich vertraue Jórunn. Und du solltest das auch tun.«

Er nickte schuldbewusst. »Ja. Ja, natürlich. Bitte entschuldige.«

Das war es nicht allein, was ihn derart beunruhigte. Natürlich vertraute er Jórunn. Er wusste nicht, wie er das in Worte fassen sollte, was in ihm arbeitete. Nicht einmal Kadlin würde es verstehen, und doch musste er es versuchen. Er spürte, dass sich etwas zusammenbraute. Von seinen wirren Albträumen war ihm das vage Gefühl geblieben, dass diese Kreatur in den Bergen … dass Erla für sie erst sichtbar geworden war durch die Runen und das in sie hineingeritzte Blut. Er hatte gesehen, dass dieses Untier sie dadurch gewittert hatte. Als würde von dem kleinen Beutel ein Licht ausgehen, das Dunkles anzog, Mächte, die nicht in diese Welt gehörten …

Er konnte diese Furcht, diese Sorgen mit nichts belegen. Es war etwas, das er gesehen *hatte, während er … Ein kalter Schauer rieselte ihm den Rücken hinab. Träume. Diese sonderbaren Träume verfolgten ihn.*

»Ich frage mich, ob wir, als wir ihr halfen, sie zu schnitzen, ob wir

Erlas Schicksal damit in eine Richtung gelenkt haben, aus der es kein Zurück gibt. Ob sie das geahnt hat? Und wenn ja, ob sie es dennoch gewollt hätte … Oder hätte ich es ihr verweigern sollen?«, fragte er leise.

Kadlin hielt einen Moment inne und hörte damit auf, Stoffstreifen einzutunken und auszudrücken. Sie richtete sich auf und wischte sich mit dem Unterarm eine Haarsträhne aus dem Gesicht.

»Und wer bist du, dass du es ihr hättest versagen dürfen?«

Flóki biss sich auf die Lippen. Da war etwas dran. So hatte er die Situation noch nicht betrachtet. »Ich mache mir einfach nur Sorgen.«

»Ich weiß. Das verstehe ich, mir geht es ähnlich.« Kadlin sah lächelnd in Erlas schlafendes Gesicht. »Aber sie ist zäh. Sie hat einen schlimmen Krieg überlebt in ihrem Heimatland. Sie wird es schaffen.«

Zögernd kam er einen Schritt näher. »Kann ich dir helfen?«

Kadlin hob die Schultern. Sie schlug Erlas Bettdecke zurück, einen tropfenden Wickel in der Hand. Das Korsett, das Jórunn für Erla aus Binsen und Fischbein hergestellt hatte, hatte sie bereits aufgeschnallt und auch die Schiene um das gebrochene Bein entfernt. Flóki wandte verlegen den Blick ab. Erla trug nur ein dünnes Hemd, zwischen und über ihren Beinen lagen dicke, saugfähige Tücher.

Kadlin grinste gutmütig. »Ich mach das schon.« Sie wies mit dem Kinn auf die Reste des Kräuterauszugs in einer zweiten Schüssel und ein paar Bandagen daneben. »Nimm die für Drifa mit. Du weißt ja inzwischen, wie es geht. Ich kümmere mich um meine Patientin, sorge du für deine. Sie wird hören wollen, wie es ihrem Pferd geht, wenn sie das nächste Mal aufwacht.«

Ein Schatten fiel in die offene Stalltür. Er brachte ein wenig dämmeriges Tageslicht und die ersten Schneeflocken mit herein.

»Wie geht es ihr?«, erkundigte sich die alte Kräuterfrau.

»Sie hat ihr inneres Licht verloren«, sagte Flóki leise und stellte die Forke ab, mit der er Drifa eben frisches Heu mit Kräutern vorgelegt hatte. Zuerst hatte er es für ein gutes Zeichen gehalten, dass die Stute trotz der Schwere ihrer Verletzungen fraß. Aber sie tat es mechanisch, und inzwischen glaubte er, dass das Malmen und Mahlen einfach nur ihren angegriffenen Geist beschäftigte. So wie sich manche Tiere oder Kinder vor und zurück oder zur Seite wiegten, wenn sie etwas Schlimmes erlebt hatten. Sie merkte nicht einmal, wenn ihr Heuhalme aus dem Maul fielen. Ihr Blick ging nach innen, sie reagierte kaum auf Flókis Streicheleinheiten und ließ alle Behandlungen apathisch über sich ergehen. Das Pferd war ein Bild des Jammers.

Jórunn nickte. Sie trat zu der weißen Stute in den behelfsmäßigen Pferch und strich ihr über den Rücken. Und plötzlich brummelte Drifa leise. Zum ersten Mal bewegte sie ihre Ohren, hörte für einen Moment sogar damit auf, endlos monoton zu kauen, und wandte ihren Kopf zu Jórunn.

Der Kontakt zwischen den beiden ließ Flókis Herz höherschlagen. Seit sie hier war, hatte Drifa noch auf niemanden reagiert. Nicht, als sie sie in das Gestell gehängt hatten, das ihr verletztes Bein entlasten sollte – nicht, als sie die Vorrichtung wieder abbauten.

Jórunn sah von der Schimmelstute zu ihm und widmete ihm einen ihrer unergründlichen Blicke, aber sie hörte nicht auf, das Tier zu streicheln.

»Da magst du in der Tat recht haben. Das Licht hat enorme heilende Kräfte, wenn wir uns ihm nicht verschließen. Manchmal hilft es uns, daran erinnert zu werden, dass auch der schlimmste Sturm vorüberzieht und dass die Sonne auch nach der dunkelsten Nacht verlässlich wieder aufgeht.«

Sie kraulte die Stute eine ganze Weile unterm Hals, in der breiten Kuhle zwischen den Ganaschen, wo sie es am liebsten hatte. Dann hielt sie eine Hand mit etwas Abstand ruhig und flach über Drifas Stirn. Wieder hörte das Pferd auf zu kauen und schloss mit einem tiefen Stöhnen die Augen, Jórunn genauso. Sie wirkten intensiv aufeinander konzentriert.

Flóki war einen Augenblick unschlüssig, ob er die Gelegenheit nutzen und die Wunde ein weiteres Mal spülen durfte. Aber das würde den besonderen Moment der Ruhe und des Friedens zerstören. Also tat er nichts. Erst als Jórunn sich von dem Pferd löste und die Augen wieder öffnete, griff er nach der kleinen Schüssel und dem Lappen.

Die alte Kräuterfrau nickte ihm dankend zu. Dann drückte sie seine Schulter und verließ den Stall. »Triff mich oben bei Erla. Ich will Kadlin nach Hause schicken, sie braucht eine Pause. Wir werden sehen, was wir tun können, auch was deine Fragen betrifft. Ich will dir gern beantworten, was ich darf.«

Als er die Stiege nach oben kam, wurde ihm wieder schwindelig. Flóki keuchte wie ein alter Mann, atemlos vom Laufen, als hätte er keine Kraft mehr. Er musste sich setzen, direkt auf den blank gescheuerten Holzboden, weil ihm so schwummrig war und sein Kopf nicht mit seinem Körper klarkam oder umgekehrt. Er blinzelte angestrengt, um die Schwärze vor seinen Augen zu vertreiben.

Die alte Heilerin war in die Runen vertieft und schien nicht von ihm Notiz zu nehmen. Sie hatte die geschnitzten Hornscheiben direkt auf Erlas Bettdecke ausgebreitet und war völlig vertieft. In Flókis Ohren rauschte das Blut, als würde er die Runen singen hören, oder vielleicht sogar die Nornen selbst – jene mystischen Göttinnen, in deren Macht es stand, die Schicksalsfäden aller Menschenwesen zu weben.

Jórunns Orakelsteine waren uralt und vom vielen Gebrauch abgeschilfert, und einen Moment lang fragte Flóki sich, wie lange es wohl dauern würde, bis Erlas eigene Hornstückchen genauso aussahen.

Sie hatte sie mit seiner Hilfe in Thorbjörns Werkstatt geschnitten und mit ihrem Blut beschriftet. So, wie es seit jeher Brauch war. Der alte Thorbjörn war erstaunlich klar gewesen in jener Stunde. Flóki schluckte bei der Erinnerung an die Zeremonie. Die Runen und immer wieder die Runen.

»Bleib dort sitzen, komm jetzt nicht näher«, murmelte Jórunn plötzlich, ohne aufzusehen.

Also hatte sie ihn doch bemerkt. Flóki wagte kaum zu atmen, geschweige denn, sich zu bewegen.

Das Orakel stellte eine Verbindung zu den alten Göttern her. Wer die Runen zu lesen verstand, konnte nach vorn oder zurück blättern wie in einem Buch. Die alte Kräuterfrau vermochte dies.

Seit Generationen kam das Hulduvolk weit über die Grenzen ihres Things hinaus in Jórunns Höhle in den Bergen und bat sie nicht nur um Kräuter, sondern vor allem um Rat. Man sagte, sie habe das Zweite Gesicht und einige Gaben mehr. Manche hatten Angst vor ihr. Denn Jórunn wusste Dinge. Solche, die noch nicht geschehen waren, ebenso wie solche, die so weit zurück in der Zeit lagen, dass nicht einmal mehr die Alten sich daran erinnerten.

Flóki fürchtete sich nicht vor ihr. Seit er ein kleines Kind gewesen war, hatte er an Jórunns Rockzipfel gehangen. Sie ging im Haus seiner Eltern öfter ein und aus als seine eigene Großmutter vor deren Tod. Sie hatte ihn zuschauen lassen, wenn sie ein krankes Schaf oder Pferd behandelte. Von ihr hatte er gelernt, wie man ein Lamm auf die Welt holte, wenn es nicht von allein kam. In seinem Magen hüpfte etwas, als er daran dachte, wie er Erla dabei geholfen hatte, Boogie und Woogie zu entbinden. So nah war er noch nie zuvor einem Menschen gewesen wie dort mit Hrafnhildur und den Schafen im Stall.

Flókis Vater Hjálmur war Fischer und oft tagelang auf See, ein wortkarger Mann mit dem Herzen auf dem rechten Fleck. Er achtete darauf, dass die Menschen die Gewässer vor der Bucht nicht überfischten, dass sie achtsam mit dem Leben unter und über der Meeresoberfläche umgingen. Er sorgte für volle Netze, wenn die Menschen es verdient hatten, und nahm ihnen den Fang oder sogar das Boot, wenn sie die Elemente oder die Verborgenen lästerten. Es war eine anspruchsvolle und ermüdende Aufgabe, mit ihnen hinauszufahren. Flóki glaubte, dass sein Vater ein wenig enttäuscht von ihm war, weil er so wenig Interesse an der See zeigte und nur ein- oder zweimal mit ihm gekommen war. Aber er ließ es sich nie anmerken. Jarle war noch zu klein, aber sein Bruder hatte einen Draht zu den Elementen und mehr Talent für Boote und Meerestiere im kleinen Finger als Flóki in beiden Händen.

Jórunn hatte die Lücke gefüllt, wenn Hjálmur fort war, und seiner Mutter geholfen, wann immer es ihre Zeit erlaubte. Manchmal kamen sie von einem anstrengenden Tag draußen nach Hause, und auf dem Herd köchelte bereits ein Eintopf für sie. Aber in den letzten Monaten waren ihre Besuche seltener geworden. Das war ungefähr zu der Zeit gewesen, als Erla auf dem Nachbarhof bei Ingvar und seiner Familie eingezogen war.

Flóki zog sich leise am Geländer hoch, setzte sich stumm auf die Wäschetruhe an der Wand und runzelte die Stirn. Ob das ein Zufall war? Es spielte keine Rolle. Jetzt war sie hier, bei Erla, und das war alles, was zählte. Er musste sich darin getäuscht haben, dass sie den

Kontakt zu ihr vermied. Das hatte er damals angenommen, als Erla die Blutvergiftung hatte und die Heilerin Kadlin und ihn so brüsk fortgeschickt hatte.

Er konnte nicht mehr klar denken. Es fiel ihm schwer, die Augen offen zu halten.

Flóki lehnte den Kopf an die Wand und schloss sie, nur für ein paar Augenblicke, wie er meinte. Doch als er sie wieder öffnete, aufgeschreckt durch ein metallenes Scheppern, war es bereits dämmrig im Raum. Jórunn war mit dem Fuß an die leere Emailleschüssel gestoßen, die für Erlas Notdurft unter dem Bett stand. Jetzt endlich klaubte sie ihre Runen zusammen und füllte sie in einen kleinen Lederbeutel, den sie in ihrem bodenlangen Rock aus dicker brauner Wolle verschwinden ließ.

Erla schlief weiter, trotz des Krachs. Ihre Brust hob und senkte sich beinahe unsichtbar unter der Daunendecke. Aber sie atmete, ruhig und gleichmäßig, und das war gut.

Er machte sich große Sorgen um Erla. Wie würde sie all das verkraften? Wenn er sich vorstellte, er würde … Sie brauchte vor allem Zeit, aber das, was sie erlebt hatte, und das, was noch vor ihr lag, konnte man nicht einfach gesundschlafen. Und sie wusste noch nicht einmal, wie es wirklich um Drifa stand. In den kurzen Momenten, wenn sie wach war und nach dem Pferd fragte, waren sie ihr ausgewichen. Sie wusste, dass das Pferd lebte und hier war, genau wie die Lämmchen. Das war hilfreich für ihre Gesundung. Alles andere nicht.

Flóki bekam es immer mehr mit der Angst zu tun. Er hatte das Gefühl, dass sie beide in irgendetwas hineingestolpert waren. In etwas … Großes. Und er würde es am liebsten ungeschehen machen. Aber es war, als ob er blind in einen undurchdringlichen Nebel geraten war. Er hatte keine Ahnung, was das alles bedeutete und wie es nun weitergehen sollte.

Aber Jórunn lächelte ihn milde an, und sein Herzschlag beruhigte sich augenblicklich. Alles würde gut werden.

Als ich zu mir komme, ist der hünenhafte Kerl immer noch da. Den habe ich schon einmal gesehen. Wir haben geredet. Er wollte etwas von mir wissen. Oder haben. Ich weiß es nicht mehr, aber das kommt wieder, ich glaube, es war wichtig.

Jetzt steht er jedenfalls unbeteiligt mit dem Rücken zu mir und sieht aus dem Fenster. Seine Arme und Hände sind unter dem reich verzierten roten Umhang mit den golddurchwirkten Stickereien verborgen. *Der Fürst aller Goden*, summt es in meinem Kopf. So hat ihn jemand genannt. Aber wer? Und was sind Goden?

Ich habe irgendwie Mühe, hier wieder anzukommen, so als wäre ich ganz weit weg gewesen, irgendwie außerhalb, aber ich habe keine Ahnung, wo, und könnte auch nicht sagen, wovon außerhalb. Das kann ja eigentlich alles nicht sein. Jedenfalls bin ich jetzt wieder in mir drin, und ich bin hier, und der Rest fällt mir auch gleich wieder ein, ich brauche nur einen Moment.

Lass dir Zeit, sagt jemand in meinem Kopf, und es ist nicht meine Stimme. Mein Schädel dröhnt, meine Hände liegen auf einem gestärkten Stofflaken. Ich fühle es, aber sie gehorchen mir nicht richtig. Stroh knistert, als ich den Druck meiner Finger verstärke, doch als ich mich im Bett ein wenig nach oben schieben will, durchfährt mich ein Schmerz, der wie verschüttete Milch auf gestampftem Lehmboden in jede noch so kleine Ritze sickert, von meinen rotblonden Haarspitzen bis in die kleinen Zehen – vor allem die am rechten Bein.

Ich friere in der versuchten Bewegung ein und beiße die Zähne zusammen. Ein Mädchen, das etwa in meinem Alter ist, taucht in meinem Blickfeld auf. Sie beugt sich über mich und kneift prüfend die Augen zusammen. Wilde dunkelblonde Haare fallen ihr ins Gesicht, als sie mich eindringlich mustert. Sie trägt eine weite, bunt bestickte Bluse, und ich rieche das ausgelassene Fett, mit dem sie ihre Lederhose einreibt, damit sie unempfindlich ist gegen den Regen. Ich kenne sie, ich habe sie schon ein paarmal gesehen. Gleich fällt mir ihr Name wieder ein. Natürlich. Das ist Kadlin. Kadlin, das Kräutermädchen, das bei der alten Heilerin Jórunn in die Lehre geht.

»Wo bin ich?«, krächze ich.

»Bleib ganz ruhig liegen. Du bist in Sicherheit.« Sie lächelt mich zufrieden an und drückt sanft meine Schulter. Dann wendet sie sich an diesen Godendings. »Sie kommt langsam zu sich, Herr.«

Damit hat sie eindeutig recht: *langsam*. Ich bin nämlich gerade mal *dabei*, wach zu werden. Ganz beisammen habe ich meine Sinne aber noch lange nicht. In meinem Kopf geht alles durcheinander. Verschwommene Traumfetzen wabern darin umher, Bilder, die mir so absurd erscheinen, dass ich sie ins Reich der Fantasie einordne, Erinnerungen, Bruchstücke, Puzzleteile.

In einem dieser Fetzen blutet ihre Nase. Das tut sie immer, wenn Kadlin die Zeit beugt, fällt mir ein. Sie ist eine Huldu, sie gehört zum Volk der Unsichtbaren. Aber was tut sie hier bei mir?

Wieso kann ich mich nicht rühren? Und was ist das überhaupt für ein Raum?

Das hier ist nicht mein Bett, nicht mein Zimmer in Lübeck, so viel steht fest. Selbst den Kopf millimeterweise zu drehen, jagt mir eine Schmerzwelle das Rückgrat hinunter. Das ist nicht mein Zuhause, nein, das sowieso nicht. Ich habe seit Jahren kein Zuhause mehr – aber vielleicht bald wieder.

Der Schafabtrieb fällt mir ein. Da war ein Lamm, das sich verstiegen hatte. Eiskalter Wind. Man konnte kaum die Hand vor Augen sehen. Meine letzte große Aufgabe, bevor ich zu Mutsch und Hrafn ziehen würde.

Vorsichtig, aus den Augenwinkeln, versuche ich herauszufinden, wo ich mich befinde. Dies ist nicht das Haus von Ingvar, seinem Sohn Andri und den Großeltern Hrafnhildur und Thorbjörn. Dies ist ein anderes Langhaus. Es wirkt ähnlich, ist aber noch älter, noch traditioneller. Die Wände sind schräg, höhlenartig abgerundet, als ob der Raum direkt in den Felsen gebaut wäre. Nur die Wand, vor der dieser Godenfürst immer noch unbeweglich mit dem Rücken zu mir steht und durch die winzigen Fensterscheiben hinaussieht, ist gerade.

»Wo ist meine Mutter?«

Vor einem halben Jahr sind wir an Bord der *»Esja«* auf dieser Insel weit im Norden angekommen, um uns ein neues Leben aufzubauen. Meiner Mutsch ist das schnell geglückt. Und mir? Nun ja, auf den ersten Blick hatte ich weniger Glück. Wir wurden durch ein Missverständnis getrennt, und die Leute auf dem Hof, dem ich als Landarbeiterin zugeteilt wurde, hatten Schwierigkeiten mit mir. Genau wie ich mit ihnen. Nicht wegen der Sprache oder weil alles neu war. Sondern weil ich anders bin. Ich kann Wesen sehen, die … nicht da sind. Zumindest ist mir das so eingetrichtert worden, fünfzehn Jahre meines Lebens. Dass ich mir Dinge einbilde, die nicht gut sind für mich, für uns. Und gefährlich.

Aber sie sind da. Hier in Island haben sie einen Namen. Man nennt sie die Verborgenen – das *Huldufólk* –, und man fürchtet und respektiert sie ebenso wie die, mit denen sie in Verbindung sind.

Wir befinden uns im Obergeschoss. In der Fensternische steht eine Tranlampe. Dahinter sehe ich graue Wolken ziehen. Eine fein gewebte Wollgardine hängt zu einer Seite herunter. Die habe ich schon einmal gesehen. Ich erinnere mich. An diesem Bett habe ich schon einmal gesessen, genau wie Kadlin jetzt bei mir, als Ulvi krank war, Flókis kleine Schwester. Dies ist das Zuhause seiner Familie. Aber was tue ich hier?

»Warum kann ich mich nicht bewegen?«

»Entschuldige!« Kadlin sieht mich verlegen an und fummelt an etwas außerhalb meines Sichtfeldes herum. »Die Fixierung brauchen wir jetzt nicht mehr. Oder driftest du gleich noch mal weg?« Sie hält zwei lange Stoffstreifen hoch und rollt sie auf. Dabei zwinkert sie mir zu. Doch sie wird sofort wieder ernst. »Anfangs mussten wir dir sehr starke Schmerzmittel geben, die haben manchmal die Wirkung, dass man viel träumt und schläft. Du warst sehr unruhig.« Sie sieht mich beschwörend an, als fürchte sie, dass ich etwas Falsches sagen könnte.

Ich bewege ganz vorsichtig den Kopf von links nach rechts und wieder zurück. Anscheinend ist das die richtige Antwort.

»Gut.« Sie lächelt zufrieden. »Du warst eine ganze Weile nicht ansprechbar. Aber jetzt, wo du ganz bei uns –«

Der Riese räuspert sich, und Kadlin bricht ab. Was wollte sie sagen? Wieso spricht sie nicht wenigstens in meinen Gedanken weiter?

Ich fühle, wie sie Bandagen löst, die um meine Handgelenke gewickelt waren. Aber mein Brustkorb fühlt sich immer noch eingeschnürt an, ich habe das Gefühl, in einer Röhre zu liegen, so eingeklemmt, dass ich kaum atmen kann.

»Das ist ein Korsett«, erklärt sie, als ob sie meine Gedanken gelesen hätte. Ich sollte mich allmählich daran gewöhnt haben, so ist es ganz oft, wenn ich mit jemandem aus dem Hulduvolk zu tun habe. Vor allem am Anfang war das extrem hilfreich, als ich noch nicht genug Isländisch verstehen konnte. Inzwischen ist das kein Problem mehr für mich, trotzdem ist es neu, dass ich Kadlin einfach so hören und verstehen kann.

»Wir mussten sicherstellen, dass du dich nicht verletzt«, erklärt sie. »Du musstest ganz still liegen bleiben, bis deine Wirbelsäule geheilt war. Erinnerst du dich immer noch an nichts von dem … was geschehen ist?«

Ich runzele die Stirn.

Mein Inneres fühlt sich an wie ein Regal, aus dem bei einem Erdbeben sämtliche Bücher auf den Boden gefallen sind. Aufgeschlagene Seiten, Eselsohren, Unleserliches. Kadlin tastet unter mein Kissen, stützt meinen Nacken und hebt mich ein winziges Stück an, sodass ich mit einem Strohhalm einen Schluck lauwarmen Tee trinken kann. Er schmeckt widerlich. Salbei mit etwas Honig schmecke ich heraus, Weidenrinde und süße Krähenbeeren, außerdem noch ein paar Kräuter, die ich nicht sicher zuordnen kann. Arnika vielleicht?

Das ist richtig, vernehme ich ihre Stimme in meinem Kopf. *Und Silbermantel.*

Kadlins Lippen bewegen sich nicht. Wieso kommuniziert sie jetzt wieder auf diese Art mit mir? Eben hat sie doch ganz normal gesprochen. Hat das mit dem fremden Besucher zu tun?

Ich schiele zu dem Godenfürsten hinüber und muss auf einmal an meine Mutsch denken. Kadlin lächelt nur, aber ihr Gesicht wirkt wie eine Maske. Ich trinke noch einen Schluck, dann lässt sie mich sanft zurückgleiten.

»Danke«, hauche ich. »Takk fyrir.«

Ich bin unglaublich müde und total erschöpft. Und ich vermisse meine Mutter.

»Mutsch«, flüstere ich beinahe tonlos und widerstehe mit Mühe dem Impuls, mich noch einmal aufzurichten. »Weiß meine Mutter, wo ich bin?«

Meine Stimme gehorcht mir kaum. Mein Hals fühlt sich rau an, als hätte ich tagelang nicht gesprochen.

»Schh«, macht Kadlin und streicht mir beruhigend über den Unterarm. »Du darfst dich nicht aufregen, es ist alles gut.« *Flóki hat Thorbjörn die Nachricht überbracht*, ergänzt sie im Stillen, und ich reime mir zusammen, dass der Godenfürst nicht alles mithören soll.

Ich bin mir nicht sicher, ob sie recht hat. Sie kennt meine Mutter nicht. Mutsch wird sich darüber aufregen, dass ich Fremden zur Last falle, und …

Da war ein Anruf. Ich spüre wieder das Telefonkabel unter meinen Fingern, höre die Stimme meiner Mutter, die als Berta mit mir im Frühling auf das Schiff gestiegen ist und jetzt Björk heißt, weil wir uns anpassen und ein neues Leben beginnen wollen. Hier in Island. Meine Mutter heiratet Hrafn, und ich darf zu ihnen ziehen, zu meiner Familie – dann werde ich wieder ein richtiges Zuhause haben. Ich muss nie wieder zurück auf den Hof von Andri, seinem Vater Ingvar und seiner grausamen Großmutter. Wir werden wieder zusammen sein.

Aber wir hatten uns gestritten. Sie hatte Angst, dass ich ihr die Hochzeit versaue mit meinen … Flausen. Darum war es bei diesem Telefongespräch gegangen. Ich runzele die Stirn. Dann fällt mir auch der Grund wieder ein.

Es ging um den Tanzabend am Tag vor dem großen Schafabtrieb. Die Dorfjugend hatte sich im Gemeindehaus getroffen, und Andri hatte mich mitgenommen, um mich bloßzustellen. Aber wir … Wir sprengten die Party, meine verborgenen Freunde und ich. Ich habe getanzt. Mit Flóki, zu dem deutschen Schlager *Die Caprifischer.* Kadlin war auch dort. Und *alle* haben uns gesehen.

Mein Blick geht zu Kadlin.

Sie lächelt tröstend und hält meine Hand.

Darum hatte ihre Nase geblutet. Jetzt weiß ich auch das wieder. Sie hatte das möglich gemacht. Irgendwie. Und endlich hatten mir alle geglaubt, die Jugendlichen von den umliegenden Höfen, weil sie die Huldu zum ersten Mal mit ihren eigenen Augen sehen konnten. Alle, die da waren. Weil es keine *Flausen* sind.

Sogar Andri und seine Freundin Gudny wissen das nun, und sie hat mir gleich einen Auftrag angeboten. Eine Arbeit wie für mich geschaffen, eine, die ich gern und gut tun kann: dolmetschen zwischen den Unsichtbaren und ihrer Familie.

»Ich bin nicht verrückt«, murmele ich.

Plötzlich grinst Kadlin breit. »Nein, das bist du ganz sicher nicht. Und ich bin sehr froh, dass du …« Sie bricht ab und schielt wieder zu dem Goden, aber ich bemerke es kaum.

Ich bin in Ordnung, wie ich bin. Ich muss mich nicht länger verbiegen und verstellen, um dazuzugehören. Ich habe eine Gabe, und hier nimmt man sie ernst.

Man nimmt *mich* ernst.

Mutsch muss nie wieder Angst um mich haben. Ich habe Freunde gefunden, die genau diese Besonderheit an mir schätzen. In Deutschland hatte ich niemals Freunde. Aber ich bin weder entartet noch unwert. Hitler ist tot. Der Krieg ist vorbei. Wir haben hier ein neues Leben, ein gutes Leben. Und ich habe Drifa. Und Flóki.

Flóki. Mein Herz tanzt, als ich mich an unseren Ausflug an den heißen Fluss mit dem butterweichen, nach Schwefel riechenden Wasser erinnere. Ich sehe ihn vor mir, wie er sich die nassen Haare aus dem Gesicht schüttelt und das Wasser in einem vielfarbigen Funkelregen wie Sterne um ihn herumspritzt. Wie er zärtlich nach meiner Hand greift. Ich habe Gänsehaut, ein angenehmes Schaudern flutet mich wie elektrisches Kribbeln oder das Rieseln von feinstem, sonnenwarmem Sand auf meiner Haut.

Aber es ist Kadlins Hand, die mich sanft streichelt, und ich zucke zusammen, was mir neue Schmerzen bis in die linke kleine Zehe jagt. Rechts kann ich mein Bein nicht spüren, aber das nehme ich nur am Rande wahr. In meinem Kopf dreht sich alles.

»Flóki«, murmele ich und sehe ihr müde blinzelnd in die Augen. Ich muss noch mal kurz weggedriftet sein, ich kann nicht sagen, wie lange. Ich muss jetzt wirklich mal wach bleiben. Ich spüre, dass es wichtig ist.

»Wo ist er?« Ich runzele die Stirn und sehe mich mühsam um.

Das Licht im Raum ist dämmrig, und das liegt nicht nur an dem winzigen Fenster. Draußen wird es dunkel.

»Er ist bei Dri…«

Ich lasse Kadlin nicht ausreden. Auf einmal bin ich hellwach. Und habe tausend Fragen. »Wie spät ist es? Wie lange habe ich geschlafen? Wie geht es Drifa?«

»Genau darüber wollte ich mich als Nächstes mit dir unterhalten.«

Ach ja, der Riese ist ja auch immer noch da. Irgendwie hatte ich ihn schon wieder ausgeblendet, so unbeweglich, wie er da vor dem Fenster steht. Aber jetzt dreht er sich zu mir um, und seine Stimme klingt so tief und kraftvoll wie ein Schiffshorn. Er braucht nur zwei Schritte, um seinen Platz am Fenster zu verlassen und den Raum zu durchqueren. Dann steht er an meinem Bett. Die Kerze auf dem kleinen Holztisch an meinem Kopfende flackert. Er beugt sich zu mir herunter und beäugt mich interessiert.

Kadlin drückt meine Hand, als er sich einen Schemel heranzieht und sich setzt.

»Was genau hast du da oben in den Bergen gesehen, Erla? War es ein Eisbär?«

Ich verziehe das Gesicht und schüttele ganz vorsichtig den Kopf. »Ich weiß nicht, was real war und was ich mir nur eingebildet habe. Es hat heftig geschneit, und da war Nebel, aber …«

Wir waren nicht allein auf dem kleinen Plateau. Es gruselt mich, als ich in meiner Erinnerung sofort wieder auf Drifa sitze, die eisigen Schneeflocken wie feine Nadelstiche in meinem

Gesicht spüre und das Untier rieche, in der Sekunde, bevor es nach uns schlägt.

Noch nie zuvor hatte ich so eine Kreatur gesehen. Eine riesenhafte, zottelige Gestalt, die im aufkommenden Nebel ein heftig zappelndes Jungtier auf den Boden drückte. Als das Biest sich zu uns umdrehte, entwischte ihm das Schaf, und Drifa machte einen Satz zur Seite, um dem Lamm auszuweichen. Ich habe noch sein lautes Schreien im Ohr, als es zwischen ihren Beinen hindurch talwärts um sein Leben rannte. Dann waren wir das Zentrum der Aufmerksamkeit seines Angreifers.

Ich werde nie diesen ekelhaften, fauligen Gestank aus dem gefletschten Maul der Kreatur vergessen oder den Anblick der nadelspitzen Zähne, als sie sich auf die Hinterbeine stellte und uns anfauchte.

Drifa stieg, als der erste Prankenhieb sie traf, wich rückwärts aus und trat Geröll los. Sie verlor den Halt auf dem gefrorenen Boden und rutschte weg.

Alles um mich herum wurde erst dunkel und dann gleißend hell …

Ich bin wieder dort, in diesem Moment.

Wir trudeln. Strampeln. Stürzen ab.

Freier Fall.

Ich keuche, und mir wird schlecht.

»Hab keine Angst«, sagt der Gode und fasst meinen Arm, damit ich nicht wieder fortgerissen werde und mich verliere in der Erinnerung, die mir Gänsehaut und Herzrasen bereitet und mir den Atem raubt.

»Doch«, widerspreche ich und sehe ihm fest in die Augen. »Und das sollten wir vielleicht alle.«

3. Alles eine Frage der Zeit

»Hier war es!« Flóki deutete auf das Schneefeld. »Irgendwo hier hat sie gelegen. Und Drifa etwa dort drüben.« Er zeigte mit ausgestrecktem Arm auf eine Stelle zwischen den Felsen. Der Godenfürst nickte, und seine Männer sahen sich auf das Signal hin um. Wenn es Hinweise gegeben hatte, so waren sie jedoch längst vom Niederschlag der vergangenen Tage verwischt. Der Boden war von den Hufen unzähliger Pferde und Schafe durchweicht und zertrampelt, Neuschnee war darauf gefallen und hatte innerhalb kürzester Zeit mit Regen und Eis gewechselt.

In vereinzelten, kahlen Sträuchern und Gräsern hingen letzte Blätter und Flocken von Wolle, wo Schafe sich während des Abtriebs verhakt hatten. Über Nacht hatte es erneut gefroren.

Jórunn hielt sich während der Spurensuche dezent im Hintergrund. Ihre bodenlangen braunen Röcke ließen sie wie eine standfeste, uralte und knorrige Eiche wirken, der kein Sturm der Welt etwas anhaben konnte.

Sie blickte nach oben, auf einen ganz bestimmten der vielen Felsvorsprünge. Flóki trat schüchtern neben sie. Wie gern hätte er jetzt ihre Hand gegriffen, so wie er es als kleiner Junge immer getan hatte. Aber dafür war er inzwischen zu alt.

Verlegen knetete er die Zügel seiner Stute, die gelangweilt ihren Kopf an seinem Rücken rieb. Die Männer hatten ihre Pferde längst laufen lassen und waren zu Fuß ausgeschwärmt, um keinen Hinweis zu übersehen. Seufzend streifte er als Letzter auch Brúna das Halfter über den Kopf, damit sie sich in der Wartezeit etwas Gras freischarren konnte, wie es die anderen Pferde taten. Zufrieden schnaubend trabte die Braune ein Stück hügelabwärts. Die Pferde blieben stets grüppchenweise zusammen. Sie liefen nie weit fort.

Flóki räusperte sich. Er war sich nicht sicher, ob Jórunn ihn bemerkt hatte, und wollte sie nicht erschrecken.

»Da oben, nicht wahr?«, sagte sie, ohne sich zu ihm umzudrehen. »Ich erinnere mich. Kommst du mit mir hinauf?«

Er nickte.

Sie musste es bemerkt haben, denn sie schürzte ihren Rock mit einer Hand und streckte Flóki die andere hin. Allzu gern nahm er ihre warmen Finger in seine. Er hielt sie fest, aber eigentlich war es die alte Frau, die ihm Halt gab, als sie sich langsam an den Aufstieg machten, und nicht umgekehrt.

Die Felsen waren rutschig, wo der Schnee überfroren war, aber mit ihren Lederstiefeln fanden sie guten Halt zwischen den Lavabrocken und dem Basaltgestein. Sie schwiegen. Der Wind in seinen Ohren, das Knirschen des Schnees unter ihren Tritten und ihr Atem, seiner und der der alten Frau, waren die einzigen Geräusche.

Jórunn atmete schwer nach dem Aufstieg. Sie sah sich wortlos um, drehte sich auf dem Felsvorsprung langsam um ihre eigene Achse und blickte ins Tal. Dann lächelte sie Flóki an. »Ich hatte es mir schlimmer vorgestellt, für einen Ort, der alles verändert hat. Und du?«

Er war überrascht und wusste nicht so richtig, was er darauf antworten sollte. »Ja«, meinte er schließlich und betrachtete die Steine und den Schnee. »Es sieht gar nicht so aus, als wäre hier etwas … Schlimmes passiert.«

Sein Blick fiel auf etwas, das nicht hierhin zu gehören schien. Es hätte ein vertrocknetes Blatt sein können, das halb aus dem Schnee ragte und sich vom Wind hin und her bewegen ließ. Neugierig bückte er sich und zog daran. Das war kein Blatt, es war Stoff, nein … Leder.

Jórunn kam näher, als Flóki das Fundstück ausschüttelte und auseinanderfaltete. Er hörte, wie sie den Atem anhielt, während sie mit zittrigen Fingern die Hand danach ausstreckte. Aber sie ließ sie sinken, ohne das steif gefrorene Tuch zu berühren.

»Der Ægishelm«, sagte sie leise. »Der alte Thorbjörn hat ihn für Erla gezeichnet.«

Flóki betrachtete das uralte Symbol, das mit Punziereisen ins Leder geprägt und mit Kohle und Tinte nachgezeichnet worden war. Die Kreise und Linien waren ein wenig krakelig, aber die frühere Kunstfertigkeit des alten Mannes sprach aus jedem Strich. Der Helm der Ehrfurcht war ein sehr starkes Symbol, er sollte seinen Träger unbesiegbar machen – und gleichzeitig vor Machtmissbrauch und Gefahren schützen.

Flóki wollte ihr das bemalte Stück Leder reichen, aber sie schüttelte den Kopf, und er bemerkte, dass sie traurig, beinahe wehmütig dabei aussah.

Thorbjörn war in der Nacht nach Erlas Unfall gestorben. Flóki hatte nicht gewusst, dass Jórunn ihn gekannt hatte. Zumindest vermutete er, dass dies der Grund für ihre plötzliche Niedergeschlagenheit war.

Jórunn räusperte sich. »Es gehört Erla. Bringen wir es ihr«, sagte sie entschlossen und streckte den Rücken durch.

Erhobenen Hauptes sah sie sich noch einmal um, dann begann sie, den Weg, den sie gekommen waren, wieder hinabzuklettern.

Wozu brauchte Erla einen so starken Schutzzauber? Flóki blieb einen Moment lang unschlüssig stehen und betrachtete das magische Zeichen. Dann rollte er das Tuch zusammen und steckte es ein. Unten wieherten die Pferde. Sie schienen unruhig. Hatten die Männer etwas gefunden, oder wurde bereits wieder für den Aufbruch gerüstet?

Er beeilte sich, Jórunn zu folgen, die alte Dame hatte ein erstaunliches Tempo vorgelegt. Er konnte sie nicht mehr sehen, und jetzt schlug auch noch das Wetter um. Im Hochland war das nichts Ungewöhnliches, diese Gegend war berüchtigt für ihre Wetterstürze, und doch fand er es außergewöhnlich, so plötzlich kaum mehr die Hand vor Augen sehen zu können. Der Nebel verschluckte alle Geräusche. Langsam, Schritt für Schritt tastete er sich hügelabwärts. Jórunn konnte kaum schneller vorwärtskommen als er. Er würde sie gleich eingeholt haben.

Jórunn blieb einen Moment stehen, um zu verschnaufen und auf Flóki zu warten. Nebel zog auf. Er brachte eine Kälte mit, die ihr unter die Haut kroch und sich in den Knochen festsetzte. Etwas stimmte daran nicht. Bei solchem Wetter waren die Wände hauchdünn zwischen den Ebenen. Auch die Pferde schienen zu spüren, dass etwas vor sich ging. Sie spürte die Unruhe der Tiere, nur wenige Meter unterhalb. Im einen Moment klangen sie ganz nah, dann wieder viel weiter weg. Entfernungen waren schwer zu schätzen, der Nebel narrte mit seinen verzerrten Geräuschen. Sie hatte diese besondere Art wabernder Schwaden schon einige Male erlebt in ihrem langen Leben, sie brachten selten etwas Gutes zum Vorschein, wenn sie sich wieder lichteten.

Sie trat in eine Pfütze und sah nach unten. Ein kleines Rinnsal kreuzte ihren Weg, doch das Wasser gefror sekundenschnell. Sie konnte dabei zusehen, wie es sich in Eis verwandelte. Ihr Atem bildete Dampfwolken in der kälter werdenden Luft.

Und dann hörte Jórunn das Knurren. Sie ließ das Gebüsch los, an dessen Zweigen sie sich festgehalten hatte, um nicht wegzurutschen, und suchte sich einen stabilen Stand zwischen Moos und Kieseln. Ein eisiger Lufthauch streifte ihren Nacken. Sie fuhr herum und zog den Dolch aus der Scheide an ihrem Gürtel. Einmal in ihrem Leben hatte sie diese Laute bereits vernommen. Ein einziges Mal, und es war viele Jahrzehnte her. Doch dieses unmenschliche Grollen hatte sich in ihr Gedächtnis eingebrannt, als sei das alles erst vor ein paar Tagen geschehen.

»Zeig dich!«, befahl sie und tat einen weiteren, vorsichtig tastenden Schritt weg von der spiegelblanken Eisfläche. »Oder hast du Angst vor mir?«

Sie hörte ein Klirren, wie von einer Kette, die über Steine schleifte. Das Knurren wurde lauter. Dann fauchte etwas, links von ihr und erschreckend nah. Sie drehte sich in die Richtung des Geräuschs, aber da war nichts.

Die Nebelschwaden waren jetzt so dicht, dass sie nicht weiter sehen konnte als die nächsten zwei oder drei Schritte. In einiger Entfernung schnaubte ein Pferd.

»Willst du es zu Ende bringen? Erla ist nicht hier. Deine Sinne trügen dich, du Ausgeburt. Das bin nur ich, und das verwirrt dich. Wer hat dir diese Kette umgelegt? Wer ist dein Meister?«

Jórunn hielt ihren Dolch auf der Höhe ihrer Hüfte, mit der Klinge nach oben. Das Messer war ein Geschenk von Barði gewesen, ihrem verstorbenen Mann. Er hatte es für ihre oft tagelangen Ausflüge zum Kräutersammeln geschmiedet – und schon damals hatte er mehr ihren Schutz im Sinn gehabt, als dass es nur zum Ausgraben von Wurzeln und Abschneiden widerspenstiger Halme dienen sollte. Sie hatte ihn immer ein wenig belächelt für seine andauernde Sorge um sie – auch wenn er tatsächlich allen Grund dazu hatte, angefangen bei ihrem turbulenten Kennenlernen. Einmal mehr schickte sie ihm im Geiste reumütig ihren Dank. Doch ihre Aufmerksamkeit war jetzt voll und ganz in der Gegenwart gefordert. Sie bemühte sich, kein Geräusch zu machen, während sie in den Nebel lauschte und sich für den Angriff bereit machte. Sie verbreiterte ihren Stand und beugte die Knie, federte abwartend, bereit auszuweichen oder vorzustoßen. Ein schweres Rumpeln kam näher, von rechts diesmal. Sie zog ihre Nasenflügel zusammen, als sie erneut den fauligen Geruch dieser Kreatur wahrnahm, doch etwas schien das Wesen abzulenken, sie waren nicht allein.

Ein paar Kiesel lösten sich einige Meter von ihr entfernt, dann folgte Sabbern und Fauchen. Hauptsache, der Junge kam ihr jetzt nicht ins Gehege.

»Ich bin hier, du blödes Monstrum. Konzentrier dich!«, rief sie.

Mehr Steine polterten, und die Kette klirrte, als das Wesen sprang. Ein Pferd quiekte und schnorchelte überrascht, dann klapperten Hufeisen, und sie meinte zu hören, wie der Tritt eines Hufes auf dichtes Fell und Knochen traf. Das Untier fauchte, es klang enttäuscht und wütend, als das aufgeschreckte Pferd davonstob. Weiter unten antwortete alarmiertes Schnauben.

Jórunn spürte, dass sie jetzt wieder die ungeteilte Aufmerksamkeit der Kreatur besaß.

Sie kramte in ihrer Tasche nach etwas gedörrtem Fisch und wedelte blind damit herum. »Du hast Hunger, nicht wahr? Na komm schon. Trau dich. Hol es dir!«

Ein Schatten löste sich aus der grauen Wand und sprang auf sie zu. Sie sah lange Fellzotteln und einen aufgesperrten Rachen mit gelben Reißzähnen in grellrosafarbenem Zahnfleisch. Fauliger Atem wehte ihr entgegen. Sie wich vor dem Gestank zurück, und die nadelspitzen Krallen der hervorschnellenden Pranke verfehlten sie um Haaresbreite.

»Wenn du gekommen bist, um mich zu holen, dann ist jetzt deine Chance«, zischte sie. »Na los doch, worauf wartest du? Mach ein Ende. Lass es endlich vorbei sein. Aber leicht werde ich es dir bestimmt nicht machen.«

Jórunn hob abwehrend ihr Messer und traf das Untier, als es noch einmal nachsetzte und nach ihr schlug.

Aufheulend zog es sich zurück. Jórunn hörte Steine poltern und Schnee knirschen. Die Geräusche wurden rasch leiser. Aber vom Berg her kam etwas Neues auf sie zugerollt. Hatte das Wesen nur einen Bogen geschlagen, um sie von der Seite zu rammen? Sie hob ihre Waffe. Doch dann lichtete sich der Nebel, und sie erkannte die Umrisse des Jungen. »Flóki«, stöhnte sie.

Erschöpft ließ sie das Messer sinken. Ihr Herz raste. Sie stützte sich schwer atmend an einem Felsen ab. Wasser lief kühl über ihre Finger. Es plätscherte. Der Spuk war vorbei.

»Hast du etwas gesagt?« Flóki stolperte näher und sah sie unsicher an. Seine Schuhe machten quatschende Geräusche auf dem Boden, dort wo das flache Rinnsal nun kühl talwärts plätscherte, als wäre es nie dabei unterbrochen worden. Auch die Stimmen der Männer hörte sie jetzt wieder in der Entfernung.

Jórunn schüttelte den Kopf. »Nein. Es ist alles in Ordnung.«

Flóki krauste die Stirn und zeigte auf den Dolch, den sie noch immer in der zitternden Hand hielt. »Da ist Blut dran. Bist du verletzt, Großmutter?«

Sie verzog schmerzlich das Gesicht. Dann lächelte sie sanft. »Nein, das ist nicht meins. Mach dir keine Sorgen. Aber lass uns zu den anderen gehen. Die Pferde sind beunruhigt. Hier treibt sich etwas Wildes herum, das nicht hier sein sollte. Du hast wohl richtig gesehen. Das war kein Troll. Und auch kein Eisbär. Ich muss mit Rauði sprechen, und ich möchte, dass du dabei bist. Das geht auch dich an.« Sie zögerte, als sie Flókis erschrockenen Blick sah. »Und Erla.«

»Ich glaube, sie ist im Moment nicht besonders gut auf mich zu sprechen«, sagte er schüchtern. Jórunn winkte ihn näher, damit sie sich auf seiner Schulter abstützen konnte. Sie war keine fünfzehn mehr. Ihre alten Knochen fanden Nebelattacken von blutrünstigen Zwischenwesen nicht mehr so lustig wie … nein, eigentlich noch nie. Sie holte tief Luft und musste sich schwer konzentrieren, um das alberne Kichern zu unterdrücken, das als Reaktion auf den Stress plötzlich in ihr hochsteigen wollte. Das Adrenalin suchte sich ein Ventil, und die Situation war einfach zu absurd. Dieses Monster hätte sie umbringen können – es hatte nicht viel gefehlt –, und sie stieg mit Flóki Arm in Arm den Abhang hinunter, ein blutiges Messer in der Hand, dessen Dunkelrot langsam zu Grün oxidierte, und erteilte dem Jungen Ratschläge über … Sie schüttelte den Kopf und schluckte den hysterischen Anfall hinunter. Dann atmete sie aus. Sie hatte sich wieder unter Kontrolle.

»Du musst Geduld haben, Flóki. Es war der einzig mögliche Weg, um sie zu retten.« Sie zwinkerte ihm zu. »Sie wird das einsehen, noch bevor sie einundzwanzig ist, glaub mir.«

Er wusste, dass sie mit diesem Scherz versuchte, ihn aufzuheitern, aber selbst ihr zuliebe brachte Flóki nur ein müdes Lächeln zustande. Er konnte nicht aufhören, die Messerklinge anzustarren. Das Blut verfärbte sich zusehends. So etwas hatte er noch nie gesehen. Aber das Zeug sah inzwischen genauso aus wie das, was er aus Drifas Wunde gewaschen hatte. Vielleicht war es gar kein Dreck oder Eiter gewesen?

»Was ist passiert? Wo wart ihr?« Rauði lief ihnen aufgeregt entgegen, bevor er Jórunn danach fragen konnte.

»Flóki hat recht gehabt«, sagte sie ernst, löste ihren Arm aus Flókis Ellenbeuge und zeigte dem Goden den Dolch, an dem grünlicher Schleim klebte. »Kein Eisbär. Ein Zwischenwesen. Ein Draugur. Und er ist noch hier. Du solltest den Rat zusammenrufen. Heute noch.«

Das Gesicht des Thingvertreters erstarrte. Dann trommelte er die Männer zusammen. Und so geschah es.

Der Godenfürst sieht mich ernst an und richtet sich wieder auf.

Er hat einen feuerroten, krausen Bart. So habe ich mir als Kind den Berggeist Rübezahl vorgestellt, und was er mir sagt, hätte aus dessen Mund nicht gewaltiger klingen können.

»Du bist ein tapferes Mädchen, Erla Björksdóttir. Ich danke dir für deine Informationen. Flókis Familie wird sich gut um dich kümmern. Sagt Bescheid, wenn es an irgendetwas mangelt.«

Er sieht zu Kadlin, die schüchtern nickt. Dann wendet er sich wieder an mich. »Du hast bei uns eine Heimat gefunden, Erla. Du bist nun eine von uns. Hab keine Angst. Wir werden diese Kreatur finden und zur Strecke bringen, damit sie weder hier noch bei den Menschen weiteren Schaden anrichtet. Aber ich muss wissen, wie sie in unsere Dimension gelangt ist. Kannst du mir …?«

»Ha?«, mache ich verblüfft und unterbreche ihn mitten im Satz. »Eine von … eine Huldu?« In meinem Kopf heulen so laut die Alarmsirenen los, dass mir selbst etwas so Furchterregendes wie das stinkende Zottelvieh in diesem Augenblick völlig egal ist. »Aber … Ich habe doch bereits eine Familie! … meine Mutter … was ist mit …? Oh Gott, die Hochzeit! … Wie lange bin ich schon hier?«

»Es könnte sein, dass wir …«, beginnt Kadlin kleinlaut. Ich starre sie an, aber sie meint gar nicht mich. Sie redet mit dem Goden, über den Tanzabend, als sie und Flóki der Dorfjugend einen Denkzettel verpassen wollten, damit sie nicht mehr so gemein zu mir sind. Ich höre die Worte wie aus weiter Ferne, aber der Inhalt geht völlig an mir vorbei. Wen interessiert das denn jetzt? Ich habe ein Piepen im Ohr und denke immerzu nur: *Hulduhulduhuldu.*

Der Riese antwortet etwas, und Flókis Name fällt. Dann steht er so schnell auf, dass der Hocker krachend hinter ihm umfällt. Die Decke ist so niedrig, dass er den Kopf einziehen muss.

»Stopp! Was ist mit mir?«, rufe ich ihm nach, aber er dreht sich nicht um. Er hört mir gar nicht zu! Entsetzt starre ich dem Ratsmann hinterher, der mich keines Blickes mehr würdigt und die Treppe hinunterpoltert. Gesprächsfetzen dringen zu uns nach oben, aber in mir schreit es lauter. *Hulduhulduhuldu.*

Kadlin muss mich festhalten, damit ich nicht versuche aufzustehen und ihm hinterherlaufe, die Schmerzen sind mir gerade völlig egal. Ich schwitze, und mein Herz rast. *Hulduhulduhuldu,* hämmert es. Ich denke an meine Mutsch, die mir erzählt hat, dass ich ein Geschwisterchen bekomme, es waren noch vier Tage bis zur Hochzeit, als der Schafabtrieb bevorstand.

»Wie lange ist das her?« Panisch versuche ich, mich aus Kadlins Griff zu winden. »Wie viel Zeit ist vergangen?«

In ihren Augen schwimmen Tränen. »Du warst schwer krank,

und du musstest eine Entscheidung treffen. Dein Rückgrat ist verletzt. Du hättest nie wieder laufen können, wenn wir dich nicht hierbehalten hätten. Beinahe wärst du sogar gestorben.«

»Jaja, ich weiß.« Das wirklich Wahnsinnige ist, dass sich ein Teil von mir haarklein an die Situation erinnert, an Flókis Blick, an den des Goden, an Kadlin – und irgendwo dunkel sogar an Jórunns Gesicht. Es war also kein Traum. Natürlich nicht.

»Flóki ist mit deiner Bitte vor den Rat getreten, und die Thingvertreter haben es gestattet. So konnten wir dich retten, aber – o Gott – hast du nicht gehört, was der Gode gesagt hat? *Wir* waren das!«

»O Gott!«, wiederhole ich stumpf. Meine Mutter wird so wütend sein, wütend und verletzt. Ich stöhne auf, als mich die Erkenntnis wie eine Dampfwalze überrollt, und falle ihr ins Wort. »Ich habe die Hochzeit verpasst, oder?«

Kadlin nickt betreten. Verwirrt. Ihre Lider flackern nervös. Sie will noch etwas sagen, aber ich muss das erst mal verarbeiten. Ich schließe für einen Moment die Augen, halte mir die Hände vors Gesicht und versuche zu schätzen, wie viele Wochen das Fest inzwischen zurückliegen mag.

Ich erinnere mich, dass ein Mensch normalerweise nur eine Nacht bei den Huldu bleiben kann, ohne dass der Ablauf der Zeit aus den Fugen gerät. Drüben in der Menschenwelt vergeht die Zeit schneller – zwei Tage hier sind zwei Wochen dort. Oder zwei Monate? Ich lasse die Hände sinken. Dann packe ich mit aller Kraft ihren Arm.

»Wie lange, Kadlin? In der Menschenwelt? Wie lange bin ich schon bei euch?«

»Erla, ich … Flóki muss …« Sie will aufstehen, aber ich halte sie fest.

»Konntest du die Zeit nicht noch einmal beugen für mich? Ich wäre so gern dabei gewesen.«

»Das habe ich getan, Erla. Sosehr es nur irgendwie ging. Wir alle haben – aber ich kann die Zeit nicht zurückdrehen, niemand kann das. Es tut mir so leid.« Sie bricht ab und lauscht nach unten, wo der Gode und Flókis Vater über irgendetwas diskutieren. Immerhin setzt sie sich wieder zu mir. Sie wirkt kraftlos, total erschöpft, und genauso fühle ich mich auch.

Ich nicke. Ihre Worte erreichen mich wie durch fernen Nebel. Mutsch ist nie lange wütend. Sie wird jetzt vor allem unsagbar traurig sein. Die Leute werden getuschelt haben, und das ist schlimm für sie. *Wir müssen doch einen guten Eindruck machen in diesem Land.* Wieder und wieder hat sie mir das eingetrichtert, noch bevor wir überhaupt einen Fuß auf Islands Boden gesetzt hatten. Ein Neuanfang, eine zweite Chance, eine Zukunft. *Hulduhulduhuldu.*

»Habe ich jetzt alles zerstört?«

Ich sehe Kadlin an.

»Ich weiß es nicht«, haucht sie matt.

Mutsch war so ungehalten wegen des Tanzabends. Dass ich für Aufsehen gesorgt hatte. Und jetzt schon wieder, innerhalb so kurzer Zeit. Wenn die eigene Tochter nicht zur Hochzeit der Mutter erschien, einfach abtauchte, ein unverheiratetes Mädchen, ganz allein, wie sie denken mussten, war mein Ruf nun ruiniert? Dass mich das Versteckte Volk gesund pflegte, würde Mutsch garantiert niemandem erzählt haben – dazu hätte sie es selbst erst einmal glauben müssen. Aber was glaubte sie überhaupt?

Unauffällig hatte ich mich verhalten sollen, mich anpassen, fleißig, sittsam, bescheiden und unsichtbar sein. Tja – Letzteres hat offensichtlich besser geklappt, als sie sich das vorgestellt hat.

Ich reiße die Augen auf und sehe Kadlin an. Vielleicht ist es noch nicht zu spät, um das Bild zu korrigieren, das Hrafns Familie und Freunde nun von mir haben? Ich muss nur wieder klar denken können. Sie werden ja sehen, dass ich krank war, dass ich nicht mit irgendwem durchgebrannt bin. Aber warum weint Kadlin jetzt?

Die Schritte von mehreren Personen poltern die Treppe zu uns herauf. Der Kopf des Goden taucht als Erstes auf, dicht gefolgt von Hjálmur und Flóki. Ich ignoriere sie.

»Das bekommen wir schon alles hin«, sage ich stur. »Vor ein paar Wochen, da hat es doch auch funktioniert. Als ich mir an dem blöden Schnitt in meinem Daumen die Blutvergiftung geholt habe, weißt du noch?«

Kadlin nickt. Tränen rollen ihr die Wangen hinunter und tropfen auf unsere verschränkten Hände. »Natürlich, Erla, aber …« Nervös schielt sie zu den Erwachsenen.

Ich schüttele den Kopf, um sie zu unterbrechen. »Du bist ja sicher nicht die Einzige mit diesem Talent.« *Du und Flóki, ihr habt mich in Jórunns Höhle gebracht und die Zeit angehalten. Und wenn ihr jetzt vielleicht mit mehreren …*

Ich füge die letzten Sätze schweigend hinzu, denn so wie die alle jetzt schon gucken, bin ich mir nicht sicher, ob dieser Rauði oder Flókis Vater davon wissen sollten. Ich habe auch keine Ahnung, ob das so einfach ist. Aber es muss. Es muss einfach!

»Jórunn und du gemeinsam, und …« Mein Blick streift den

Riesen. *Wenn vielleicht auch noch dieser Godenfürst mithilft … Er sieht so aus, als ob er große Macht hat.*

Kadlin steigt nicht auf meine gedachten Geheimbotschaften ein. »Es hat keinen Sinn, Erla. So viel Kraft hat niemand von uns. Ein paar Tage, ja, Wochen – vielleicht. Aber …« Wieder versagt ihr die Stimme, und sie blinzelt verunsichert zu den Erwachsenen hinüber. »Wir dürften das auch gar nicht tun. Nicht ohne Einverständnis des Rates.«

»Und eine solche Erlaubnis würden wir niemals erteilen«, mischt sich prompt der Gode ein. Sein Gesicht ist krebsrot. Die Farbe beißt sich etwas mit der seines Bartes.

»Was habt ihr euch nur dabei gedacht? Ohne Not?!«, schimpft er drauflos, und Kadlin zuckt zusammen. »Wann wolltet ihr das eigentlich beichten?« Ich habe keine Ahnung, wovon er spricht, und es interessiert mich in meiner jetzigen Verfassung auch nur ziemlich am Rande. Eine Sache nach der anderen, auch das habe ich von Mutsch gelernt.

Auf einmal werde ich ganz ruhig.

»Also, raus damit. Wie lange bin ich schon hier?«

Kadlin presst die Lippen zusammen, wischt sich mit der freien Hand fahrig die Tränen vom Kinn und zupft an meinem Bettbezug herum. Das Federbett raschelt, wie nur Eiderdaunen rascheln, flauschig weich und kruspelnd. Purer Luxus. Aber auch das blende ich schnell wieder aus. Ich fixiere Kadlins Gesicht.

Die Zeit fließt anders zwischen den Welten. Nicht linear. Zwei Monate beim Hulduvolk sind bereits zwei Jahre in unserer Dimension. Ich weiß das. Kadlins Mutter hatte eine Freundin aus Kindertagen, die als alte Frau starb, noch bevor Kadlin zehn Jahre alt war. In meinem Magen krampft sich etwas zusammen. So wird es mir nicht ergehen, oder?

»Alles wird wieder gut, nicht wahr? Bitte sag es mir. Ich kann es aushalten. Kadlin, rede mit mir.«

Sie sieht unsicher zu dem Riesen hoch, als ob sie nicht weiß, was sie mir antworten darf. Der fährt sich durch den Rauschebart und nickt. Flóki steht nur da wie ein begossener Pudel.

Kadlin schluckt und befeuchtet ihre Lippen mit der Zungenspitze. Dann räuspert sie sich und spricht. »Zweieinhalb Jahre, Erla. In deiner Welt sind zweieinhalb Jahre vergangen.«

4. Riesenschlamassel

Erla schlief wieder. Es war schwer zu sagen, wie sie die Neuigkeiten aufgefasst hatte. Kadlin und Flóki hatten die Erwachsenen nach unten begleitet. Sie tranken Kaffee, aßen den Kuchen, den Flóki gebacken hatte, und berieten dabei das weitere Vorgehen. Und oben hatte Erla geschrien und ihren Nachttopf gegen die Wand gedonnert.

Flóki und Kadlin waren hinaufgeeilt und hatten schweigend sauber gemacht. Erla hatte die Decke angestarrt und sich geweigert, zu reden oder ihn auch nur anzusehen.

Seither hatten sie noch nicht wieder miteinander gesprochen. Flóki hatte das Gefühl, dass sie sich schlafend stellte, wenn er den Raum betrat. Vielleicht bildete er sich das ein, wahrscheinlich aber gab sie ihm die Schuld, weil er sie hergebracht hatte. Vielleicht sogar dafür, dass Drifa so schwer verletzt war. Oder dass das Zwischenwesen durch ihren harmlosen Zauber in diese Welt geraten war? Es zerriss ihm das Herz, dass sie ihn nicht an sich heranließ.

Erla in seiner Familie aufzunehmen, hatte er sich anders vorgestellt.

Doch am meisten Sorgen machte ihm trotz seiner Angst um Erla noch immer das Pferd. Die oberflächlichen Verletzungen heilten rasch, die Kräuterwickel wirkten Wunder. Aber die Stute belastete nach wie vor ihr Bein nicht. Es war geschwollen und schwärte, egal wie oft er es auswusch und mit den Pasten und Salben bestrich, die Jórunn ihm gab. Sie nahmen an, dass es mit dem seltsamen grünen Blut des Zwischenwesens zu tun hatte. Aber selbst die magischen Zeichen und Heilzauber der alten Kräuterfrau brachten nur Linderung, nicht aber den Durchbruch. Sie wirkte ebenso ratlos wie er.

Als er den Stall betrat, fand er Jórunn an den Hals der Stute geschmiegt vor. Ihre Augen schimmerten nass von Tränen. Beschämt wendete er sich den Lämmern zu. Er tat, als würde er nachsehen, ob sie noch genug Heu hatten, damit sie Zeit hatte, sich das Gesicht zu trocknen.

Er wusste, dass sie auf seinen Vater eingeredet hatte, die Stute nicht aufzugeben. Wäre es Hjálmurs eigenes Tier gewesen – er hätte es längst von seinen Leiden erlöst. Der Winter stand vor der Tür, er würde lang und dunkel werden und das Heu knapp. Ein ungeplanter Esser mehr bedeutete unter Umständen, dass niemand satt werden würde, womöglich für eine lange Zeit. Und es war nicht abzusehen, ob Drifa am Ende nicht doch noch sterben würde. Es sah wirklich nicht gut aus.

»Wie geht es jetzt weiter?«, fragte er beklommen und kraulte Boogie, das vorwitzigere der Zwillingslämmchen, unterm Kinn.

Sein Vater war mit dem Roten davongeritten. Er wusste nur, dass sie Boten in alle Thingbezirke des Landes schicken würden, um die Weisen zu befragen, wie man das Untier bannen konnte.

»Wenn die Reiter zurück sind, werden die Thingvertreter eine Versammlung einberufen«, erklärte Jórunn. »Sie werden nicht bis Juni warten können für dieses Althing.«

Flóki hockte sich zu den beiden Lämmchen und streichelte ihnen abwechselnd über die neugierigen Köpfe. »Nein, das wird man wohl nicht«, wiederholte er mit belegter Stimme und bemühte sich, seine Aufregung zu verbergen.

Jórunn sah ihn aufmerksam an. »Was immer sie da in den Bergen angefallen hat, ist nicht nur an Schafen und Pferden interessiert gewesen. Dieses Zwischenwesen wird wiederkommen. Das betrifft alle

Völker. Und es betrifft Erlas Leben und deins. Je mehr Erla lernt, desto besser kann sie sich schützen. Aber ich bin nicht die Richtige. Du musst dem Rat alles darüber berichten, was du weißt.« Ihre Worte jagten ihm einen eisigen Schauder durch den Körper.

Ein zweites Althing. Diese landesweiten Versammlungen fanden immer nur einmal im Jahr statt. Zwei Wochen lang, rund um die Sommersonnenwende, wurde die Ebene nordwestlich des Sees Þingvallavatn zum Versammlungsort aller Goden und ihrer Gefolgschaft aus den einzelnen Godentümern. Dann wurden Entscheidungen gefällt und Recht gesprochen. Aber gleichzeitig war es auch eine wunderbar gesellige Veranstaltung. Das Althing bot Gelegenheit, Verwandte aus allen Landesteilen zu treffen, Waren zu tauschen, zu kaufen und zu verkaufen, die man nirgendwo sonst bekam, zu essen, zu trinken und zu feiern. Nicht nur die Völkergemeinschaft der Huldu folgte diesem Brauch, auch die Menschen taten dies. Vor etwa hundertfünfzig Jahren allerdings waren sie dafür in ein Gebäude mitten in Reykjavík umgezogen.

Flóki konnte sich nicht vorstellen, dass die Akustik in einem von Menschen gebauten Haus so gut war wie auf dem Gesetzesberg Lögberg. Frische Forellen direkt aus dem Fluss und genug Platz für alle Pferde gab es dort in der Stadt sicher auch nicht, aber so waren die Menschen eben. Unlogisch und sonderbar.

Und jetzt ein zweites Althing innerhalb eines Jahres? Solange er lebte, hatte es das nicht gegeben! Er schluckte. Dieses würde wohl ohne Karamell- und Lakritzverkauf stattfinden. Der Rat würde dann auch entscheiden, mit welcher Strafe er und Kadlin rechnen mussten. Ob sie sie ausstoßen würden aus der Gemeinschaft der Huldu?

»Der Rote war der Überzeugung, dass deine Gabe bei Erlas Rettung die entscheidende Rolle gespielt hat. Er meinte, Kadlin hätte das

niemals allein tun können. Es wird schon nicht so schlimm werden. Immerhin hast du Erla das Leben gerettet.«

»Ja, aber wie denn überhaupt?« Hilflos sah er die Kräuterfrau an. Er hatte wirklich keine Ahnung, wie er das angestellt haben sollte – bis zu der Katastrophe in den Bergen hatte er ja nicht einmal gewusst, dass er den Raum beugen konnte. Aber sie hatten Kadlin nach Hause geschickt, ohne dass er eine Chance gehabt hätte, mit ihr darüber zu reden.

Die Heilerin betrachtete die verletzte Schimmelstute, streichelte sie unter der dichten Mähne und stierte ins Leere.

Flóki fragte sich schon, ob sie ihn womöglich nicht gehört hatte. Doch dann kam sie zu ihm herüber. Sie sah ihn so prüfend an, dass er sich nicht einmal traute, sich zu bewegen, obwohl die Lämmer gierig an seinen Fingern zu nuckeln begannen.

»Später«, sagte sie mit fester Stimme.

Ihre Augen schwammen, und er sah, dass sie sich bemühte, das Zittern ihres Kinns zu unterdrücken. Weinte sie etwa? Bewegungsunfähig starrte er sie an.

Sie schüttelte den Kopf und drehte sich wieder zu Drifa um. Er wusste, dass er nicht mehr aus ihr herausbekommen würde.

Schließlich stand er auf und musste sich gleich wieder an der Wand abstützen, weil der Stall vor seinen Augen zu tanzen begann.

»Es wird noch ein paar Tage dauern, bis du das räumliche Sehen wieder vollständig unter Kontrolle hast«, erklärte Jórunn und tätschelte Drifa zum Abschied liebevoll über den Hals. »Es ist normal, dass es in dir hin- und herspringt. Du wirst dich daran gewöhnen. Es hat mit deiner neu entdeckten Kraft zu tun. Sie ist stark in dir. Du bist etwas sehr Besonderes, Flóki. Ich wusste das …« Sie hielt einen Moment inne.

»… schon immer. Und Erla wird dir auch vergeben. Sie hat es längst. Sie braucht nur … Zeit.«

Flóki hielt es nicht mehr aus. »Sie gibt mir die Schuld an all dem, oder?«, platzte es aus ihm heraus.

Jórunn sah ihn gütig an. »Glaub nicht ihren Worten, höre nur auf ihr Herz. Es wird niemals aufhören, für dich zu singen.« Die alte Frau lächelte wehmütig und ging an ihm vorbei in Richtung Ausgang.

»Bin ich wirklich dafür verantwortlich?«, rief er ihr hinterher. »Rauði glaubt, dass das Zwischenwesen durch unsere Schuld aus der Anderswelt entwichen ist. Glaubst du das auch? Habe ich ihm den Raum gebeugt? Ohne es zu wissen? Da draußen auf dem Hof … Am Tag, als wir aus dem Hochland plötzlich hier auftauchten, da hast du gesagt, ich solle mir das Ergebnis vorstellen, nicht den Weg. Ist das der Schlüssel? Wie geht das denn? Wie kann ich es steuern?«

Sie blieb stehen, und wieder sah sie aus, als ob sie zögerte. Dann drehte sie sich langsam zu ihm um, die knorrige Hand fest am Griff der Stalltür.

»Hat dein Vater denn nicht mit dir gesprochen?«

Flóki schüttelte verwirrt den Kopf. »Er … Er weicht mir aus.«

Jórunn grunzte ungehalten. »Das sollte er nicht tun. Du brauchst deine Familie. Mehr denn je. Ich rede mit ihm.«

»Rede du mit mir!«, bat er eindringlich.

Die alte Kräuterfrau seufzte. Ihre wässrig blauen Augen bohrten sich bis tief in Flókis Seele. Sie schien zu spüren, was in ihm vorging. Die Zweifel, die Angst, die Zerrissenheit. Endlich nickte sie. »Ja. Du kannst den Raum beugen, Flóki. Ich glaube es nicht nur, ich weiß, dass es so ist. Es ist die seltenste Gabe von allen – und die gefährlichste. Es hängt viel davon ab, wie du sie lenkst – dass du sie achtsam einsetzt.

Und so selten, wie es nur geht! Sie zu benutzen fordert einen hohen Preis. Ihre Träger sind …« Sie brach ab und sah in die Ferne.

»Was sind sie?«

»Ich werde dich nicht anlügen. Sie sind alle nicht sehr alt geworden. Sei vorsichtig, Flóki. Hörst du mich?« Sie kam noch einmal ganz nah zu ihm und legte ihre Hand auf seine. »Vergiss, dass du sie besitzt. Sag niemandem etwas davon bis zum Althing. Sie wird dich sonst in große Gefahr bringen. Ich habe es gesehen.«

»Erla? Aber …«

»Nein. Deine Gabe.« Sie schüttelte den Kopf und deutete mit einer Augenbewegung zu Drifa hinüber. »Es ist hier nicht der Ort, und jetzt ist nicht die Zeit. Komm zu mir in die Höhle. Ich will dir und Kadlin alles sagen, was ich weiß und wovon ich sprechen darf. Viel ist es nicht. Aber es gibt noch etwas, das ihr wissen solltet. Womöglich ist es ein Fehler, aber ich … Vielleicht ist es noch nicht zu spät. Bring Kadlin mit. Morgen Nachmittag.«

»Und sollen wir Erla nicht auch …?«

»Nein«, unterbrach ihn Jórunn ungehalten. »Auf keinen Fall. Ich will sie nicht in meiner Höhle haben.«

Als sie Flókis irritierten Blick sah, ergänzte sie etwas ruhiger: »Ich gehe gleich noch einmal und sehe nach ihr. Aber der Weg ist zu anstrengend für sie. Sag Kadlin, sie soll gar nicht erst daran denken, ihre Gabe für so eine Kinderei einzusetzen. Solange niemandem Gefahr für Leib und Leben droht, ist es euch beiden bis zum Althing nicht gestattet. Das solltet ihr ernst nehmen. Haltet euch daran. Und seid wachsam, was im Dunkeln lauert. Niemand von euch ist sicher, solange dieses Untier nicht gefunden ist. Niemand!« Sie sah ihm nach, bis sein strubbeliger Haarschopf auf der Treppe verschwand.

»Ach Flóki, mein Flóki«, murmelte Jórunn und schloss einen Moment die Augen, um ihren Atem und ihren Puls zu beruhigen. Ihre Hand hob sich wie von selbst an ihr Herz, als ob sie dort etwas suchte, das nicht da war.

»Ich fürchte, ihr selbst habt diese Kreatur erschaffen, als ihr …« Sie brach ab, denn Erla wurde unruhig, sie versuchte im Fiebertraum, sich zu bewegen.

Die alte Kräuterfrau seufzte schwer und überprüfte einmal mehr die gepolsterten Bandagen, mit denen das Mädchen ans Bett gebunden war, damit ihre Wirbelsäule in Ruhe heilen konnte. Sie zog sich einen Stuhl heran und setzte sich. Dann strich sie dem Mädchen über die Stirn und summte ein altes deutsches Wiegenlied, bis es wieder in tiefen Schlaf sank und still wurde.

Jórunns Augen glitten über die Holzmöbel, die gewebten Deckchen und die gezeichneten Pferdebilder an der Wand. Flókis Kunst. Sie erinnerte sich an diese Räume, als sei das alles gestern gewesen. Ein wehmütiges Lächeln umspielte ihre Lippen, als sie den Blick davon löste. Liebevoll strich sie über die Bettdecke.

Sie betrachtete die Schlafende. So viele Jahre waren vergangen, und erst jetzt begann sie zu begreifen, wie alles zusammenhing, wie es seinen Anfang genommen hatte. Damals.

»Die Nornen spinnen blind die Schicksalsfäden und lassen keinen fallen, sosehr wir uns auch mühen, sie anders zu verknüpfen, Erla. Die Dinge nehmen ihren Lauf. Ich wünschte, es wäre anders. Ich wünschte es so sehr. Aber ich dürfte nicht hier sein. Du dürftest es auch nicht. Und doch sagen die Runen, dass genau dies unser Platz ist. Eine zur Zeit, Weltenwanderin. Mögest du gesegnet sein.«

Sie erhob sich. Es war Zeit für sie, zu gehen. Wenn Erla aufwachte, war dies nicht länger ihr Ort. Sie musste den Fürsten treffen und ihm sagen, dass die Dinge Gefahr liefen, sich zu wiederholen. Die Prophezeiung würde sich erfüllen.

Ich will das nicht. Ich bin kein Bär, der einfach Winterschlaf macht. Ich bin auch nicht Dornröschen und habe keine hundert Jahre Zeit für ein Nickerchen. Mir tun noch immer alle Knochen weh, besonders das gebrochene Bein, die angeknacksten Rippen, eine Stelle zwischen den Schulterblättern und mein Kopf. Aber darauf kann ich keine Rücksicht nehmen. Ich weiß einfach, dass ich von hier fortmuss. Ich habe es mir ausgerechnet.

Mein mathematisches Talent ist eine nützliche Fähigkeit, sagt Mutsch. Ob das stimmt, weiß ich nicht, aber letztlich ist es ganz logisch: Wenn ich weiter herumliege, vergeht die Zeit für mich im Tempo der Huldu. In meiner Welt aber bedeutet jeder Tag hier weitere verlorene Wochen – ohne meine Mutter, ohne mein Geschwisterchen, das ich noch nie gesehen habe. Wenn ich es hinaus schaffe, durch diese Haustür, dann sind auch für mich auf einen Schlag zweieinhalb Jahre vorbei. Zumindest glaube ich das. Ich weiß nur nicht, ob ich dieser Jórunn wirklich trauen kann.

Um ehrlich zu sein, traue ich im Moment niemandem mehr. Sie alle haben mich irgendwie betrogen. Um meine eigene Zeit. Mein Leben – von mir aus auch mein Sterben. Meine Unterlippe zittert, aber ich will nicht schon wieder weinen oder mit Gegenständen werfen. Der Ausrutscher tut mir ehrlich leid. Ich wollte nicht, dass Flóki und Kadlin das für mich sauber machen mussten. Andererseits geschah es ihnen ganz recht. Nein, das ist gemein. Ich möchte nicht in ihrer Haut stecken. Wir wissen alle nicht, was auf sie – und auf mich – zukommt.

Bestimmt ist es für alle Beteiligten besser, wenn ich gehe. Und wenn ich diese Tür hinter mir schließe, den Hof mit ihr verlasse, dann müssten auch meine Verletzungen längst verheilt sein – zweieinhalb Jahre später. Und die von Drifa auch. Oder nicht? Sei's drum, das nehme ich gern in Kauf.

»Ich werde es riskieren«, sage ich entschlossen. »Also, wirst du mir helfen? Du hast mir das immerhin eingebrockt.«

Flóki starrt mich erschrocken an.

»Aber wir dürfen doch nicht …« Er bricht ab, als er meinen Blick sieht, und zupft hingebungsvoll an ein paar Heuhälmchen, die sich in seinem Pullover verhakt haben.

Ich trage jetzt einen Gipsverband und kann schon wieder auftreten, ohne dass es allzu sehr schmerzt. Kadlin sagt natürlich, ich soll das gebrochene Bein noch nicht belasten. Also stütze ich mich an Flóki und an dem Stock ab, den er mir gegeben hat. Immer wenn wir uns nah sind, ist da dieses elektrische Kribbeln, wie ein Summen in meinen Adern, das mir die Härchen auf den Unterarmen aufstellt. Aber ich werde immer ungeduldiger. Das Korsett um meine Rippen sitzt stramm und juckt und ist höllisch unbequem. Ich frage mich, wie ich damit reiten kann. Da ich mein Bein nicht benutzen soll, wäre das ja am einfachsten. Aber ich traue mich nicht, das zu fragen. Im Zweifel muss Flóki mir eine richtige Krücke basteln, die ich mir unter die Achsel klemmen kann, und dann laufe ich eben neben Drifa her. Das ist vermutlich ohnehin besser für sie, als mein zusätzliches Gewicht zu schleppen.

Flóki. Ich kann ihm nicht wirklich böse sein. Nicht lange. Es war nicht seine Schuld, natürlich weiß ich das. Und doch ist da ein Riss zwischen uns, den wir beide zu überbrücken versuchen, aber nicht so recht wissen, wie. Vielleicht braucht es Zeit. Aber Zeit habe ich gerade nicht.

Wir kommen viel zu langsam voran für meinen Geschmack. Schritt für Schritt, immer nur ein paar Minuten am Stück.

Seit ein paar Tagen üben wir, die schmale Holztreppe hinunterzugehen, immer das gesunde Bein vor und das andere nachziehen. Ich kann endlich wieder den Abort benutzen – ich hätte nie gedacht, was für ein euphorisches Gefühl so ein simples Plumpsklo in mir auslösen kann. Und jetzt haben wir es sogar bis in den Stall hinüber geschafft.

Ich wollte unbedingt Drifa sehen und habe Flóki so lange keine Ruhe gelassen, bis sein schlechtes Gewissen mir gegenüber die Oberhand gewann und er mir geholfen hat. Hoffentlich wird mein Besuch dem Schimmelchen guttun. Ich zumindest vermisse Drifa schrecklich. Wie früher, auf dem Hof von Ingvar und Hrafnhildur, habe ich ihr vom Frühstück ein paar Beeren aufgehoben und mitgebracht.

»Halló, Drifa!«, begrüße ich sie auf Isländisch.

Der dämliche Kloß in meinem Hals will sich nicht herunterschlucken lassen, ich muss ein paarmal Spucke sammeln und ihn zwingen. Zögernd taste ich mich näher, stütze mich an der Wand ab, an den Holzbalken. Die Stalllaterne wirft schaukelndes Licht auf die Tiere und Gegenstände, als Flóki sie aufhängt und die

Flamme ein wenig höher dreht. Es ist Herbst, und schon jetzt wird es kaum noch richtig hell.

Es schnürt mir die Kehle zu. Drifa sieht so schrecklich aus in diesem tanzenden Licht. Ihre Flanken sind eingefallen, ich kann ihre Rippen sehen. Da sind kaum noch Muskeln, und das Fell ist stumpf und grau.

Doch sie spitzt wie immer die Ohren, als ich mit ihr rede, ganz aufmerksam. Und dann, als ich die behelfsmäßige Tür zu ihrer Box hinter mir zuziehe und eintrete, fängt sie sogar leise zu brummeln an und reibt ihren Kopf an meinem Arm. Ich streichele sie und kraule ihr das dichte, kuschelige Eisbärenfell. »Ich habe dich schrecklich vermisst, mein Schneeflöckchen«, sage ich heiser.

Sie fühlt sich so gut an, so vertraut. Aber die Kuhlen über ihren Augen sind so tief wie bei einem uralten Pferd. Ihre Augen sind glasig und von scharfen Falten umgeben, und ihr Maul ist angespannt und verkniffen.

Ich küsse sie auf die samtweiche Nase, und für einen Augenblick hört sie damit auf, endlos Heu zu kauen. Mein Gesicht ist ganz dicht vor ihrem. Sie beschnuppert mich, und ihre feinen Tasthaare kitzeln meine Wange. Ich atme ihren Heuatem ein und sie meinen. So stehen wir eine ganze Weile, Kopf an Kopf, eine in die andere versunken. Noch nie habe ich mich einem Wesen so verbunden gefühlt. Dann ist der Moment vorüber. Sie stöhnt leise und fängt wieder an zu kauen.

Ich begutachte ihre Wunden. Flóki hat sie hervorragend versorgt, ich hätte das nicht besser machen können. Aber trotzdem arbeitet da tief in ihr eine Entzündung, gegen die kein Kraut gewachsen scheint.

Tränenblind drehe ich mich zu Flóki um. »Es muss doch irgendwas geben? Wir müssen ihr doch helfen können!«

Er sieht mich hilflos an. »Jórunn und Kadlin haben alles getan. Es gibt nichts in unserer Welt, was wir noch nicht versucht haben.«

»Dann suchen wir in meiner. Vielleicht weiß meine Mutter etwas. Antibiotika zum Beispiel. Habt ihr das probiert?«

Flóki hebt die Schultern. »Das kann ich dir nicht beantworten. Aber …«

»Wann kann ich wieder reiten? Ich muss zu meiner Mutsch.«

»Du brauchst sicher noch mindestens zwei Wochen, bis du einigermaßen …«

Ich schüttele heftig den Kopf.

»Vergiss es. Das muss schneller gehen.«

»Erla, es ist gefährlich. Wenn du stürzt, dann nutzt du ihr überhaupt nichts!«

»Aber ich muss …« Das Schlimme ist, dass ich es weiß. Ich weiß, dass er recht hat. Doch es ist so ungerecht. So … Flóki ist mit zwei Schritten bei mir. Er hält mich einfach nur fest, als ich losheule, lässt es stumm über sich ergehen, als ich vor Wut und Verzweiflung auf seine Brust eindresche, fängt mich auf, als ich zusammenbreche und nur noch ein zitterndes Bündel Schmerz und Tränen bin.

Ich habe keine Ahnung, wie lange wir so dastehen. Auf jeden Fall so lange, bis ich komplett leergeweint bin, keine Stimme und keine Kraft mehr in den Beinen habe. Ganz langsam lässt sein Klammergriff ein wenig lockerer. Er hält mich immer noch so fest, dass ich mich sicher und geborgen fühle. Auch wenn die Hilflosigkeit, dieses ohnmächtige Gefühl, dass ich nichts tun kann außer warten, einfach nur schrecklich ist. Er streichelt meinen Rücken und haucht mir einen Kuss auf die Haare. Ich würde ihm gern mein Gesicht zudrehen und seinen Mund mit meinen Lippen berühren, mich an ihn schmiegen und ihm ganz nah sein. Aber ich bin verheult und muss mir dringend die Nase putzen. Meinen ersten Kuss in diesem neuen Leben habe ich mir irgendwie anders vorgestellt. Und überhaupt geht es hier um Drifa. Und als ich das denke, muss ich schon wieder weinen.

»Du bist ganz kalt«, sagt Flóki nach einer ganzen Weile, in der er mich wieder einfach nur gehalten hat, bis ich mich beruhigen konnte. »Wir sollten allmählich reingehen. Du musst dich ausruhen, damit du schnell gesund wirst und Medizin für Drifa besorgen kannst.«

Ich nicke und mache mich dabei widerstrebend los. Flóki ist schön warm, und überall da, wo ich ihn berührt habe, bin ich es auch. Der Rest von mir ist ein Eiszapfen. Ich stolpere ein wenig, aber ich schaffe es, noch mal allein zu meinem Pferd hinüberzugehen und mich in das weiche Fell zu vergraben.

Drifa brummelt leise, als wollte sie mich trösten.

Ich bin mir sehr sicher, dass sie Schmerzen hat und sich nur für mich zusammenreißt. Sie versucht, sich das nicht allzu sehr anmerken zu lassen. Denn als wir ins Haus zurückkehren und ich noch einmal durch das kleine Fenster in den Stall luge, steht sie wieder auf drei Beinen, mit bis zum Boden gesenktem Kopf. Es bricht mir das Herz.

Innerlich rechne ich die Tage, Stunden und Minuten bei den Huldu in die Zeit drüben – bei meinesgleichen – um. Bei Mutsch und Hrafn. Ein Teil von mir schämt sich, dass ich es so eilig habe, dieses Heim zu verlassen. Alle sind so lieb zu mir. Ich weiß nicht, wie ich ihnen das jemals vergelten kann. Aber wenn ich nicht bald von hier fortkomme, ist mein Geschwisterchen so alt wie Ulvi, bevor ich es kennengelernt habe. Und Drifa stirbt!

»Ich glaube nicht, dass das so funktioniert, Erla.« Flóki windet sich. Er hat mir einen warmen Eintopf mit Steckrüben, Fisch und Brot als zweites Frühstück gebracht und sitzt auf einem Stuhl neben mir, während ich esse und ihm von meiner fixen Idee erzähle, die mich seit der schlaflosen Nacht nach meinem ersten Besuch im Stall nicht mehr loslässt. Ich habe keine zwei Wochen Zeit – und Drifa auch nicht. Aber ich habe Flóki. Und Kadlin. Und ihre Gabe.

»Ich muss es wenigstens versuchen, verstehst du das denn nicht? Vielleicht ist das Drifas einzige Chance! Du sagst doch selbst, dass es einfach nicht besser wird mit ihr. Wenn das so ein – entschuldige bitte, nicht persönlich gemeint – aber wenn dieses giftige grüne Blut so ein Elfenkram ist, dann gibt es das in meiner Welt nicht. Außerdem ist meine Mutter eine hervorragende Hilfskrankenschwester. Ihr fällt ganz bestimmt noch etwas ein, das wir vielleicht übersehen haben.«

»Aber Jórunn sagt, deine Wirbelsäule und dein Schienbein brauchen Zeit, um zu heilen. Eine falsche Bewegung genügt, und …«

So weit waren wir schon. Ich habe diese Zeit nicht! Drifa hat sie nicht.

»Dann schaff mich eben auf dieselbe Weise hier raus, wie du mich reingebracht hast.« Meine Augen sprühen vor unterdrücktem

Zorn. Seit Stunden diskutieren wir hier herum und drehen uns im Kreis. »Du hast doch nur Angst wegen dieser Althingsache.«

Flóki lässt meine Hand los. Er zuckt zurück und springt auf, als hätte er sich daran verbrannt.

»Das ist nicht wahr.«

»Okay, hör zu. Es tut mir leid«, entschuldige ich mich zerknirscht. »Das ist mir so herausgerutscht. Ich habe es nicht so gemeint.«

Ein feuerroter Haarschopf und einer mit zwei blonden Zöpfchen fliegen zu uns herum. Jarle und Ulvi hocken in der anderen Ecke der kleinen Kammer auf dem Boden und bauen eine Stadt aus Bauklötzen. Neugierig sehen sie zu uns herüber. Die Kinder und Flókis Mutter sind vor ein paar Tagen nach Hause gekommen. Ganz selbstverständlich hat Sunna mich in ihrem Heim willkommen geheißen. Ich habe noch niemals so hilfsbereite Menschen… wesen getroffen. Jetzt weiß ich auch, von wem Flóki die Grübchen und die Zahnlücke zwischen den unteren Schneidezähnen hat – er ist seiner Mama wie aus dem Gesicht geschnitten.

»Es tut mir leid«, sage ich schnell und senke meine Stimme. »Bitte bleib hier.«

Ich will nicht, dass er geht. Ich weiß, unter welchen schlimmen Nebenwirkungen er zu leiden hatte, als er den Raum gebeugt hat, um mich zu retten. Kadlin hat mir alles erzählt. Und doch macht es mich immer noch wütend, *dass* er es getan hat, *wie* er es getan hat – dass sie beide das mit mir gemacht haben, ohne mich zu fragen. Natürlich weiß ich, dass das schlecht möglich war.

Aber der Preis war einfach zu hoch. Ingvars Männer hätten mich sicher ebenso gut bergen können. Dann wäre ich jetzt in meinem richtigen Zuhause, bei meinesgleichen. Ich hätte die Hochzeit meiner Mutter nicht verpasst, sie wäre nicht sauer auf mich … Ich weiß nicht einmal, ob ich eine kleine Schwester oder ein Brüderchen bekommen habe. Mir fehlen zweieinhalb Jahre meines Lebens. Und mit jedem Tag, den ich hierbleibe, werden es mehr.

Das hätten sie nicht, höre ich Flókis Stimme irgendwo in mir widersprechen. Oder vielleicht ist es auch meine eigene. Mein dummes Herz stimmt ihm jedenfalls sofort zu. *Er kann nichts dafür. Niemand kann das. Dinge geschehen. Hättest du lieber sterben wollen? Oder querschnittsgelähmt sein?*

Flóki hält den Kopf gesenkt und betrachtet seine Fußspitzen, neben denen jetzt jede Menge Heuflusen liegen. Ganz langsam und steif drehe ich meinen gesamten Körper in seine Richtung. Ich darf schon länger aufrecht im Bett sitzen, auch mit den Füßen auf dem Boden. Aber Drehungen sind noch immer schmerzhaft, und das Korsett werde ich noch eine ganze Weile tragen müssen. Es fühlt sich inzwischen ungewohnt und fremd an, wenn ich es zwischendurch mal ablege, und jeder unbedachte Atemzug tut weh, weil ich mir auch mindestens eine Rippe gebrochen habe. Es wird jetzt tatsächlich täglich besser. Flóki hat recht, ich brauche Geduld, aber ich sorge mich um Drifa. Es müsste ihr schon längst besser gehen, aber das tut es nicht. Wenn Jórunn ihr nicht helfen kann, dann bleibt nur meine Mutter. Wir müssen es versuchen. Die Zeit rennt. Und ich habe Sehnsucht.

Mit dem Zeigefinger hebe ich sein Kinn an. »Hey. Entschuldige. Das war ungerecht von mir. Ihr habt mir das Leben gerettet und mich aufgenommen, und ich bin so schrecklich undankbar. Es tut mir sehr leid. Verzeihst du mir?«

Er nickt betrübt. »Wir konnten dich doch nicht fragen, Erla. Ich habe versucht, das Richtige zu tun. Jórunn hat vorhergesehen, dass … Aber ich habe es nicht bewusst gesteuert.«

»Ich weiß das doch«, sage ich zerknirscht. Jórunn – immer wieder Jórunn. Kadlin sagt, sie war ständig an meiner Seite, als ich bewusstlos war. Aber jetzt, wo es mir besser geht, bleibt sie verschwunden. Ich konnte mich nicht einmal persönlich bei ihr bedanken. Ab und zu höre ich sie im Stall oder unten in der Küche, wenn sie mit Jarle und Ulvi scherzt. Nur zu mir nach oben kommt sie nicht mehr, jetzt, wo ich wach bin. Für mich bleibt sie ein Phantom mit verschwommenen Gesichtszügen, dabei habe ich tausend Fragen an sie. Vielleicht geht sie mir genau deswegen aus dem Weg. Weil ihr auch nichts mehr zu Drifa einfällt.

Und so bekommen ständig Flóki und Kadlin meine angestaute Wut ab. Ich stecke hier fest, auf mehr als eine Weise. Immerhin bin ich seit heute den Gips los, das ist ein Anfang, aber das Korsett werde ich noch eine ganze Weile benötigen.

In einem Anfall von Selbstmitleid schluchze ich auf, und sofort kommt die kleine Ulvi herübergelaufen, klettert ganz vorsichtig aufs Bett und quetscht sich zwischen uns. Sie nimmt mich so behutsam in den Arm, dass ich ihre federleichten Ärmchen kaum spüre und sie mir auch ja nicht wehtut.

»Es wird alles wieder gut«, wispert sie mit ihrem Feenstimmchen. »Sei nicht traurig. Wir haben dich sehr lieb, weißt du?«

Ich nicke und muss schon wieder lachen, weil sie so süß ist, und strubbele ihr über die hellblonden Haare.

»Spiel weiter, Ulvi. Jetzt geht's mir schon viel besser. Flóki passt auf mich auf.« Ich sehe zu ihm hinüber und lächle ihn an, und als er zurücklächelt, klopft mein Herz ganz schnell, und das vertraute Kribbeln in meiner Magenkuhle ist wieder da.

»Das tut er.« Sie nickt. Dann sieht sie mich einen Moment lang ernst an, und ihre Augen werden glasig, als sie sich noch einmal vorbeugt und mir ganz leise ins Ohr flüstert. »Versprich uns, dass du nicht zu weit zurückgehst, Erla Björksdóttir. Es ist so unendlich traurig, mit anzusehen, wie alle sterben, und nichts dagegen tun zu können. Flóki wird dich sein Leben lang vermissen.«

»Ich gehe bestimmt nicht weit, versprochen«, sage ich verwirrt und versuche einen Scherz. »Kann ich ja gar nicht.«

Aber ich wische mir verstohlen Gänsehaut vom Arm und sehe zu Flóki hinüber. Hat er gehört, was seine kleine Schwester gesagt hat?

»Ich werde euch immer besuchen kommen«, füge ich murmelnd hinzu.

Fragend beugt Flóki sich nach vorn.

»Ulvi, was …?«, setzt er an, aber sie reagiert nicht auf ihn.

Sie legt den Kopf schief und guckt verträumt durch mich hindurch. »Das wäre sooo schön«, piepst sie, und dann wechselt ihre Stimme wieder, sie wird tiefer und klingt, als wäre sie viel älter. »Man soll nichts versprechen, was man nicht halten kann. Es wird sehr lange dauern, Erla. Viel länger, als du denkst. Aber ich habe Zeit. Ich werde warten.«

Flóki sieht mich merkwürdig an und greift der Kleinen um die Taille, um sie von meinem Schoß zu ziehen. »Sie hat ein Gesicht.«

»Ein was?«, frage ich verständnislos. Natürlich hat sie ein Gesicht, das sitzt vorn auf ihrem Kopf!

»Man nennt es das Zweite Gesicht«, erklärt Flóki, und ich erinnere mich an eine alte Frau, die dasselbe von mir sagte.

Ulvi kichert und windet sich strampelnd aus Flókis Griff. Der sonderbare Moment ist vorbei. »Loslassen«, quietscht sie jetzt wieder in ihrer gewohnt fröhlichen Stimmlage und rennt zu Jarle hinüber.

»Sie sieht manchmal die Zukunft«, sagt er leise und lächelt, als sie sich über die Schulter kurz zu uns umdreht. Die Zukunft also. Müsste ich mich darüber wundern? Es infrage stellen? Nein, dazu bin ich schon zu lange in Island – und zu lange ich. Mich beschäftigt etwas ganz anderes.

»Ich habe nicht verstanden, was sie gemeint hat.«

Ich öffne den Mund, um sie noch einmal zurückzurufen. Sie soll es mir anders erklären, damit ich etwas damit anfangen kann. Aber Flóki winkt ab.

»Das bringt nichts. Sie kann sich danach nie erinnern. Es wird Sinn für dich machen, wenn es an der Zeit ist.«

Wieder so eine frustrierende Weisheit. Für einen kurzen Moment wünsche ich mir, die Welt mit den Augen meiner Mutter zu sehen. Zeitverschiebungen, Runenorakel, gefährliche Zwischenwesen mit grünem Blut? In ihrer Wahrnehmung wäre Ulvi nur eine ganz normale Vierjährige, die sich kuriose Geschichten ausdenkt. Nur weiß ich es leider besser.

Gedankenverloren reibe ich über die kleine Narbe an meinem Zeigefinger. Vielleicht bin ich ja doch eine Art modernes Dornröschen, das sich an einer isländischen Spindel gestochen hat. »Na, solange es keine hundert Jahre sind. Kann alles immer noch schlimmer kommen, richtig?«

Flóki klopft schnell auf den hölzernen Bettrahmen. Er ist abergläubischer als die alte Hrafnhildur, und das finde ich jetzt wieder ausgesprochen amüsant.

5. Wellenbrecher und Warmbader

Flóki pfiff nach seiner braunen Stute. Er musste den Kopf frei bekommen. Einfach mal für eine Stunde alles vergessen, alleine sein, andere Gedanken fassen. Er wurde sonst noch irre, weil auf einmal alle etwas von ihm wollten. Erla, Kadlin, der Gode, seine Eltern … und Jórunn. Er hatte noch immer nicht ganz begriffen, dass er nun endlich, endlich seine Gabe entdeckt hatte – als Letzter von all seinen Freunden. Nun sollte er niemandem davon erzählen, war womöglich schuld daran, dass sich ein Zwischenwesen im Suðurland herumtrieb und Schafe und Hühner anfiel, durfte sich Standpauken von seinen Eltern und von Erla anhören und musste in ein paar Tagen vor dem Thing aussagen. Würde Jórunn ihm weiterhelfen können – oder würde das nur in weitere Belehrungen ausarten? Er brauchte Informationen, aber er wollte auch in Ruhe gelassen werden. Und Erla war immer noch wütend auf ihn und wollte nur noch weg. Ja, all das musste furchtbar für sie sein. Aber was hätte er denn tun sollen? War sein Zuhause denn so schrecklich für sie? Er hatte immer geglaubt, sie würde sich wohlfühlen in seiner Welt – und seiner Gesellschaft. Er verstand gar nichts mehr. Er musste raus hier. Einfach weg.

Für ein oder zwei Stunden wollte er sich zur Abwechslung einmal nur um sich und sein Pferd kümmern, sich den kalten Wind um die Nase wehen lassen, nichts hören außer Möwengeschrei, Wellenrauschen und dem Trommeln von vier Hufen über Moos und feinen schwarzen Lavasand. Er griff in die borstige dunkle Mähne und schwang sich auf den blanken Pferderücken. Seine Mutter wusste Bescheid, dass Jórunn ihn sehen wollte und dass er Kadlin am Mittag abholen würde. Sie hatte versprochen, sich um die Lämmer und Drifa zu kümmern. Und für Erla war es ein gutes Training, wenn sie Sunna dabei unterstützte. Vielleicht kam sie sich dann weniger nutzlos und überflüssig vor. In jedem Fall würde es ihr guttun, bei ihren Tieren zu sein.

Brúna trug ihn mit eifrigen Trippelschritten die Hügel hinauf, vorbei an dem kleinen Wasserfall, der im Frühjahr nach der Schneeschmelze den Weg unterspülte und ihn beinahe unpassierbar machte. Vorbei an abgeblühten Lupinenfeldern und wogendem Wollgras. Hügelauf und hügelab.

Mit jedem Meter, den er sich weiter vom Hof seiner Eltern entfernte, konnte er tiefer atmen. Es war, als ob eine zentnerschwere Last von ihm abfiel.

Er schnalzte leise, als sie den letzten steilen Hügel hinabritten und die Ebene erreichten. In der Ferne sah er bereits das Meer glitzern. Dort wollte er hin. Der Wind trug eine Brise zu ihnen herüber, die nach Salz und Seetang schmeckte. Brúna witterte mit geblähten Nüstern und nahm Tempo auf. Flóki lehnte sich etwas zurück, verlagerte sein Gewicht, und die Stute fiel in einen schnellen Tölt. Stetig wie die Nähmaschine seiner Mutter trommelten die kleinen runden Hufe über den Boden. Lavabröckchen und Kiesel flogen zur Seite und knirschten unter den Hufeisen. Doch obwohl er bei Brúnas Tölt so bequem sitzen konnte wie in einem Schaukelstuhl – es war ihm noch immer nicht schnell genug.

»Lauf, meine kleine Freundin, lauf. Flieg mit dem Wind«, bat Flóki und beugte sich tief über ihre Mähne. Die braune Stute schüttelte

schnaubend den Kopf und galoppierte an. Er spürte, wie sich der warme Pferdekörper unter seinen Beinen streckte, wie die Rückenmuskeln arbeiteten, als sie in den Dreitakt wechselte, ein Bein am Boden, drei in der Luft. Dann erreichten sie den endlosen, weiten Sandstrand.

Sonnenlicht brach in langen Strahlen durch die Wolken und ließ die tosenden Wellen weit draußen glitzern und funkeln, als würden Edelsteine auf den Schaumkronen tanzen. Sie ritten am Meeressaum entlang. Beleidigt schreiende Möwen flogen auf, wenn sie ihnen zu nahe kamen. Sand und Wasser wurden unter Brúnas Hufen aufgewühlt und spritzten bis in sein Gesicht. Kalte und salzige Küsse auf seiner Haut. Freiheit. Ungebundenheit. Sorglosigkeit. Auf ihrem Rücken fühlte er sich völlig losgelöst und niemandem Rechenschaft schuldig. Er fühlte ihre Körperwärme. Schwerelos, unbekümmert, frei wie die Austernfischer, die Tölpel und Möwen, frei wie der Wind selbst. Juchzend kauerte Flóki sich über Brúnas Hals und gab sich ganz dem wilden Rhythmus und der ungezügelten Bewegungsfreude seines Pferdes hin, der Kraft hinter dem trommelnden Takt ihrer preschenden Hufe.

Er war am Leben.

Er atmete.

Er war verbunden mit den Elementen und allem, was ist.

Er konnte fliegen, genau jetzt, zusammen mit Brúna – und nichts anderes war in diesem Augenblick wichtig.

Er schöpfte Kraft. Kraft, die er verloren hatte in den letzten Tagen und Wochen. Kraft, die er brauchen würde für das, was zu Hause auf ihn wartete. Und für den Besuch in Jórunns Höhle. Was war das wohl, was sie ihm und Kadlin anvertrauen wollte? Es klang wie ein Geheimnis.

Als sie beide nass geschwitzt waren und sich genug ausgepowert hatten, drosselte er das Tempo und wendete die Stute. Schnaubend fiel sie in Schritt.

»Warte einen Moment«, bat er das Pferd, schwang ein Bein über ihren Hals und glitt von ihrem Rücken. Er bückte sich und hob das leere Gehäuse einer Meeresschnecke auf, das ihm ins Auge gefallen war. »Das wird Erla gefallen, meinst du nicht?«

Brúna rieb das Gesicht an seiner Schulter und schüttelte die Mähne. Dann schnupperte sie neugierig an dem Schneckenhaus, ertastete es mit den samtweichen Nüstern und stülpte flehmend die Oberlippe um. Sie prustete, als hätte sie Pfeffer eingeatmet.

Grinsend wich Flóki dem Sprühnebel aus und lief aufs Wasser zu. Doch so aufgewühlt, wie die See heute war, hatte er dort keine Chance, das Schneckenhaus vom Sand zu befreien, ohne eine unfreiwillige Dusche zu nehmen. Er sah sich um.

»Warte«, rief er und rannte auf eine Gruppe schwarzgrüner Felsen zu, die als Ausläufer eines Steilhangs bis weit ins Wasser reichten. Vor vielen hundert Jahren musste hier Lava ins Meer geflossen sein. Die Gezeiten hatten sie unterspült und abgeschliffen. An diesem Abschnitt des Strandes gab es trügerische Höhlen, die während der Flut vollliefen, und wie jetzt, bei Ebbe, öffnete sich eine breite Sandpassage in die nächste Bucht. Doch dort hinten lauerte Treibsand. Vor vielen Wochen hatte er Erla davor gerettet, als sie völlig außer sich, ein bisschen so wie er heute, mit ihrer Stute ans Meer geflohen war.

Flóki strich sich die Haare aus dem Gesicht und rückte seine Mütze zurecht. Der Wind frischte zusehends auf und trieb das Wasser landeinwärts. In der Nacht würde es vermutlich eine Sturmflut geben. Es ging auf Vollmond zu. Kein Fischer würde heute Nacht hinausfahren.

Flóki hoffte, dass sein Vater gut behütet wurde. Die Männer waren schon ein paar Tage wieder auf hoher See und würden bleiben, bis sie genug gefangen hatten. Sie waren auf Barsche und Dorsche aus, aber vielleicht würden sie auch auf einen Schwarm Heringe oder Kabeljau stoßen.

Die Zeiten, in denen es so viele Fische in den Netzen gab, dass man das Gefühl hatte, das Wasser brodelte, wenn man den Fang an Bord holte, waren lange vorbei. Hjálmur erzählte ab und zu davon, dass es spürbar seltener wurde. Die Menschen waren zu habgierig geworden, überall an der Küste stank es nach immer neuen Fischfabriken. Flókis Vater fürchtete, dass es nicht mehr lange gut gehen würde. Innerhalb des Versteckten Volkes wurden Stimmen lauter, die Fischbestände vor den Menschen zu verstecken, zumindest für eine Zeit, damit sie sich erholen konnten.

Immer weiter mussten ihre Fischer hinausfahren, immer länger dauerten die Fahrten. Und manchmal berichtete Hjálmur nach seiner Heimkehr, dass sie fremden Kuttern begegnet waren, von Färingern, Briten oder sogar Norwegern. Die hatten offenbar ebenfalls zunehmend Schwierigkeiten, ihre Netze zu füllen. Es war ein Problem, das alle Länder im Norden betraf. Der Unmut unter den Huldu wuchs. Nicht alle waren den Menschen gegenüber nachsichtig und wohlgesonnen.

Flóki kletterte auf die Steine und hielt sich die Hand über die Augen. Da draußen war nichts zu erkennen außer Schaumkronen.

»Asenheil und Wanensegen«, murmelte er und bat die alten Götter ebenso wie den heiligen Christophorus, gut auf seinen Vater achtzugeben. Er wusste, dass er das Vegvísirsymbol auf der Brust trug, den Wikingerkompass, der ihn vor allen Stürmen beschützen und wohlbehalten wieder an Land bringen sollte. Seine Mutter hatte Hjálmur gesegnet und eine Kerze in der Kirche angezündet, das tat sie jede

Nacht, wenn er zur See fuhr, und so lange, bis er zurückgekehrt war. Die Menschen brauchten die See, aber das Meer brauchte die Menschen nicht. Es ging nicht zimperlich mit ihnen um, und immer wieder verloren Kinder ihre Väter an den eisigen Ozean – auch unter den Huldu kam das vor.

Flóki musste sich darauf konzentrieren, wohin er seine Füße setzte. Weiter vorn, wo die Felsen ins Nordmeer ragten, brach sich die Brandung mit enormem Getöse an der natürlichen Mole. Die Gischt spritzte meterhoch. Aber die Fläche zog sich wie ein durchlöcherter und mit Sand gestopfter Flickenteppich weit landeinwärts. Hier gab es ein paar flache Kuhlen, natürliche Becken, in denen selbst jetzt bei Niedrigwasser ein wenig Wasser stehen blieb. Manchmal kam er mit seinen Freunden hierher, um nach Krebsen oder Muscheln zu suchen. Man musste höllisch aufpassen beim Klettern, denn die Steine waren entweder zu spitz, um darauf zu treten, oder schlüpfrig von Tang und Algen.

Es war eigentlich albern, er hätte das Schneckenhaus auch so schmutzig einstecken können, wie es war, aber der Geruch nach Algen und Schlick blieb lange in der Kleidung haften. Außerdem liebte er es, auf den Steinen herumzuklettern und seine Geschicklichkeit zu üben. Es tat ihm gut nach der vielen Sitzerei in den vergangenen Wochen – und vielleicht fand er ja noch einen Leckerbissen fürs Abendbrot oder ein paar andere hübsche Mitbringsel?

Auf der Suche nach einem gut zugänglichen, flachen Wasserbecken wäre er mehr als einmal beinahe mit dem Fuß in eine Spalte gerutscht, aber er fing sich jedes Mal geschickt ab. Nur einmal stolperte er und verlor das Gleichgewicht. Dabei schrammte er sich das Knie auf und brach einen Fingernagel ab. Doch er war trocken und weitgehend sauber geblieben. In einer Pfütze fand er sogar ein paar noch schönere Muscheln als die erste und eine rund geschliffene graublaue Glasscherbe dazu. Die würde er Ulvi und Jarle mitbringen, damit sie sich nicht zurückgesetzt fühlten, wenn er nur Erla ein Geschenk mitbrachte.

»Geht doch«, murmelte er gut gelaunt. Zufrieden spülte er das Schneckenhaus und die anderen Fundstücke in einer Mulde aus und drehte sich zum Ufer.

Er winkte übermütig zu Brúna hinüber, die sich offenbar gewälzt hatte, so paniert, wie ihr zotteliger Pelz aussah. Wie die anderen Islandpferde hatte sie bereits komplett ins Winterfell gewechselt.

Die Stute stampfte ungeduldig mit dem Huf und wieherte ihn an.

»Ich komme ja schon!«, rief er lachend und steckte die Muscheln in seine Hosentasche, um die Hände für den holprigen Rückweg frei zu haben. Verträumt betrachtete er das Geschenk für Erla. Nur ganz kurz hielt er das Schneckengehäuse an sein Ohr und schloss die Augen, um zu lauschen. Sein gewundenes Inneres glänzte zartrosa, und trotz des tosenden Windes und der klatschenden Brandung hörte er das Meer darin singen.

Dann kam die Welle.

Sie überrollte ihn von hinten, warf ihn zu Boden und raubte ihm den Atem. Er geriet vollständig unter Wasser und verlor die Orientierung, als sie über, unter und mit ihm zurückrollte. Er verlor das Schneckengehäuse, stieß blind und ohne Luft holen zu können gegen einen Stein. Er wurde endlos herumgewirbelt, bis er sich schließlich an einem spitzen Felsen festklammern konnte.

Das Meer zog an ihm, er verlor erneut den Halt und rutschte mit dem Fuß ab. Stechender Schmerz durchfuhr seinen Knöchel, irgendetwas hielt ihn fest und gab ihn nicht frei. Seine Brust schmerzte, weil er nicht atmen konnte.

Endlich zog sich das Wasser zurück. Hustend und keuchend sog Flóki Luft in seine Lungen und versuchte, sich aufzurappeln. Er spürte seine Füße nicht, seine Finger waren eiskalt. Seine Zähne klapperten. Er zitterte und hatte keine Kontrolle über seine Beine. Ganz ruhig, mahnte er sich und sah sich hektisch um. Wo war das Meer? Wann würde die nächste Welle über ihn hereinbrechen? Er musste hier weg. Schnell! Zum Glück hatte ihn der Kaventsmann nicht hinausgezogen, sondern sogar ein Stück weiter in Richtung Strand geworfen.

Brúna wieherte schrill. Er sah sie aufgeregt am Rand der Felsen auf und ab preschen. Unwillig schüttelte sie die Mähne und machte Anstalten, auf die Steine zu klettern.

»Lass das! Bleib da weg!«, brüllte er erschrocken und verschluckte sich. Er schmeckte Salzwasser und Blut und musste sich einen Moment zurücklehnen, um durchzuatmen. Ihm tat jeder einzelne Knochen weh, und der Wind auf seiner nassen Kleidung ließ ihn zittern. Je mehr der erste Schock sich legte, desto stärker fror er. Er musste fort von hier, raus aus den nassen Sachen, wenn er sich keine gewaltige Erkältung holen wollte.

Die Stute wieherte wieder.

»Mir geht's gut!«, schrie er. »Hör schon auf! Das macht es nicht besser!«

Wenn dieses verrückte Pferd allen Ernstes versuchte, zu ihm zu gelangen, würde es sich alle Beine brechen. Schlimm genug, dass er so leichtsinnig gewesen war. Flóki stöhnte und zog sich auf alle viere. Doch er kam nicht weit. Sein linker Fuß machte die Drehung nicht mit. Ein Stechen zog vom Knöchel bis ins Knie. Ungläubig starrte er auf seine Hose. Er war eingeklemmt. Flóki beugte sich hinunter und zog mit beiden Händen an seinem Bein. Nichts. Er versuchte mit rot gefrorenen Fingern an seinen Schuh zu gelangen und die Schnürsenkel zu öffnen, aber er bekam die gewachsten Schnüre nicht richtig zu fassen. Er tastete nach dem Messer, das er immer in seiner Hosentasche trug – weg.

Zunehmend beunruhigt sah er sich um. Das konnte nicht sein! Es durfte nicht! Das Messer war ein Geschenk vom alten Thorbjörn. Er tastete in der zweiten Hosentasche danach – nichts. Und die hübschen Muscheln waren auch zerbrochen.

Mit zitternden Fingern fischte er die Reste heraus. Die Schalen waren so dünn, dass sie ihm nicht einmal nutzten, um damit seine Schnürsenkel aufzusäbeln und den Schuh zu öffnen, ganz abgesehen davon, dass er nicht wirklich dort herankam. Er versuchte, sich freizustrampeln, ignorierte den Schmerz, zog, zerrte, wand sich, tobte. Aber wie auch immer das sein konnte, der Fels gab ihn nicht frei.

Das Wasser stieg immer höher. Er fühlte, wie es um den feststeckenden Knöchel schwappte, sich zurückzog und mit der nächsten Welle bereits ein Stückchen höher hinaufkroch, zusammen mit der Kälte. Und der Furcht. Wenn er sich nicht befreien konnte, würde er entweder an Unterkühlung sterben oder ertrinken.

Er spürte Panik in sich aufsteigen. Dann Wut. Das würde nicht geschehen! »Lauf los, hol Hilfe«, rief er dem Pferd zu. Aber er wusste, dass das nichts brachte. Selbst wenn Brúna ihm gehorchen würde wie ein Hund, wer sollte sie verstehen? Kadlin vielleicht. Musste die sich nicht inzwischen wundern, dass er noch nicht da war? Oder Jórunn mit ihrem sechsten Sinn? Aber selbst wenn Brúna ihre Aufmerksamkeit erlangen würde – bis sie hier wären, würde es zu spät sein.

Niemand würde ihn so schnell finden. Er musste sich selbst helfen. Die nächste Riesenwelle baute sich auf. Diesmal sah Flóki sie kommen und konnte ihr doch nicht ausweichen. Also schrie er ihr entgegen, trotzig und so laut er konnte, zornig und verzweifelt, bis sie über ihm zusammenbrach und er den Atem anhalten musste. Er versuchte, ihre Kraft zu nutzen, um sich freizustrampeln, aber sie schleuderte ihn nur herum. Er versuchte, seinen Kopf mit den Armen zu schützen, und rang gurgelnd nach Luft, als die Welle ihn endlich wieder freigab. Denken, Flóki, denk nach!

Es dämmerte bereits, spätestens in einer Stunde würde es dunkel sein, und dann … Vor seinem inneren Auge sah er Jórunns Gesicht. Ernst sah sie ihn an.

Seine Gedanken rasten. Er dachte zurück an den Moment, als Kadlin und er Erla im Schneesturm gefunden hatten, an das schrille Wiehern des abgestürzten Pferdes und an das sonderbare Heulen des Zwischenwesens, oben von der Klippe. Er schluckte. Noch nie zuvor hatte er einen solchen Laut gehört oder solche Verletzungen gesehen.

Er wusste nicht, was danach geschehen war. Wie es *passiert war. Er erinnerte sich nur, dass sie sich plötzlich alle zusammen direkt vor seinem Elternhaus befanden. Erla und Drifa, Kadlin und … Jórunn. Die alte Heilerin hatte auf der Bank vor dem Haus gesessen, mitten im Winter, als hätte sie auf die Ankunft ihrer Patienten gewartet. »Du kannst den Raum beugen, Flóki. Das ist die seltenste Gabe von allen.«*

»Aber wie, verdammt noch mal? Wie?«, jammerte er heiser.

»Konzentrier dich!« Das war Erlas Stimme, ganz dicht an seinem Ohr. Seine Sinne spielten verrückt. Erla lag in ihrem Bett. Sie war nicht hier.

Niemand war hier, er war allein.

Bibbernd drehte er sich um. Das Wiehern hatte aufgehört, vor einer ganzen Weile schon. Selbst seine Stute hatte ihn verlassen. Und die Flut stieg unaufhörlich weiter. Die nächste Welle kam und klatschte ihm ins

Gesicht wie eine eiskalte Ohrfeige. Keuchend schnappte Flóki nach Luft. Seine Haare tropften. Er durfte nicht aufgeben. Den Raum beugen. Er hatte es vom Hochland nach Hause geschafft, dann würde er es doch wohl von diesem bescheuerten Felsen bis zum Strand schaffen? Nein. Das würde nicht genügen. Er musste aufs Pferd. Seine Stute wärmte ihn, sie würde ihn nach Hause tragen. Wie schön wäre es jetzt, in seinem Bett zu liegen, zugedeckt bis zum Kinn, mit einer Bettpfanne an den Füßen. Oder in einer heißen Quelle. Erlas lächelndes Gesicht tanzte vor seinen Augen. Er meinte, den Schwefelduft des warmen Wassers zu riechen. Diesmal würde er sie küssen. Sie würde sich so über das Schneckengehäuse freuen. Er musste sich nur etwas vorbeugen, ihr Gesicht war ganz nah. Ihre wunderschönen Augen, ihr Mund. Er brauchte einfach nur … wenn er nur nicht so müde wäre … so entsetzlich …

Die nächste Welle erwischte ihn, während er einatmete. Der Schock der Atemnot machte ihn kurzzeitig wach. Er hustete und spuckte keuchend widerlich salziges Wasser aus. Er wollte nicht mehr hier sein, er wollte, dass sie das Meer hörte, sie sollte gesund werden, Drifa brauchte sie, er brauchte sie! Und er wollte sein Messer wiederhaben. Er bäumte sich auf und schrie.

Als er wieder zu sich kam, war es dunkel. Er spürte etwas an seinem Kopf knabbern. Brúna. Sie stupste ihn mit ihren samtweichen Lippen an, ihr warmer Atem kitzelte ihn am Ohr. Sein Körper hätte eiskalt sein müssen, aber er war es nicht. Ihm war glutwarm. Er hatte von Männern gehört, die fast erfroren waren im Schnee. Sie hatten Ähnliches berichtet, die Empfindung von Hitze gehörte zu einer starken Unterkühlung. Aber wo waren die Wellen? Er hörte das Meer nicht mehr rauschen. Bis auf ein leises Plätschern war alles still. War er tot?

Hatte er die Flut verschlafen? Aber warum war sein Pferd dann ebenfalls gestorben? Irgendetwas stimmte nicht. Ganz vorsichtig testete Flóki, ob er sich bewegen konnte. Heiß. Er verbrühte sich fast an der Strömung. Das war … die Quelle. Hier hatte er mit Erla gebadet. Er befand sich gar nicht weit von zu Hause, auf halber Strecke zu Jórunns Höhle. Hatte er das alles nur geträumt? Sein Knöchel brannte, als er sich umdrehte. Nein, ganz sicher nicht. Und er wüsste auch nicht, dass man im Traum in voller Bekleidung in einen warmen Fluss stieg. Er musste weiter, wenn er nicht riskieren wollte, dass Kadlin oder Jórunn ihn als vermisst meldeten.

Bedauernd kämpfte er sich aus dem Wasser, führte sein Pferd an einen Felsen und zog sich mühevoll auf Brúnas Rücken. Etwas bohrte sich schmerzhaft in seine Leiste, als er sich zurechtrückte. Überrascht griff er in die nasse Hosentasche. Das Schneckenhaus. Das Messer und die Muscheln waren auch wieder da. Er hatte den Raum gebeugt. Ganz allein! Er hatte es getan. Jetzt konnte er Erla helfen! »Bring mich zu Jórunn, meine Schöne. Ich schätze, jetzt bin ich so weit.«

»Wo ist Flóki?« Außer Atem und mit aufgelösten Haaren steht plötzlich Kadlin vor mir im Stall.

Weil jede schnelle Bewegung immer noch schmerzt, hebe ich ganz vorsichtig die Schultern und setze die Milchflasche ab, was Boogie gar nicht in Ordnung findet. Eigentlich brauchen die Lämmchen kaum noch Milch. Sie fressen schon eine ganze Weile Heu, aber schaden kann es uns allen dreien nicht. Ich muss zwischendurch einfach mal raus und etwas Sinnvolles tun, und so ein isländischer Winter übersteht sich sicher besser mit ein wenig Speck auf den Rippen.

Vielleicht habe ich auch von meinen allerersten Melkversuchen ein kleines Milchtrauma zurückbehalten. Wegen mir soll jedenfalls kein Lämmchen mehr Hunger leiden. Außerdem ist es einfach zu niedlich, wie sie an den Saugern zerren und stupsen. Jetzt allerdings blöken alle beide mich ziemlich ungehalten an.

»Wollte er dich nicht abholen?«, frage ich Kadlin.

»Eben«, antwortet sie aufgeregt. »Er hätte schon vor zwei Stunden bei mir sein sollen. Ich bin ihm entgegengeritten, aber ich habe ihn auf dem ganzen Weg nirgends gesehen. Er ist also pünktlich von hier losgekommen?«

»Heute Mittag schon«, sage ich langsam. »Wir haben uns … na ja … nicht direkt gestritten. Es ist … kompliziert. Jedenfalls wollte er den Kopf freikriegen. Vielleicht ist er zum Strand geritten? Das mache ich immer, wenn ich …«

Kadlin unterbricht mich. »An den Strand? Bei dem Wetter?«

Wie zur Bestätigung rüttelt der kalte Wind heftig an der einfachen Holztür und drückt gegen die kleinen Fensterscheiben, sodass sie knacken. Draußen stürmt es immer heftiger, und ich ziehe mir automatisch das Schultertuch, das Sunna mir geschenkt hat, enger um den Hals. Aber hier drin ist es durch die Körperwärme der Tiere immer noch angenehm warm.

»Als er losgeritten ist, war es noch nicht so windig.«

»In einer Stunde wird es dunkel. Das ist nicht gut.«

Wir starren uns an. Wieso habe ich eigentlich gerade das Gefühl, ich müsste mich verteidigen?

»Meinst du, es ist ihm was passiert?« Eine kalte Hand greift um mein Herz, und ich stütze mich an einem Holzbalken ab. »Vielleicht hattet ihr ein Missverständnis, und er ist alleine zu Jórunn geritten?«

Kadlin schüttelt gereizt den Kopf. »Wir sollen nicht allein in die Berge. Flóki hält sich an das, was man ihm sagt. Und er ist normalerweise sehr zuverlässig.«

Ups. Der Seitenhieb saß. Seit ich hier bin, ist nichts mehr normal. Ich ziehe die Augenbrauen hoch, verkneife mir aber einen Gegenschuss.

»Es war nur ein Gedanke«, erwidere ich und bemühe mich, nicht allzu schnippisch zu klingen. Streiten bringt uns kein Stück weiter. »Also, was tun wir?«

»Wir?« Kadlin sieht mich erstaunt an.

»Ja, glaubst du, ich mache mir keine Sorgen, wenn du hier hereinplatzt und so was erzählst? Können wir ein paar Leute mobilisieren, die suchen helfen?«

»Bis ich den nächsten Hof erreicht hätte, bin ich schon zweimal am Strand und wieder zurück gewesen.«

Mir liegt der Vorschlag auf den Lippen, Hrafn und Andri um Hilfe zu bitten, ihr Gehöft ist ja gleich hinter dem nächsten Hügel, aber das nutzt uns genauso wenig. Noch ein Gedanke huscht durch meinen Verstand. Ob sie mich überhaupt wiedererkennen würden? Mehr als zweieinhalb Jahre später?

Und selbst wenn sie helfen würden – sie könnten Flóki gar nicht sehen. Das ist ja auch der Grund, weswegen Flóki sich mit der Nachricht über meinen Verbleib an Thorbjörn gewandt hatte. Er konnte ihn wahrnehmen. Ich bin sehr traurig, dass der alte Mann nicht mehr da ist, wir waren so etwas wie Freunde. Ich muss an die Runen und das zusammengefaltete Leder mit dem Schutzzeichen oben auf meinem Nachttischchen denken. Wo wäre ich wohl ohne das?

Ein trauriger Seufzer mogelt sich aus meiner Brust. Alle Botschaften, die ich mit der Bitte um Hilfe an Mutsch geschrieben habe, sind bisher unbeantwortet geblieben. Auch das ist irgendwie ein Déjà-vu, auch wenn ich mir diesmal sicher sein kann, dass sie wirklich überbracht worden sind. Allerdings kann ein Huldu kein normales menschliches Wohnhaus betreten, wenn die Schwingung nicht passt, und draußen oder im Stall sind die Briefe anscheinend bisher übersehen worden. Vielleicht hat auch das mit den verschiedenen Zeitebenen zu tun.

Kadlin schneidet eine Grimasse. Ich vergesse immer, dass sie hört, was ich denke, so als ob ich laut mit ihr sprechen würde.

»Ich reite zu Jórunn«, verkündet sie und hat bereits den Türriegel in der Hand.

»Ich komme mit. Gib mir zwei Minuten.« Mit schnellen Blicken kontrolliere ich, ob Drifa und die Lämmer alles haben, was sie brauchen, und gut versorgt sind, dann angele ich mir ein Halfter vom Hakenbrett an der Wand.

»Erla, ich weiß nicht, ob du …«

»Irgendwann muss ich wieder aufs Pferd, und ich denke, heute ist ein guter Tag dafür – und ein noch besserer Anlass.«

Sie sieht mich zerknirscht an, und diesmal bin ich es, die genau weiß, was sie denkt: Ohne mich ist sie schneller. Ich würde sie aufhalten. Und wenn ich stürze … Aber ich bin fest entschlossen.

»Ich werde nicht runterfallen«, komme ich ihr zuvor. »Und

wenn es dir zu langsam geht, dann kannst du immer noch die Zeit beugen.«

»Das sollen wir nicht, und du weißt das.«

»Es sei denn, es besteht Gefahr. Und Flóki *ist* in Gefahr. Du spürst das genau wie ich.«

»Aber …«

»Der Gode hat auch noch gesagt, dass keiner von euch allein reiten soll.«

Sie sieht mir fest in die Augen. Keine von uns senkt den Blick.

»In Ordnung«, gibt sie schließlich nach. »Ich nehme dich mit. Aber *du* musst Sunna fragen, welches Pferd du nehmen kannst.«

Ich weiß genau, dass sie hofft, dass Flókis Mutter mir ausredet, bei diesem Wetter einen Ausritt zu machen. Allerdings hat sie nicht daran gedacht, dass ich sie in die Pfanne hauen könnte, wenn ich Sunna sage, worum es dabei in Wirklichkeit geht.

»Willst du wirklich, dass ich ihr erzählen sollte, was wir vorhaben?«

Wir grinsen uns an, und weil wir uns solche Sorgen um Flóki machen und so angespannt sind und das alles gleichzeitig so idiotisch und sonderbar ist, kriegen wir einen hysterischen Lachkoller, der dazu führt, dass wir uns mit Tränen in den Augen in den Armen liegen, bis wir nicht mehr können. Bei mir geht das ein wenig schneller als bei Kadlin, weil mir Lachen zwischen den Rippen immer noch verdammt wehtut. Ehrlich gesagt, geht mein Kichern ziemlich schnell in Japsen und Stöhnen über.

»Bist *du* wirklich sicher, dass du das packst?«, fragt Kadlin besorgt und stützt mich, damit ich mich einen Moment lang auf das alte Wasserfass in der Ecke setzen und verschnaufen kann. Ich nicke heftig und wische mir die Tränen weg.

»Natürlich. Ich werde drin nur kurz Bescheid sagen, dass ich mir Auðna für eine kleine Übungseinheit mit dir ausleihe, also wehe, du haust mir inzwischen ab.«

Kadlin schüttelt den Kopf. »Ehrenwort.«

Der Name der graufalben Stute mit den schokoladenbraunen Beinen bedeutet *Glück*. Und ich denke, das können wir gut gebrauchen bei unserem Ritt. Außerdem hat Auðna einen ganz weichen Schaukelgalopp, und wenn ich zwischendurch leichttrabe, sollten wir gut mithalten können, ohne dass Kadlin und ihre Falbstute uns in ihrem schnellen Tölt abhängen. Denn tölten traue ich mich tatsächlich noch nicht. So bequem diese Gangart auch zu sitzen ist, ich bin mir ziemlich sicher, dass meiner Wirbelsäule das Gerüttele überhaupt nicht gefallen würde, zumal ich immer noch Schwierigkeiten habe bei den Übergängen. Mein Plan ist eher, bei allem, was schneller wird als Schritt, in den Bügeln zu stehen.

Kadlin sieht mich immer noch skeptisch an. »Denk dran. Du hast keine Kondition mehr. Und dein gebrochenes Bein wird die Belastung auch nicht so prima finden.«

»Das kriege ich schon hin«, erwidere ich verbissen, auch wenn mir insgeheim vor den Schmerzen graust, die bestimmt auf mich zukommen. Natürlich habe ich das nicht alles bis zum Ende durchdacht.

Kadlin nimmt mir das Halfter ab und knurrt etwas von »Ich mach das schon. Beeil dich«.

Ich humpele ins Haus, um meine dicke Jacke zu holen.

»Bring mir bitte ein Taschentuch mit«, ruft sie mir nach, und ich grinse heimlich in mich hinein. Ich weiß, wofür sie das braucht und was das bedeutet. Es ist sehr praktisch, Freunde mit speziellen Talenten zu haben, und ich bin wirklich dankbar dafür.

Fünf Minuten später sitzen wir im Sattel. Nicht einmal wenn ich gesund bin, schaffe ich es so schnell, ein bestimmtes Pferd aus dem Gruppenverband zu fangen, kurz überzubürsten, damit kein Dreck in der Sattellage oder am Kopf scheuert, und es aufzuzäumen. Aber ich kann ja auch nicht die Zeit beugen.

Kadlin schnieft verdächtig und nimmt dankbar das frisch gebügelte Leinentüchlein entgegen, um sich die Nase abzuwischen.

Ich habe außerdem eine dicke Wolldecke mitgebracht, die ich zusammengerollt hinter meinem Sattel festschnalle. Was ich damit will, weiß ich noch nicht so genau, aber schaden kann es bestimmt nicht.

»Na, dann mal los mit uns«, grinse ich und führe Auðna zu der kleinen Holzkiste, die ich immer als Aufsteighilfe benutze.

In den ersten Minuten fühle ich mich auf ihrem Rücken beinahe so wackelig wie bei meinem allerersten Ritt überhaupt. Weil ihre Beine länger sind, hat sie einen ganz anderen Schrittrhythmus als Drifa. Aber wie ich gehofft hatte, gewöhne ich mich schnell an ihre sanften Bewegungsabläufe und kann mich gut tragen lassen, ohne mich festzuklammern oder zu verkrampfen. Nur das Korsett scheuert ein bisschen an der Hüfte. Kadlin reitet vor mir, weil der Pfad hügelaufwärts sehr schmal ist. Es ist so windig, dass Auðnas Mähne senkrecht steht und mir ins Gesicht schlägt, wenn ich mich zu weit nach vorn beuge. Mein Rücken schmerzt, und wann immer es geht, lasse ich mein verletztes Bein aus dem Bügel hängen. Aber für Jammerei habe ich jetzt keine Zeit. Wo mag Flóki stecken? Hätten wir nicht doch zum Strand reiten sollen?

Kadlin sieht ein paarmal prüfend zu mir zurück, doch eine

richtige Unterhaltung ist bei dem Wind nicht möglich. An ihrer Körperhaltung erkenne ich, dass auch sie sich ein wenig entspannt. Pferde und die traumhafte Natur dieses Landes, die Wasserfälle und Bäche hinter fast jeder Kurve, das satte Grün und das Blauweiß des wilden Himmels, über den die Wolken jagen – das ist die beste Medizin überhaupt. Was bleibt, ist unsere Sorge um Flóki. »Können wir nicht schneller reiten?«, brülle ich gegen den Sturm an, als der Weg es endlich erlaubt, dass wir nebeneinander reiten können.

»Sag du's mir«, knurrt sie und widmet mir einen kurzen, skeptischen Blick, bevor sie wieder mit zusammengekniffenen Augen die Ebene nach einem Lebenszeichen von Flóki absucht. Aber da ist nichts, was da nicht hingehören würde. Kein außergewöhnlicher Farbklecks, kein reiterloses Pferd, keine kreischenden Möwen, die sich um irgendetwas zanken würden, das sie als leichte Beute betrachten. Ich bin erleichtert und auch wieder nicht. Wo kann er sein?

»Wie weit ist es noch bis zu Jórunns Höhle?«

»Kannst du nicht mehr? Tut dir was weh?«

Ich schüttele den Kopf. »Nein, geht schon, alles halb so wild. Ich frage mich nur …«

In diesem Moment wiehert Auðna schrill und durchdringend und richtet die Ohren nach irgendetwas aus, das schräg vor uns liegen muss. Ihr ganzer Körper vibriert, als sie jemanden ruft, den wir noch nicht sehen können.

Das Herz klopft mir bis zum Hals, und ich greife unwillkürlich nach einem Büschel ihrer dichten, drahtigen Mähne, um mich festzuhalten. Das ist schlau von mir, denn im nächsten

Augenblick galoppiert Kadlin an, und Auðna setzt der Falbstute natürlich hinterher, so schnell sie kann, ohne irgendeine Einwirkung von mir abzuwarten oder anderweitig Rücksicht zu nehmen. Sie reißt mir die Zügel halb aus der Hand und streckt den Kopf, damit sie schneller laufen kann. Mir bleibt nichts übrig, als mich in die Bügel zu stemmen und den Schmerz zu ignorieren, der mir beim ersten Ruck einmal quer durch die Rippen schießt.

Keine Zeit. Und viel zu aufgeregt bin ich außerdem: So reagiert Auðna nur, wenn sie einen Freund gewittert hat – und dann höre auch ich das ferne Antwortwiehern durch den Sturm. Mein Herz klopft im Takt der trommelnden Hufe.

Ich schicke ein Stoßgebet gen Himmel. »Lieber Gott, bitte mach, dass es Brúna ist, und mach, dass Flóki bei ihr ist und dass es beiden gut geht.«

Und mach, dass wir gleich da sind, ich kann nicht mehr, setze ich in Gedanken hinterher und hoffe inständig, dass Kadlin zu sehr beschäftigt ist, um mich abzuhören, und dass Auðna weiß, wohin sie ihre Hufe setzt. Denn lenken kann ich nicht mehr wirklich, ich habe buchstäblich alle Hände voll zu tun, mich festzuhalten und in den Bügeln stehend einigermaßen meinen Rücken zu entlasten.

Unter den Hufen der Pferde spritzen Erdklumpen und nasses Moos auf, dann sind wir wieder auf einem der grob mit Lavasteinchen und Basalt befestigten Wege. Auðna legt sich so sehr in die Kurve, dass sie um ein Haar strauchelt. Ich kann nur die Augen zukneifen und im Stillen weiterbeten. Ein Sturz wäre das Allerletzte, was mein Rücken jetzt gebrauchen könnte. Aber Kadlin ist da und passt auf mich auf, zumindest habe ich das Gefühl, dass sie ihre Hände – beziehungsweise Gedanken – mit im Spiel hat, denn eine Sekunde später sind wir aus den Felsen raus, und ich finde mich auf der Weggabelung wieder, an einem abgeblühten Lupinenfeld, hinter dem es die Berge hinauf zu den Gletschern oder hinunter Richtung Fluss geht. Eine gute Stunde hinter der Furt in Richtung Reykjavík liegt der Hof von Hrafn und Mutsch, kommt mir kurz in den Sinn. Ob der Wasserstand um diese Jahreszeit endlich so niedrig ist, dass man den Gletscherfluss und seine Nebenflüsse gut überqueren könnte? In meinem Tempo würde ich vielleicht anderthalb oder zwei Stunden brauchen, vorausgesetzt, ich würde eine sichere Furt finden. Aber irgendwie soll es wohl einfach nicht sein. Der Fluss ist ständig überflutet, und wenn er das mal nicht ist, macht garantiert ein Gletscherlauf das Passieren der einzigen Brücke unmöglich.

»Erla, schnell!«

Mein Kopf fliegt herum, und da sehe ich Kadlin, die bereits von ihrem Pferd gesprungen ist und sich an einem Bündel auf einem zweiten Pferd zu schaffen macht. Wo kommt das denn auf einmal her, denke ich noch, und dann kapiere ich, dass es sich bei dem Bündel um einen zusammengesackten Menschen handelt.

»Flóki!«, kreische ich und lenke Auðna ganz dicht heran. Er ist nur halb bei Bewusstsein, patschnass und zittert wie Espenlaub. Ich höre seine Zähne bis hier klappern – da erst fällt mir auf, dass der Wind nachgelassen hat.

So schnell ich mich gerade so traue, gleite ich von Auðnas Rücken. Meine Knie zittern ein wenig, als ich den Boden berühre, mein Rücken fühlt sich an, als würde er in der Mitte durchbrechen, und meine Rippen stechen wie ein Schwarm gereizter Wespen. Aber das bemerke ich nur am Rande. Mit fliegenden Fingern schnalle ich die Decke von meinem Sattel los. Wie gut, dass ich sie mitgebracht habe, als hätte ich geahnt, dass ich sie brauchen würde.

Kadlin scheint etwas Ähnliches zu denken, so wie sie mich ansieht. Dann kippt ihr Flóki entgegen, und sie kann ihn gerade noch auffangen und sanft zu Boden gleiten lassen, während ich auf die beiden zustolpere, ihm die Wolldecke umlege und ihn darin einwickele.

Eine Minute später sitzen wir zu dritt in vertrockneten Lupinenstängeln und rubbeln Flóki über die eiskalten Beine, Rücken und Arme, damit er wieder warm wird.

»Wieso sind deine Klamotten so nass?«

»Was hast du angestellt?«

»Da ist Blut an deinem Kopf. Tut dir was weh?«

»Wie geht es dir?«

»Du solltest mich abholen!«

»Wie viele Finger halte ich hoch?«

»Ich wollte mich nicht mit dir streiten!«

»Flóki?«

»Mir geht's super«, behauptet er schnatternd mit halb geschlossenen Lidern und drückt meine Hand mit seinen eiskalten Fingern. »Ich will jetzt keine Finger zählen. Was macht ihr hier draußen?«

»Dich suchen natürlich«, antwortet Kadlin an meiner Stelle.

»Ja, aber … Du sollst doch noch nicht wieder reiten.«

»Und du solltest nicht allein hier draußen sein.«

»Bist du in den Fluss gefallen?« Kadlin zieht prüfend die Augenbrauen zusammen und lässt ihren Blick über Brúna gleiten. »Dein Pferd ist trocken. Und wo kommt das Blut an deiner Stirn her?«

Flóki zuckt mit den Schultern, dann schüttelt er den Kopf. »Ganz blöde Geschichte«, sagt er. Seine Lippen sind immer noch blauviolett, aber immerhin bekommt sein Gesicht langsam wieder etwas Farbe. Plötzlich fängt er an zu grinsen. »Ich kann es steuern. Ich habe den Bogen raus.«

»Ha?« Kadlin und ich tauschen einen besorgten Blick.

»Ich weiß jetzt, wie ich den Raum beugen kann.« Er strahlt mich an. »Möchtest du deine Mutter besuchen, Erla?«

»Ha?«, mache ich noch einmal. Und mein Herz klopft wie verrückt.

6. Katzenjammer

Jórunn saß mit geschlossenen Augen in ihrem Schaukelstuhl, ein Bündel vergilbter Briefe auf dem Schoß. Sie rochen muffig, hatten über die Jahre Flecken unklarer Herkunft abbekommen, und die Schrift war stellenweise verblichen. Aber das machte nichts. Den größten Teil der Texte kannte die alte Frau ohnehin auswendig. Sie hatte sie alle gelesen, wieder und wieder, doch sie enthielten keine Lösung, keinen Ausweg, nichts, was ihr oder Erla dabei helfen konnte, Drifa zu retten oder den Lauf der Dinge zu ändern. Es stand nichts Brauchbares darin. Nur sentimentales Kindergeschwätz.

Sie hatte die Runen geworfen, Tabak geopfert, um die Götter milde zu stimmen, gebetet und das Orakel befragt. Ein ums andere Mal.

Aber sie erhielt nur unklare und unbefriedigende Antworten, die immer und immer wieder auf dasselbe hinausliefen: Es hatte begonnen, und das Schicksal würde seinen Lauf nehmen.

Müde rieb sie sich mit beiden Händen durchs Gesicht. Wozu war sie so alt geworden, wenn sie doch nichts tun konnte? Gab es denn wirklich keinen Weg, die Nornen milde zu stimmen? War das die Strafe der Götter? Zu wissen und doch zum Nichtstun verurteilt zu sein? Es einfach mit ansehen zu müssen, wenn auch aus einer etwas anderen Perspektive?

Unglücklich betrachtete sie die uralten Papierbögen, faltete sie schließlich mit einem tiefen Seufzer der Reihe nach zusammen und fing an, sie in die Umschläge zurückzusortieren.

Mit einem kläglichen Maunzen nahm die getigerte Katze Anlauf und sprang auf ihren Schoß. Die Hälfte der Seiten segelte herunter.

»Oh, jetzt sieh nur, was du angerichtet hast«, schimpfte die Heilerin und setzte das Tier liebevoll, aber bestimmt auf den Boden zurück. Die Katze zuckte mit der Schwanzspitze, warf sich auf den Rücken und wälzte sich mit ausgestreckten Vorderbeinen und Tatzen in dem raschelnden Papierbad. Dann begann sie, mit Vorderpfote und Zähnen einen der Umschläge herauszupicken, spielerisch vor sich herzutreiben und ihre Krallen hineinzuschlagen.

»Untersteh dich«, lachte Jórunn und bückte sich nach dem Kuvert. Eins nach dem anderen sammelte sie alle wieder auf, stapelte sie und schnürte das Päckchen mit einer roten Kordel zusammen. Die Katze verzog sich schmollend, als die Briefe in einem Stück gewachstem Ziegenleder verschwanden.

Jórunn durchquerte den Raum und schob das Päckchen zurück in die versteckte Nische in der Felswand.

Sie stützte sich schwer auf den alten Schreibtisch und dachte nach. Irgendetwas übersah sie. »Andskotans!«, fluchte sie aus tiefster Seele.

Ich habe nicht den Hauch einer Ahnung, wie er und Kadlin das angestellt haben. Aber einen gefühlten Wimpernschlag, nachdem Flóki mich gefragt hat, ob ich gern meine Mutter sehen möchte, stehe ich neben Auðna auf einer Anhöhe und blicke hinunter auf den Hof von Hrafn und seiner Familie – von *meiner* Familie, meiner … *Menschen*familie. Er liegt eingebettet zwischen sanft gewellten grünen Hügeln und saftigen Wiesen, und in der Ferne kann ich das Meer sehen. Hier ist die Gegend viel flacher als bei uns zu Hause, wo man in fast jeder Richtung die Gletscher sieht. Ich bin immer wieder davon überwältigt, wie schnell sich Landschaft und Wetter in Island ändern. Karge Geröllfelder und Steinwüsten sind oft nur durch eine Wegbiegung von üppigstem Grün mit sprudelnden Bächen und Wasserfällen entfernt. Eben noch scheint die Sonne, und im nächsten Moment regnet, schneit oder hagelt es. Nur der Wind, der ist ewig, mal stärker, mal schwächer, aber immer da. Er zaust mir durch die Haare, als ob er mich wachrütteln will.

Ich schlucke beklommen. Und jetzt? Was soll ich tun? Mir ist ein bisschen schwindelig und flau im Magen, und auch Auðna wirkt so, als ob diese Art zu reisen nicht ihre Lieblingsbeschäftigung werden würde. Ich halte mich an ihrer Mähne fest, mein Kreislauf muss erst mal hinterherkommen. Es ist viel wärmer als noch eben, und ich überlege gerade, ob das eine weitere Nebenwirkung von Flókis magischer Gabe ist oder ob es eine Wetterscheide auf der anderen Flussseite gibt. Doch als ich mich neugierig umsehe, fällt mir als Nächstes auf, dass die Lupinen hier noch knallgrün sind, die Knospen prall gefüllt und kurz vorm Aufspringen, während sie bei uns schon längst vertrocknet und abgeblüht sind. Wie kann das sein? Um mich herum zwitschern Vögel – hier herrscht eindeutig Frühsommer, kein Spätherbst. Gibt es hier ein geothermales Feld? Bodenwärme durch die vulkanische Aktivität? Nein, nicht hier. Das hätte Mutsch erzählt. Mein Gehirn rattert. Eine andere Jahreszeit! Ich bin zurück in der Menschenwelt, in meiner eigenen Zeit. Wie kann das sein?

Ungläubig betrachte ich meine Hände. Bin ich gealtert? Alles wie immer. Oder? Ich mache einen Schritt auf meine Stute zu und nehme ihr Gesicht unter die Lupe. Erleichtert atme ich auf. Auðna hat sich auch nicht verändert. Keine Nebenwirkungen. Wobei ... Da ist ein bisschen Grau in ihrem Gesicht. Weiße Stichelhaare. Waren die da vorhin auch schon? Nein, das bilde ich mir ein. Meine Fantasie gaukelt mir das vor, genau wie die alberne Horrorvorstellung, ich könnte wie ein lichtscheuer Vampir plötzlich zu Staub zerfallen.

Mein Pferd trägt immer noch sein zotteliges, langes Winterfell, genau wie vorher. Das ist sonderbar und auch wieder nicht. Wir sind buchstäblich hierherkatapultiert worden. Es tut mir leid, dass Auðna schwitzen muss – müsste. Irgendwie sieht sie nämlich ganz zufrieden aus. Sie hat die Nase glücklich ins tiefgrüne Frühlingsgras gesteckt und rupft begeistert, was sie kriegen kann. Kein Wunder, zu Hause ist bereits alles zu Heu getrocknet.

Mir ist mächtig warm in meiner Winterkleidung. Ich ziehe den dicken Pullover aus und knote ihn um meine Schultern. Dann greife ich mit einer Hand die Zügel meiner Stute und mit der anderen in ihre Mähne, um mich damit zu stützen. Aber es braucht ein paar Anläufe, bis sie meinem Zerren nachgibt und ihren Dickkopf vom gedeckten Tisch hebt.

»Hör mal, ich kann dich ja verstehen, aber wir sind nicht zum Fressen hier, wir haben eine Mission«, rede ich ihr zu. Doch Auðna hat Hunger. Als sie endlich nachgibt, verliere ich beinahe das Gleichgewicht.

Mit unsicheren Schritten tapse ich an ihrer Seite den Hügel hinunter und auf die Gebäude zu.

Vor dem Haus sitzt ein kleines Mädchen in einem Schotterhaufen und spielt leise vor sich hin trällernd mit einer Puppe. Als sie mich kommen sieht, verstummt sie und blickt mit großen Augen zu mir auf.

»Sæl!«, begrüßt sie mich auf Isländisch, und ich erwidere »Sæl!«, und eine Träne läuft mir über die Wange. Ob das wohl meine Schwester ist? So viele kleine Kinder wird es wohl nicht geben auf diesem entlegenen Hof. In mir breitet sich ein warmes Gefühl aus. Eine Schwester! Ich habe tatsächlich eine kleine Schwester! Sie sieht mir ähnlich, mit ihren weißblonden Rattenschwänzchen, die unter der Mütze hervorlugen, und den roten Pausbäckchen. Solche hatte ich auch als Kind, sagt Mutsch. Ich erinnere mich an ein Fotoalbum mit Schwarzweißfotografien, das leider in den Kriegswirren verloren gegangen ist.

»Ertu leið?«, fragt sie mit ihrem hellen Kinderstimmchen, ob ich traurig bin?

Ich schüttele den Kopf und wische mir mit dem Handrücken über das Gesicht. Da fliegt auch schon die Tür auf, und meine Mutter kommt herausgerannt, dicht gefolgt von einem kniehohen, kläffenden Hund mit geringelter Rute, und von Hrafn, den ich kaum wiedererkenne, weil er jetzt einen Bart trägt.

»Erla! Bist du das wirklich?«

Sie breitet die Arme aus, und der Kloß in meiner Kehle wird immer größer. Ich kann gerade noch »Vorsicht!« rufen, damit sie mich nicht zu doll drückt, aber dann ist das auch schon egal.

»Oh mein Gott! Liebes! Kind! Wo kommst du her? Geht's dir gut? Als hätte ich dich gestern erst das letzte Mal gesehen. Du hast dich überhaupt nicht verändert, wie ist das nur möglich? Nein, was für ein Wunder!«

Ich heule los wie ein Schlosshund, als sich ihre Arme um mich schließen, und auch meine Mutter muss weinen. Sie riecht so gut und so vertraut, nach frischem Brot und Kölnischwasser und nach Zuhause – nach meiner Mutsch eben.

»Ich hab dich ganz schrecklich vermisst«, schluchze ich, und sie antwortet: »Ég saknaði þín líka!« – ich dich auch – in fließendem Isländisch. Da erst fällt mir auf, dass sie schon die ganze Zeit über Isländisch mit mir gesprochen hat. Ich wundere mich ein bisschen, aber natürlich macht es Sinn, für sie ist ja wesentlich mehr Zeit vergangen als für mich.

Die Kleine fragt irgendwas dazwischen, und ihr Vater antwortet, aber ich kann sie nicht richtig hören, weil Mutsch mich mit Küssen bedeckt und mir dabei die Ohren halb zuhält und mir tausend Fragen stellt – und weil der Hund so laut bellt.

Irgendwann kämpfe ich mich vorsichtig aus der Umarmung frei, halte mir verstohlen die schmerzenden Rippen und drehe mich nach dem kläffenden Fellbündel und dem Kleinkind um.

»Und das ist also meine …?«

Mutsch fällt mir stolz ins Wort. »Das ist unsere süße Edda, deine Schwester. Genau.«

»Edda – was für ein schöner Name!«

»Wir waren uns sofort einig, Hrafn und ich. Weil es so hübsch klingt und sowohl isländisch als auch deutsch ist. Und es passt auch schön zu Erla.« Sie errötet leicht.

»Ist doch gut. Sei leise, Vindur«, schimpft das kleine Mädchen und versucht, den Hund am Halsband von Auðna wegzuzerren. Die Stute hat in einer Mischung aus Neugier und Empörung die Nase gesenkt und gibt schnorchelnde Laute von sich. Dabei macht sie einen kleinen Schritt auf die vierbeinige Nervensäge zu. Vindur klemmt mit gesträubtem Fell die geringelte Rute ein und weicht rückwärts aus. Das Kind landet auf dem Hosenboden und fängt an zu weinen.

Sofort ist meine Mutter zur Stelle und reißt die Kleine hoch. Jetzt rastet der Hund völlig aus. Aufgebracht lärmend springt er um Auðna herum, die gereizt mit dem Schweif schlägt und mit dem Vorderhuf aufstampft.

»Hey, lass sie in Ruhe«, schimpfe ich und stelle mich schützend vor mein Pferd. Endlich verzieht sich Vindur und sucht winselnd Deckung hinter Hrafns Beinen.

»Was hat er denn bloß?«, wundert sich meine Mutter und schuckelt mein Schwesterchen auf ihrem Arm. »Keine Angst, Edda.«

»Keine Ahnung.« Ich hebe verärgert die Schultern. »Reagiert er immer so auf fremde Pferde?«

Edda hat sich vom Weinen aufs Daumenlutschen verlagert und staunt mich mit großen Augen an.

»Was für ein Pferd?«, fragt Hrafn und lässt einen suchenden Blick über den Hof schweifen. Meine Mutter ist da weniger diplomatisch.

»Hier ist keins! Hast du denn immer noch nicht genug von diesem Unfug?«

»Aber hier steht sie doch!«, rufe ich erschüttert und zeige auf Auðna, die sich jetzt, wo der Hund keine Gefahr mehr darstellt, genüsslich über ein Büschel frisches Gras hermacht, das direkt zu ihren Füßen aus dem Boden sprießt. Ich mache einen Schritt auf die Stute zu, hebe ihre Zügel auf und verknote sie um ihren Hals, damit sie sich nicht mit den Hufen darin verheddert. »Entschuldige. Obwohl ihr sie nicht sehen könnt, ist sie trotzdem da.«

Hrafn gibt ein tiefes Brummen von sich, als ich mich umdrehe. Mutsch bekreuzigt sich.

»Was?«, frage ich.

»Erla!« Meine Mutter widmet mir einen ihrer vorwurfsvollen Wie-kannst-du-nur-Blicke. Dann spricht sie es aus. »Du bist noch keine zwei Minuten hier, wir haben uns länger als zweieinhalb Jahre nicht gesehen … Und es geht schon wieder los. Ich ertrage das nicht.«

Ernsthaft? Das ist ihr größtes Problem?

Sie schüttelt den Kopf und streichelt Edda dabei beruhigend über den Rücken. Kluges Kind. Die Kleine schweigt. Dabei bin ich mir sicher, dass sie Auðna auch wahrgenommen hat.

Hrafn runzelt die Stirn und macht ein paar Schritte auf die Stelle zu, wo meine Stute steht und grast. Er bräuchte nur den Arm auszustrecken und würde direkt ihre dicke dunkle Mähne zu fassen bekommen. Aber er wendet sich zu mir, runzelt die Stirn und streicht sich nachdenklich durch den Bart.

»Komm erst mal rein. Du hast sicher viel zu erzählen. Möchtest du Kaffee?« Er stutzt kurz. »… oder musst du erst …« Er zögert noch mal und zeigt auf die Stelle, wo Auðna eben noch stand – nur dass sie inzwischen zwei Meter weiter gezogen ist, darum sieht das ziemlich lustig aus. »… deine Pferde versorgen?«

Jetzt bin ich es, die fragend die Stirn runzelt.

»Du hast doch sicher ein Handpferd dabei, zum Wechseln? Sollen wir ihnen … Heu geben? Und den Stall herrichten?«

»Nein, ich habe nur eins. Es ist eine Stute«, erwidere ich und beiße mir auf die Unterlippe, weil das bestimmt ein wenig vorlaut rüberkam. Immerhin nimmt er mich ernst.

Meine Mutter schnaubt ungehalten, aber ich atme tief durch und ignoriere sie, den Blick fest auf Hrafn gerichtet. »Das ist sehr gastfreundlich, vielen Dank. Ein bisschen Heu wäre wunderbar. Mehr wird nicht nötig sein. Ich denke, ich werde nicht sehr lange bleiben.« Alles in mir schreit. Ich wollte zumindest über Nacht bleiben. Ich hatte gehofft, den Grundstein für meine Rückkehr legen zu können. So wie wir es geplant hatten, bevor … Aber so geht das nicht. Ich kann mich nicht länger verbiegen. Ich will es auch nicht. Es war eine blöde Idee, eine ganz, ganz blöde Idee. Ich kämpfe mit mir. Ich liebe meine Mutter. Unendlich. Und ich brauche Medizin für Drifa. Aber wenn das schon wieder so anfängt … kann es nicht auf Dauer gut gehen.

»Ich …«, setze ich an und beiße mir auf die Zunge. »Meinem Pferd geht es nicht gut. Ich brauche Medizin.«

Hrafn runzelt die Stirn und zeigt in die Richtung, in der er Auðna vermutet. Ich verneine. »Drifa. Mein anderes Pferd. Das Schimmelchen, das ich Ingvar abgekauft habe. Sie ist … auf der anderen Seite. Verletzt. Es will nicht heilen.«

Hrafn nickt ernst. Dann streckt er einladend den Arm in Richtung Haus aus. Die Kleine auf Mutschs Arm drängelt und zappelt so lange, bis sie sie herunterlässt. Die Miene meiner Mutter ist wie eingefroren, aber Edda rennt unbekümmert auf mich zu und reicht mir ihr Patschehändchen. Feierlich begleitet sie mich zum Eingang, stellt sich auf die Zehenspitzen und drückt die Klinke herunter.

Hrafn und Mutsch folgen uns. Ich spüre Blicke, die sich unangenehm in meinen Nacken bohren, und ich bin mir nicht sicher, von wem der beiden sie stammen, oder vielmehr, ob ich es überhaupt wissen möchte.

Das Haus wirkt gemütlich, auch wenn in den Ecken überall aufeinandergestapelte Kisten und Kartons herumstehen. Hier drinnen duftet es noch intensiver nach frisch gebackenem Brot. Es riecht nach Heimat. Nach verlorener Heimat, korrigiere ich mich wehmütig.

»Wir werden umziehen«, erklärt Mutsch verlegen und schiebt eine der offenen Kisten mit dem Fuß an die Wand. »Hrafn hat eine Hofstelle mit viel Land in Hveragerði geerbt. Wir werden nächsten Monat dort einziehen.« Sie streicht ihm stolz über den breiten Rücken. Als sie meinen Blick sieht, wischt sie sich die Hände beschämt an der Schürze ab.

»Setz dich doch erst mal«, sagt Hrafn und deutet auf einen Tisch und ein paar Stühle. »Hast du Hunger?«

Ich schüttele den Kopf. Dabei knurrt mein Magen ganz schön. Ich weiß gar nicht mehr, wann ich zum letzten Mal etwas gegessen habe. Und wenn ich das »drüben« getan habe – wie lange ist es dann »hier« her? Was macht dieser Ebenenwechsel wohl mit meinem Körper? Meine Rippen stechen jedenfalls noch immer, das hat also schon mal nicht geklappt. Sofort muss ich wieder an Drifa denken. Aber wenn Mutsch Auðna nicht einmal *sehen* kann, wie soll sie mir dann …? Ich darf den Gedanken nicht zu Ende denken. Ich werde schon eine Lösung finden. Es muss einen Weg geben. Es muss einfach.

»Habt ihr meine Nachrichten denn nicht erhalten?«

»Du hast geschrieben?«

»Durst?« Die Fragen kommen gleichzeitig. Ich nicke hilflos.

Ich komme mir so bescheuert vor, als ob ich ungelegen käme. Hätte ich mich irgendwie ankündigen sollen? Ich muss mich beherrschen, damit ich nicht hysterisch loskichere. Wie denn?

»Nein, das einzige Lebenszeichen haben wir vom alten Thorbjörn erhalten, und da wusste man nicht richtig, was man damit anfangen soll, so verwirrt, wie der Arme am Schluss war. Gott sei seiner Seele gnädig.« Sie bekreuzigt sich und sieht unsicher zu ihrem Mann. Eilig faltet sie eine auf dem Tisch ausgebreitete Zeitung zusammen und legt sie auf die Seite. Dann bückt sie sich über eine der Holzkisten an der Wand, um ein paar bereits in Papier gewickelte Porzellantassen wieder auszupacken. Sie ist nervös. Ich sehe es daran, wie ihre Hände zittern, während sie herumwuselt wie ein Schneehuhn, das einen Raubvogel von seinem Gelege ablenken will. Ich runzele die Stirn. Sieht sie mich so? Nein, das passt nicht. Sie ist einfach nur genauso nervös wie ich.

Mein Blick bleibt an ihrem Ehering hängen. Schlichtes, mattes Gold. Meine Mutter ist wieder verheiratet. Ich war noch nie auf einer isländischen Hochzeit. Kurz muss ich an meinen Vater denken, der im Krieg geblieben ist und den ich nur als Schwarzweißfotografie in meiner Erinnerung abgespeichert habe. Dann streiche ich mir die Haare aus der Stirn, als könnte ich damit das Gedankenkarussell zum Stillstand bringen.

Ich habe einen Frosch im Hals und räuspere mich. »Lass doch«, unterbreche ich sie dann und zeige auf die schlichten Emaillebecher am Spülstein. »Die genügen völlig.«

»Nein, nein«, widerspricht sie mit Seitenblick zu ihrem Mann, der gerade ein Holzscheit im Herd nachlegt und Wasser aufsetzt. Das Feuer knistert und knackt heimelig.

»Für Besuch muss es das gute Geschirr sein«, beharrt sie schroff.

Besuch. Ich setze mich stumm und komme mir erst recht wie ein Fremdkörper vor. Edda krabbelt mit ihrer Puppe im Arm auf den Stuhl neben mir, lässt sie über den Tisch tanzen und trällert eine Melodie dazu, ein isländisches Kinderlied.

»Wie heißt sie?«, will ich wissen, damit es nicht so unerträglich still ist zwischen dem Geschirrklappern und den unbeholfenen, kurzen Sätzen der Großen.

»Das ist Erla«, erklärt die Kleine. »Sie heißt wie meine große Schwester. Die haben die Feen geholt, sagen die Leute. Da war ich noch gar nicht auf der Welt, weißt du?«

»Ist das so?«, sage ich leise und streiche der Puppe übers Haar. Mein Kinn zittert ein wenig.

»Ja, aber wir reden nicht darüber. Es ist unser Unglück.«

Mutsch richtet sich auf und bleibt stocksteif stehen. Eine Tasse fällt ihr aus der Hand und zerspringt auf dem Steinboden in tausend Scherben. Sie schluchzt laut auf und schlägt sich die Hand vor den Mund.

»Ich mache das«, biete ich an und sehe mich nach einem Handfeger um, während ich mich an der Tischkante hochziehe. Aber Mutsch schüttelt den Kopf und öffnet eine Schranktür. »Bleib sitzen. Du kennst dich ja nicht aus.« Schon wuselt sie weiter.

Hrafn, die Ruhe selbst, stellt eine Kanne mit dampfendem Kaffee vor mich auf den Tisch und vier Emaillebecher dazu.

»Schätzchen, das da ist deine große Schwester.« Er lächelt ihr zu.

»Waaaas?« Sie staunt mich an und vergisst sogar, ihre Puppe zu bewegen.

Ich nicke. »Ich bin Erla.«

Das Ticken der Uhr an der Wand kommt mir unnatürlich laut vor.

»Saft?«, fragt Hrafn.

»Jaaa«, kräht Edda begeistert.

Ich schüttele den Kopf und ziehe einen der weißen Henkelbecher zu mir heran.

»Seit wann trinkst du Kaffee?«, fragt Mutsch verwundert und hält kurz inne, bevor sie das mit Scherben gefüllte Kehrblech in den Abfalleimer leert.

»Schon seit …« Ich zögere, weil ich nachrechnen muss. »Ungefähr seit etwas über drei Jahren, Mutsch. Aber für mich ist das erst … ein paar Monate her.«

Sie blickt mich an, und ich fürchte fast, sie werde jetzt auch noch den Handfeger fallen lassen. Doch sie presst nur die Lippen aufeinander.

Hrafn durchbricht das Schweigen. »Also. Was ist das für Medizin, die du brauchst, und wie lange kannst du bleiben?« Er setzt sich mir gegenüber und schiebt mir die Zuckerdose und einen Teelöffel aus rostfreiem Stahl hin. Der Stuhl knarzt unter seinem Gewicht. Ich glaube, mein neuer Verwandter ist fast so groß wie der Gode.

Der Ehemann meiner Mutter lächelt mich warmherzig an. Auf dem Boot, mit dem er uns damals an Land gebracht hat, wirkte er verschlossen und einsilbig. Damals war er glatt rasiert, jetzt trägt er einen Vollbart. Es ist so viel Zeit vergangen. So viel passiert. Ich bedanke mich, als ich nach dem Löffel greife, und lächele schüchtern zurück. Dabei häufe ich zweimal Zucker in meinen Kaffee und rühre um.

»Bist du jetzt für immer hier? Bist du zu uns zurückgekommen? So wie wir es geplant hatten, bevor …«, fragt nun auch

Mutsch. Sie tritt zögernd hinter Hrafns Stuhl und hält sich an der Lehne fest.

Ich starre in die dunkelbraune Brühe und hebe die Schultern. Was soll ich darauf sagen? »Ich weiß es nicht. Die Dinge haben sich verändert. Ich habe mich … Nein, ich glaube nicht. Ich … Erst mal brauche ich dringend Hilfe für Drifa.«

»Du bist uns jederzeit herzlich willkommen«, betont Hrafn, und ihm glaube ich das. Ich sehe meine Mutter an. Sie sagt nichts. Da ist Hoffnung in ihrem Blick, aber auch ganz viel Unsicherheit und … Angst. Sie knetet ihre Schürze mit beiden Händen, so wie sie es immer tut, wenn sie aufgeregt ist. Dann bemerkt sie meinen Blick und legt Hrafn eine Hand auf die Schulter, um sich an ihm festzuklammern.

Sie sieht genauso aus wie immer. Vielleicht ist sie ein wenig faltiger geworden um die Augen und den Mund. Das macht das Wetter in Island, das viele Draußensein, der ewige Wind, die schwere landwirtschaftliche Arbeit. Aber ihre Haare sehen ganz weich aus und ihre Wangen rosig. Zugenommen hat sie auch ein bisschen, und das steht ihr. Eigentlich sieht sie trotz allem beinahe jünger aus als früher, in Deutschland. Sie wirkt glücklich. Angekommen. Hier in Island gibt es immer zu essen und das frischeste Wasser auf der ganzen Welt.

»Und danach kommst du wieder?«

Ich glaube, wir fürchten uns beide vor einer endgültigen Antwort.

»Ich weiß es nicht«, wiederhole ich noch einmal.

»Was hat sie denn?«, fragt Hrafn. »Deine Stute?«

Ich bemühe mich, den Zustand bestmöglich zusammenzufassen. »… jedenfalls vermuten wir, dass es eine Art Infektion ist. Wir bekommen es mit den herkömmlichen Mitteln nicht in den Griff.« Ich sehe kurz zu Edda hinüber, aber die Kleine beschäftigt sich wieder völlig versunken mit ihrer Puppe.

»Das war wohl … eine Art Raubtier. Ich habe keine Ahnung, ob es Viren sind oder Bakterien. Die Wunde stinkt jedenfalls und schwärt. Sie heilt nicht richtig zu. Ich glaube, es vergiftet sie von innen. So etwas kennt niemand … dort.«

»Ich habe eine große Schwester, ich habe eine große Schwester«, singt Edda und lässt ihre Puppe wieder über den Tisch tanzen. »Nimmst du mich mal mit zu den Feen?«

Mutsch will etwas sagen, aber aus dem Augenwinkel sehe ich, wie Hrafn ihr beruhigend die Hand drückt und sie ausbremst.

»Es sind keine Feen«, erkläre ich meiner kleinen Schwester lächelnd. »Die Huldu gehören zum Versteckten Volk. Sie sehen genauso aus wie wir –«

»Nein. Schluss mit dem Unsinn«, braust meine Mutter auf. »Ich will das nicht hören in meinem Haus. Verdirb mir das Kind nicht.«

Edda und ich zucken gleichzeitig zusammen.

»Geh hinten spielen«, sagt Hrafn sanft und nickt der Kleinen zu. Gehorsam rutscht sie vom Stuhl, kehrt aber noch einmal um, um ihr Glas mit dem Saft auszutrinken. Mit einem roten Schnurrbart, der nach Beeren duftet, schmatzt sie mir ein Küsschen auf die Wange und flüstert: »Ich mag dich, Hulduschwester.« Dann hüpft sie auf ihren kurzen Beinchen ins Nachbarzimmer. Wehmütig sehe ich ihr nach.

»Euer Unglück«, wiederhole ich, was die Kleine vorhin über mich gesagt hatte.

»Das Gerede eines Kindes«, sagt Mutsch und setzt sich endlich. Hrafn schenkt ihr Kaffee ein, aber sie schiebt die Tasse weg.

»Weißt du, was du uns angetan hast, Liebes? Die Sorgen, die wir uns gemacht haben? Du warst nicht bei der Hochzeit, bist spurlos verschwunden. Der Himmel weiß, wohin. Der alte Thorbjörn sagte, die Elfen hätten dich geholt. Ihn hattest du auch angesteckt mit deinen Fantasien – der Herr erbarme sich seiner.« Sie bekreuzigt sich schon wieder. »Wir dachten, du wärst tot! All die Jahre und keine Nachricht von dir?! Und jetzt diese Räuberpistolen von deinem Pferd. Wo hast du gesteckt? Hast du etwas angestellt? Bist du etwa … hast du was Kleines …? Hat Andri …?«

»Mutsch!«, fahre ich entrüstet auf. »Wie kannst du so etwas auch nur denken?!« Mir schießen Tränen in die Augen. »Ich war todkrank. Ich bin vom Pferd gestürzt am ersten Tag des Schafabtriebs. Und wenn Flóki und Kadlin mich nicht gefunden und nach Hause gebracht hätten, dann …«

»Flóki und Kadlin? Nach Hause?« Meine Mutter sieht mich verständnislos an. »Du warst auf einem anderen Hof?«

Ich fahre mir fassungslos durch die Haare. »Ja«, sage ich schließlich erschöpft. »Ein anderer Hof, Mutsch. Mit Drifa und den Lämmchen. Weiter weg, als du dir vorstellen kannst. Viel weiter weg.« Mir wird bewusst, dass ich Flókis Heim als Zuhause bezeichnet habe. Und dass es das wirklich geworden ist. Mein wahres Zuhause. Ich gehöre nicht länger hierher. In diese Welt. Wir sind uns fremd geworden. Meine Familie ist auf der anderen Seite. Ich habe Flóki Unrecht getan. Ich muss zu ihm.

»Und diese beiden gehören zum Hulduvolk?«, erkundigt sich Hrafn in seiner ruhigen, gelassenen Art.

Ich nicke.

»Fängst du jetzt auch mit diesem Blödsinn an? Wir hatten doch eine Abmach–«

Hrafn unterbricht die erbitterte Anklage meiner Mutter. »Sei still, Björk. Ich kenne zahlreiche Geschichten von Wanderern, denen die Unsichtbaren das Leben gerettet haben, und wenn deine Tochter …«

»Das ist unchristlich!«

»Bitte sei respektvoll. Das ist, woran ich glaube. Und mit mir die Mehrheit der Isländer. Deine Tochter ist nicht die Einzige, die Kontakt mit ihnen hat …«

»Das heißt nicht, dass es gut ist. Manches bleibt besser im Verborgenen.«

Ich kann es nicht ertragen, wie die beiden sich streiten. Ich stehe auf und gehe hinaus. »Danke für den Kaffee«, sage ich.

Sie hören es nicht mal.

So viel Zeit ist vergangen. Auch wenn es für mich nur wenige Wochen waren, seit ich Mutsch das letzte Mal gesehen habe, in diesem Augenblick fühlt es sich auch für mich an wie zweieinhalb Jahre. Oder zweihundert.

7. Brieffreundschaften

Die Fackeln am Höhleneingang flackerten und kündigten Kadlins Rückkehr an. Die Nase des Mädchens war gerötet. Da sie nicht zu Schnupfen neigte, verriet es der Heilerin, dass das Mädchen seine Gabe benutzt hatte. Davon kündeten außerdem ihre blasse Gesichtsfarbe und die Ringe unter ihren Augen. Was natürlich auch mit ihrem Mitbringsel zu tun haben konnte. In ihrem Arm hing mehr, als dass er aufrecht ging, Flóki. Der Junge war nass wie ein Fisch und klapperte frierend mit den Zähnen. Er war halb in eine Decke gewickelt. Die Hand, mit der er sie vor der Brust zusammenhielt, war schneeweiß, und an seiner Stirn klebte verkrustetes Blut.

»Erla ist unterwegs zu ihrer Mutter«, gestand Kadlin geradeheraus. »Es war Flókis Idee. Aber ich habe ihm geholfen. Nass geworden ist er allerdings vorher schon. Dafür kann ich nichts. Und dann musste ich ihn möglichst schnell hierherschaffen.« Ihre Nase lief wieder, und sie angelte mit einer Hand nach einem Taschentuch, um die Blutung zu stoppen.

»Ist das so«, sagte Jórunn und drehte sich zum Feuer, um den Schwenkarm mit dem großen Suppentopf über die Flammen zu ziehen. »Leg ihn in mein Bett.«

Kadlin drehte sich in die Richtung, aber Jórunn rief sie zurück und zeigte auf den Schaukelstuhl. »Warte! Dorthin zuerst. Runter mit den nassen Sachen.«

Sie wandte sich zurück zum Kamin und nahm die große Bettpfanne vom Haken an der Wand, um sie mit Glut zu füllen. Der Junge musste warm werden, und zwar schnell. Eine Lungenentzündung war das Allerletzte, was sie jetzt noch brauchen konnten.

Flóki zog sich eigenständig den durchnässten Pullover über den Kopf. Dann leerte er zitternd seine Hosentaschen aus und öffnete die Knöpfe. Kadlin hockte sich vor ihn auf den Boden, um ihm die Stiefel aufzuschnüren, in denen quatschend das Wasser stand. Als sie daran zog, gab der Schuh mit einem Ruck nach, und sie landete unsanft auf dem Hosenboden. Sie grinsten sich an. Flóki streckte die Hand aus, um ihr den Tascheninhalt zu reichen. Sein Messer, Muscheln und eine hübsche abgeschliffene Scherbe. Als sie einhändig danach griff, die andere Hand immer noch an ihre Nase gepresst, fiel eins der Gehäuse auf den Boden und rollte unter den Schaukelstuhl. Sie musste halb unter den Stuhl kriechen, um die Muschel zu erreichen. Dabei entdeckte sie ein eng beschriebenes Blatt Papier. So alt, wie es aussah, hatte es wohl schon länger unentdeckt dort unten gelegen.

»Was soll ich damit machen?«, wandte sie sich an die Heilerin. Aber die blickte nicht einmal auf, sie war konzentriert dabei, Kräuter zu zerstampfen.

»Jetzt nicht, Liebes. Reiche mir bitte die Teekanne, ja? Sie steht dort oben auf dem Bord. Und die Suppenschüsseln am besten auch gleich.«

Unschlüssig sah Kadlin von dem Sammelsurium an Gegenständen in ihrer Hand zu Flóki, der sich zitternd und nackt unter der feuchten Decke auf dem Schaukelstuhl zusammengerollt hatte. Seufzend stopfte sie alles zusammen in ihre Umhängetasche, reichte Jórunn das Gewünschte und half dann Flóki auf, bevor ihm die Augen zufielen.

»Na komm schon, ins Bett mit dir«, sprach sie ihn an und schnappte sich mit der freien Hand die gusseiserne heiße Bettpfanne. »Himmel, du

bist ja so kalt wie ein Eisberg in Grönland! Aber wir kriegen dich schon wieder warm. Wirst sehen. Von innen und von außen.« Sie schnupperte beglückt. Es duftete nach Brühe, Gemüse und würzigen Kräutern. »Jórunns Eintopf ist göttlich. Schlaf bloß nicht zu früh ein, hörst du? Sonst verpasst du was!«

Draußen, vor dem Haus von Hrafn und meiner Mutter, atme ich tief durch. Es dämmert. Die Luft ist dunstig, aber ich kann im Norden und Osten die Gletscher erahnen, dort drüben, auf der anderen Flussseite. Noch versinkt die Sonne hinter den dunkelgrünen Hügeln im Westen, in der anderen Richtung, und taucht den Abendhimmel in flammendes Rot und Schattierungen von Orange bis Violett. Der Sommer kommt hier erst noch und wird taghelle Nächte bringen. Ich vermisse seine Wärme. Und doch zieht es mich in meine Zeit, auch wenn ich mich vor dem Winter fürchte, vor der langen Nordnacht.

Ich weiß, dass mein Stern für mich scheinen wird. Eine Handbreit überm Horizont funkelt mich der Nordstern an, als ob er mir Trost schenken möchte. Und Hoffnung. So wie am allerersten Abend, noch an Bord der *»Esja«*. Sonderbar, dass ich jetzt daran zurückdenken muss. Es muss in etwa die gleiche Zeit im Jahr gewesen sein, als wir in Reykjavík vor Anker gingen und darauf warteten, dieses geheimnisvolle, unbekannte Land hoch oben im Norden betreten zu dürfen. Seufzend lasse ich meinen Blick über den Bauernhof schweifen.

Auðna hat bei den Schafen eine üppig gefüllte Krippe mit Heu gefunden, die sie mit langem Hals über den Zaun des Pferchs erreichen kann. Einträchtig steht sie bei den Tieren und stärkt sich. Als sie mich kommen sieht, brummelt sie leise, und mir geht das Herz auf. »Alles gut bei dir, meine Liebe?«

Ich habe keine Ahnung, wie ich von hier am schnellsten wieder zurückkomme. Ich habe kein Handpferd zum Wechseln dabei, also muss ich langsam reiten. Werde ich eine passierbare Furt finden? Ist die Brücke frei? Oder ist – wie eigentlich immer – alles überflutet? Und was ist dann? Dann bleibt nur der lange Weg außen herum Richtung Norden, wo der Fluss allmählich schmaler wird.

Wie kann es eigentlich sein, dass Auðna ganz offensichtlich das Heu hier fressen kann? Die Schafe nehmen sie wahr, genau wie der Hund – aber nicht die Menschen? Ist es mit den Tieren der Huldu wie mit den Unsichtbaren selbst? Sie können unsere Welt betreten, während den meisten Menschen die ihre verborgen bleibt? Oder sind wir bereits zu lange hier und … Mir wird eiskalt ums Herz. Wird mir Flókis Zuhause noch zugänglich sein, wenn Drifa wieder gesund ist? Oder werde ich mich bei meiner Ankunft vor undurchdringlichen Felsen wiederfinden? Kann ich nie wieder zurück? Ich muss zu meinem Pferd!

Alles wird gut, ermahne ich mich selbst. Diese Türen standen mir immer offen, warum sollte sich daran etwas geändert haben?

Aber die Angst lässt sich nicht völlig vertreiben. Bisher hatten sich die Jahreszeiten noch nie verschoben, wenn ich zwischen den Dimensionen gependelt bin. Andererseits war ich ja auch noch nie so lange am Stück bei den Huldu. Wird das eine Rolle spielen?

Jetzt, wo ich bewusst dorthin zurückkehren möchte? Skeptisch sehe ich Auðna an.

»Willst du nicht wenigstens für eine Nacht bleiben?«

Ich zucke zusammen. Erschrocken fahre ich herum. Hrafn steht hinter mir, ich habe ihn nicht kommen hören.

»Gib ihr eine Chance. Gib *uns* eine Chance, dich wieder kennenzulernen. Komm mit uns nach Hveragerði. Ich möchte gern, dass du dazugehörst. Und deine Mutter erst recht. Sie liebt dich sehr. Lass es uns vorsichtig angehen. Sie hat viel durchgemacht wegen dir.«

Zwischen meinen Wimpern kitzeln mich Tränen und machen mich halb blind. Wie gern würde ich das! Bleiben! Einen Strich unter alles ziehen und in mein altes Leben zurückkehren. Aber – es geht nicht. Nicht nur wegen Drifa. Es ist vorbei. Meine Kindheit. Meine heile Welt in all dem Chaos – nur Mutsch und ich. Unwiederbringlich. Und dann quillt der ganze Schmerz darüber aus mir heraus.

Alles.

»*Sie* hat viel durchgemacht? Ich habe mir die Wirbelsäule gebrochen, das Bein und ein paar Rippen dazu. Ich hätte sterben können, es hat nicht viel gefehlt! Glaubst du denn, ich habe sie nicht vermisst, mich hierhergesehnt? Nach meiner Familie? Glaubst du, ich wäre nicht gern bei eurer Hochzeit dabei gewesen? Oder bei der Geburt meiner kleinen Schwester? Weißt du, was ich mit meinem bescheuerten Wunsch, hier bei euch zu sein, riskiert habe? Ich habe *alles* dafür aufs Spiel gesetzt. Und meine eigene Mutter behandelt mich wie eine Fremde! Wenn sie mich nicht älter gemacht hätte, als ich bin, wären wir nie getrennt worden.«

»Gib ihr Zeit.«

Ich schüttele den Kopf. »Die habe ich nicht, Hrafn. Ich muss zurück und irgendwie versuchen, mein Pferd zu retten. Ich dachte, Mutsch kann mir dabei helfen. Aber ich habe mich geirrt. Es ist nicht eure Schuld. Es ist einfach, wie es ist.«

»Kann ich etwas tun? Möchtest du dir ein Pferd zum Wechseln ausleihen? Deine Stute wird müde sein, und der Ritt ist lang.«

»Das ist sehr nett. Aber ich reite ohnehin lieber langsam.« Soll ich ihm von meinem Korsett erzählen? Nein, dann würde Mutsch sich nur Sorgen machen. Ich zupfe Auðna ein paar Heuhalme aus dem Maulwinkel und prüfe ihren Sattelgurt. Ob ich vielleicht doch über Nacht bleiben sollte? Nein. Ich gebe mir einen Ruck. Meine Entscheidung steht. Drifa braucht mich mehr.

»Es wird Zeit, uns auf den Rückweg zu machen.« Ich überlege kurz, meinem frischgebackenen Stiefvater die ganze Wahrheit über Drifas Verletzung zu sagen. Aber auch, wenn er mir wirklich helfen möchte – wie soll ich ihm beibringen, dass meine Stute von einem Zwischenwesen vergiftet wurde, das es gar nicht geben dürfte? Nicht einmal bei den Huldu? Dessen Blut an der Luft zu grünem Schleim oxidiert und Wunden verursacht, gegen die kein Kraut gewachsen ist?

Womöglich hat meine Mutter an dieser Stelle sogar recht. Manches sollte besser im Verborgenen bleiben. Es war eine dumme Idee, hierherzukommen und auf Hilfe zu hoffen.

Ich schüttele bedauernd den Kopf. »Ich wüsste nicht, wie.«

Dann setze ich doch an. Dieses Biest hat mich am helllichten Tag angegriffen, in der Menschenwelt. Was, wenn es wieder jemanden attackiert? Wenn es der Hunger womöglich bis ins

Tal treibt? Ich muss wenigstens versuchen, meine Familie zu warnen.

»Es ist etwas da draußen … in den Bergen … das gefährlich ist. Es hat meinen Unfall verursacht und die Stute verletzt. Sie hat mich beschützt, aber die Wunde … in ihr drin … Sie will nicht heilen. Passt einfach gut auf euch auf.«

Er nickt betroffen. »Der Draugur. Ich hörte davon. Er ist wieder da. Hat auf einem Hof weiter oben ein paar Hühner und ein altes Schaf erwischt. Er tauchte auf … nachdem du damals beim Schafabtrieb verschwunden warst. Wir haben die Spuren gesehen und das Schlimmste befürchtet. Dann war er wieder fort. Wie vom Erdboden verschluckt. Deine Mutter wollte natürlich nichts davon hören.«

»Ihr habt Spuren gesehen?«, frage ich völlig perplex. »Ein *Draugur*? Was soll das denn sein? Eine Art Troll, oder was?«

»Trolle sind nicht tagsüber unterwegs«, erklärt Hrafn ernst, und ich komme aus dem Staunen überhaupt nicht mehr heraus. »Nicht einmal in der Dämmerung. Beim ersten Tageslicht werden sie zu Stein. Und sie fürchten die Nähe der Menschen. Draugar sind ebenfalls lichtscheu, aber für sie ist der Tag kein tödliches Hindernis. Die sind ja schon tot.«

»Das klingt aber sehr nach Aberglaube«, wende ich ein. Oder will er mich veräppeln?

Aber Hrafn ignoriert meinen skeptischen Blick. Noch nie habe ich mich mit einem Menschen über solche Dinge unterhalten. Er meint es anscheinend wirklich ernst. Er nimmt *mich* ernst!

»Diese Wiedergänger können Tiergestalt annehmen. Es sind …« Er sucht nach dem passenden Wort.

»Zwischenwesen«, murmele ich nachdenklich.

Hrafn nickt zufrieden. »Ja, das trifft es ganz gut.«

»Und wie kann man sie loswerden?«

Er kratzt sich am Bart und schielt zum Haus hinüber, als ob er fürchtet, dass Mutsch uns gleich alle beide mit einem Besen in der Hand vom Hof jagt.

»Dem Pfarrer ist dazu wenig eingefallen«, sagt er sorgenvoll.

»Dem Pfarrer?« Meine Augen werden noch größer.

»Wem denn sonst?« Jetzt sieht Hrafn umgekehrt mich erstaunt an. »Seit ein paar Tagen häufen sich sonderbare Geschichten. Dieses Biest scheint kein gewöhnlicher Draugur zu sein. Ein Untoter muss in der Nähe seines Grabes bleiben, es sei denn, jemand hat ihn sich mit einem Zauberspruch unterworfen. Weihwasser bringt in dem Fall also nichts. Man muss ihn köpfen und verbrennen.« Er sagt das so beiläufig, als ob er mir erklären wollte, wie man ein Pferd aufhalftert.

Ich schlucke, aber so richtig glauben kann ich das immer noch nicht.

»Das klingt jetzt aber sehr nach Geistergeschichten aus billigen Groschenheften.« Wahrscheinlich haben sich die Menschen um einen wahren Kern allerlei Unfug hinzugedichtet – wie so oft.

»So steht es in den alten Sagas. Keine Ahnung, ob da was dran ist.« Er grinst schelmisch. »Zum Glück sind diese Kreaturen sehr, sehr selten. Es müssen schon zu Lebzeiten schlimme Burschen gewesen sein. Und davon gibt's hier nicht viele. Er wird sich schon wieder verziehen. Wir haben einen Bannkreis gelegt.«

»Na, das beruhigt mich jetzt ungemein.«

Hrafn lacht polternd und klopft mir auf die Schulter.

Ich verziehe das Gesicht, weil mir der freundschaftliche Schlag durch Mark und Bein geht.

»Oh, entschuldige.«

»Schon gut«, sage ich und beiße mir auf die Lippe.

Er räuspert sich.

»Deine Mutter. Sag ihr bitte nichts davon. Das würde sie nur beunruhigen.«

»Allerdings.« Ich grunze zustimmend.

»Sie hat sich sehr gut in unsere Kultur eingefunden. Sie spricht unsere Sprache inzwischen fließend. Genau wie du. Das hilft ihr, sich auf unser Leben und unseren Glauben einzulassen. Aber solche Dinge wie Bannkreise oder das Versteckte Volk sind ihr …« Er sucht wieder nach Worten.

»… fremd«, helfe ich aus.

»Fremd«, wiederholt er lächelnd und sieht mir tief in die Augen. »Du musst das verstehen. Es braucht Zeit. Selbst vielen Isländern sind die Unsichtbaren unheimlich. Sie sprechen nicht gern darüber. Schon gar nicht mit Fremden. Niemand möchte für verrückt gehalten werden.«

»Was du nicht sagst.« Wir grinsen uns an. Ich kontrolliere noch einmal Auðnas Sattelgurt und die Schnallen ihrer Trense.

»Ich freue mich, dass ihr einander gefunden habt«, sage ich nach einer Weile. Und das meine ich auch so. »Ich wünsche euch alles Glück der Welt.« Ich habe einen Kloß im Hals und würde Hrafn gern drücken. Aber das traue ich mich dann doch nicht.

Ich will Auðna an einen Stein führen, um aufzusteigen. Aber er hält mich zurück. »Warte. Du kannst so nicht gehen. Lass mich dir wenigstens ein paar Sachen mitgeben, und sag deiner

Mutter auf Wiedersehen. Und dann begleite ich dich ein Stück. Zumindest, bis du sicher über den Fluss bist.«

Er läuft ins Haus, und ich lehne mich erschöpft an Auðnas Rücken. Meine Wirbelsäule schmerzt, mein Bein, meine Rippen. Und auch mein Herz. Ein hoher Preis – für nichts. Na ja, fast nichts. Ich bin schon froh, meine Mutsch wiedergesehen zu haben. Und Edda. Aber … trotz alledem. Das alles hatte ich mir irgendwie ganz anders vorgestellt. Und so eine Gruselgeschichte hätte es auch nicht gebraucht.

Nach ein paar Minuten kommt Hrafn zurück, beladen mit einer prall gefüllten doppelten Satteltasche, die er mir in die Hand drückt, damit ich sie über Auðnas Kruppe werfen und festschnallen kann. »Proviant und ein paar Geschenke von deiner Mutter und mir«, kommentiert er und räuspert sich. »Wir schätzen deine Freunde. Wir beide. Und wir sind ihnen sehr dankbar, dass sie dich bei sich aufgenommen haben und sich um dich kümmerten, als wir … es nicht konnten. Sag ihnen, wir sind ihnen sehr zu Dank verpflichtet. Wirst du das tun?«

Ich nicke. »Natürlich.«

»Und …« Er druckst herum und holt ein weiteres Päckchen aus seiner Jackentasche. Unschlüssig knetet er darauf herum.

»Ja?«

»Würdest du die Verborgenen um einen Gefallen bitten? Drüben in Hveragerði. Ich möchte gern Gewächshäuser aufbauen auf dem Hof dort. Könntest du ein gutes Wort bei den dort ansässigen Elfenfamilien für mich einlegen? Dass wir ihren Segen und ihre Unterstützung für gutes Wachstum und reichen Ertrag erbitten? Auf dass es gelingen möge und sie uns wohlgesonnen sind? Und kannst du sie fragen, was sie dafür haben möchten, als Ausgleich und Entschädigung, falls wir aus Versehen in ihren Bereich eindringen? Hier sind guter amerikanischer Tabak und Schokolade.«

Er sieht mich so treuherzig an, dass ich grinsen muss. »Wieso glaubt ihr eigentlich alle, dass die Huldu rauchen? Das tun die allerwenigsten!«

»Oh.« Erstaunt zieht er die Augenbrauen hoch. »Ich dachte …«

Das ist schon in Ordnung. Manche von uns stehen wirklich auf das Zeug.

Wieder fahre ich zusammen. Aus heiterem Himmel steht Kadlin neben mir und grinst wie ein Honigkuchenpferd, als sie meinen verdutzten Blick sieht. *Jórunn raucht ganz gern mal Pfeife. Aber vor allem opfert sie den Tabak den alten Göttern.*

Ich runzele fragend die Stirn, und sie zuckt mit den Achseln. *Sentimentale Gründe, sagt sie. Und dass es hilft. Nun nimm das schon an.* Sie stupst mich mit der Schulter.

»Okay«, sage ich und sehe zu Hrafn hinüber, der mit großen Augen einen Schritt zurückgewichen ist. »Sie würden sich wohl doch darüber freuen. Ich dachte nur …« Ich räuspere mich verlegen. »Also, gern. Ich richte alles aus. Und Tabak ist gut. Vielen Dank. Ich wusste nicht, dass …«

Und Schokolade. Sag, wir lieben Schokolade! Am liebsten die mit Lakritz.

»Und Lakritzschokolade«, wiederhole ich ergeben.

»Sind sie hier? Ist jemand … du hast grade … oder?« Hrafn wischt planlos und ein wenig ängstlich mit dem Zeigefinger in der Luft herum.

Ich nicke, und er fängt an zu strahlen. »Oh, gut«, sagt er aufgeregt.

»Das ist gut. Schokolade also. Sehr gern.« Er verbeugt sich leicht in Richtung meiner linken Seite. Aber da steht ja Auðna. Dezent deute ich nach rechts, und er verbeugt sich dorthin, wo Kadlin inzwischen grinsend neben mir auf dem niedrigen Zaun hockt. Sie sieht müde aus und ziemlich erschöpft. Aber ihrer guten Laune tut das offensichtlich keinen Abbruch.

»Vielen Dank. Sagst du …? Können sie mich hören? Richtest du ihnen bitte meinen Dank aus?«

Ich lächele nur, und Kadlin pikst mich übermütig in die Seite.

»Au«, beschwere ich mich. »Ja. Können sie. Also die, die hier ist, sie kann es. Das ist meine Freundin, Kadlin.«

»Angenehm«, sagt Hrafn automatisch.

Kadlin kichert. *Ebenso.* Dann wird sie sofort ernst. *Tschuldigung*, höre ich sie in meinem Kopf. *Ich hab nicht mehr an deine Verletzung gedacht.*

Was machst du überhaupt hier?, frage ich stumm, um Hrafn nicht noch mehr zu erschrecken. *Du bist nicht etwa allein den ganzen Weg gekommen, oder?*

Lachend zeigt sie auf die Hügel, und da sehe ich sie. Torger und Eldar und Sóley auf ihren Pferden, Kadlins Falbstute an Torgers Hand, und ein paar ungesattelte Ersatzpferde haben sie auch dabei.

Aber einen vermisse ich.

Und Flóki?, will ich wissen.

Schläft sich in Jórunns Höhle aus, erwidert Kadlin und wird wieder ernst. *Es war anstrengend, dich herzubringen, und er war wirklich komplett durchgefroren und unterkühlt. Jórunn sagt, er hat ziemliches Glück gehabt. Aber es war ihm ganz wichtig, dass wir nach dir sehen. Und Jórunn auch. Außerdem muss ich dir dringend was zeigen. Kommen wir ungelegen?* Sie zwinkert mich an.

Ich schüttele den Kopf. Mein Herz wird ganz weit. Dann sehe ich zu Hrafn, der immer ehrfürchtiger guckt.

»Es sind noch mehr Freunde da. Sie warten oben, auf dem Hügel. Sie begleiten mich … nach Hause«, erkläre ich leise und sehe ihm in die Augen. »Aber es ist schön, hier einen … sehr großzügigen Stiefvater zu haben. Und zu wissen, dass es Mutsch gut geht.«

Hrafn nickt.

Kadlin nimmt Auðnas Zügel und führt das Pferd in Richtung der anderen. *Lass dir Zeit, wir warten auf dich.*

Dankbar sehe ich ihr nach. Hrafns Blick geht hinüber zum Haus, wo sich von uns unbemerkt die Tür geöffnet hat. Meine Mutter kommt mit Edda an der Hand langsam näher. Erst hat es die Kleine eiliger als sie, zu mir zu gelangen, und zieht sie am Arm, dann überholt Mutsch und nimmt das Kind hoch, weil es ihr nicht schnell genug geht. Etwas atemlos bleibt sie vor mir stehen.

Mit geröteten Augen sieht mich meine Mutter an. »Es tut mir so leid. Ich …«

»Du brauchst dich nicht zu entschuldigen, Mutsch.«

»Geht es dir denn auch wirklich gut … dort? Ich … Du bist doch auch mein Kind!«

»Das werde ich immer bleiben. Mach dir keine Sorgen.«

Sie zieht eine Tube und eine Pappschachtel mit Tabletten aus ihrer Schürzentasche. »Hier ist antibiotische Salbe. Gegen Viren wird sie nicht helfen, aber vielleicht nutzt in dem Fall das Cortison ja etwas?«

Ich glaube es nicht wirklich. Auf einmal bin ich mir sogar ziemlich sicher, dass das alles nichts bringt, auch wenn ich nicht wirklich an Draugar glauben mag. Mein Besuch hier war dennoch unendlich wichtig und heilsam. Nicht für Drifa – aber für mich. Und die Creme kann ich in jedem Fall gut gebrauchen. »Danke, Mutsch.« Wir umarmen uns.

»Ich hoffe und bete für dich, dass dein Pferd wieder gesund wird. Kann ich dir sonst irgendwie helfen? Brauchst du etwas? Wie geht es deinem Rücken? Magst du nicht noch einmal hereinkommen?«

»Es ist alles in Ordnung.« Ich drücke meine Mutter ganz fest an mich. »Danke. Ich komme euch bald wieder besuchen, wenn ich darf.«

»Natürlich! Ich … Kann ich dir schreiben?«

Vom Hügel schallt fröhliches Gelächter herüber und lenkt mich kurz ab. Ich sehe hinüber und blicke in unbeschwerte, fröhliche Gesichter, die miteinander scherzen und mir zuwinken. Ich winke zurück. Es fühlt sich richtig an und frei.

»Ich habe Freunde gefunden«, erkläre ich meiner Mutter. »Sie passen gut auf mich auf. Mach dir keine Sorgen.«

Sie nickt, und wir liegen uns noch einmal in den Armen. »Ja, schreiben wäre schön. Ich schätze, Hrafn weiß, wo ihr in Hveragerði etwas für mich hinterlassen könnt. Jeder Elfenort ist gut. Und haltet auch ihr die Augen offen. Ich finde einen Weg.«

Er nickt und legt einen Arm um meine Mutter, sobald ich sie loslasse. Sie weint. »Kannst du da denn wirklich leben? Ich meine, ist das real? Bist du sicher, dass du nicht … dass es …?«

»Ich bilde es mir nicht ein, Mutsch, und das weißt du. Wie hätte ich so lange überleben sollen da draußen? Wer hätte mich versorgt?«

Sie zuckt hilflos mit den Schultern. »Ich weiß, dass du etwas Besonderes bist, Erla. Das warst du schon immer. Ich habe nur … schreckliche Angst um dich. Dein Vater … Pass auf dich auf, versprich mir das. Gott, du bist so groß geworden.«

»Es ist alles gut, Mutsch.« Ich hauche ihr einen Kuss auf die Stirn. Dann wende ich mich an Hrafn.

»Solange ihr achtsam und liebevoll mit der Natur und euren Tieren umgeht, werden die Huldu euren Projekten nicht im Weg stehen. Respektiert ihre Grenzen und ihr Eigentum, und bereichert euch nicht an ihren Wiesen, Feldern und Flüssen. Dann werden sie euch machen lassen und sicher unterstützen.«

»Ich verspreche es«, erklärt Hrafn feierlich. »Und … Darf ich dich zurate ziehen, wenn etwas ist? Als Dolmetscherin?«

»Natürlich.« Ich nicke stolz und beschämt, und das Blut schießt mir in die Wangen.

»Ha!«, macht er. »Ich habe eine Elfendolmetscherin in der Verwandtschaft.«

»Ich auch«, kräht Edda, und wir lachen. Sie erinnert mich schmerzlich an Ulvi. Ich würde Mutsch gern so viel über meine zweite Familie erzählen. Aber ich muss los. Auf einmal habe ich es furchtbar eilig, als ob mich etwas zurückzieht.

Dankbar umklammere ich die Medikamente. »Nächstes Mal nehmen wir uns ganz viel Zeit zum Reden. Einverstanden?«

»Jaaaa«, jubelt Edda.

»Ich hab dich lieb, Erlakind.«

»Ich dich auch, Mutsch.«

Ich küsse alle drei auf die Wange. Jetzt kommt es mir gar nicht mehr komisch vor, Hrafns kratzigen Bart zu berühren und ihn zu umarmen. Mein Herz wiegt hundert Pfund, aber als ich mich umdrehe und hügelaufwärts laufe, wird es mit jedem Schritt leichter. Mir ist, als hätte ich eine Last abgelegt. Ich weiß, woher ich komme. Und jetzt weiß ich, wo ich künftig hingehöre. Und was meine Aufgabe ist.

»Wie geht es dir? Alles in Ordnung?«

Ich wische mir lächelnd eine Träne aus dem Gesicht. »Keine Ahnung«, antworte ich Kadlin wahrheitsgemäß. »Aber es kann gut werden, oder? – Es ist anders«, ergänze ich, als sie mich mit schief gelegtem Kopf aufmerksam betrachtet. »Aber es fühlt sich gut an. Ja.«

»Dann lass uns nach Hause reiten, du Weltenwanderin.«

Ich blicke noch einmal wehmütig ins Tal hinunter. Hrafn, meine Mutter und Edda stehen noch immer unten am Zaun und blicken suchend zu uns herüber. Aber nur Edda sieht in die richtige Richtung. Sie winkt, und ich winke zurück. Für die Erwachsenen bin ich bereits wieder unsichtbar.

»Weltenwanderin«, murmele ich probehalber und drücke die Tube mit der Medizin fest an mich. Vielleicht bin ich das. Und eine Dolmetscherin. Wer hätte gedacht, dass Gudny damit tatsächlich recht behalten würde. Ich kann meine Gabe sinnvoll einsetzen. Ich kann vermitteln, helfen, nützlich sein. Aber erst kommt mein Pferd. Plötzlich ist da Hoffnung in mir, die nichts mit Salbentuben zu tun hat. Sie ist einfach da – keine Ahnung, woher sie kommt, aber sie wärmt mich von innen und füllt mich aus. »Ich finde die richtige Medizin für dich. Bald geht es dir besser, Drifa. Wir schaffen das.«

8. Spukgeschichten

»Nein, Erla! Nicht! Kadlin! Gib acht!«

»Schhhh. Was hast du, Flóki? Hast du schlecht geträumt?« Jórunn warf ihre Decke von sich und erhob sich, so schnell es die alten Knochen möglich machten, aus dem Schaukelstuhl, mit dem sie für einen kurzen Nachmittagsschlummer vorliebgenommen hatte. Draußen war es dunkel geworden, es musste mehr Zeit vergangen sein, als sie angenommen hatte.

Sie hastete zu ihm ans Bett. Der Junge wälzte sich in unruhigem Schlaf herum und warf den Kopf von einer Seite auf die andere, noch immer tief in seinem Albtraum gefangen.

»Sag mir, was du gesehen hast«, befahl sie leise, zeichnete ihm mit dem Daumen ein uraltes Symbol zwischen die Augenbrauen und legte die Hand auf seine Stirn.

Wie in Trance öffnete Flóki die Lider. Sein Blick war leer. »Das Zwischenwesen«, murmelte er emotionslos. »Es lauert auf sie. Es will sie holen. Nur ihretwegen ist es da. Unseretwegen.«

»Ich weiß«, erwiderte Jórunn. »Aber was du gesehen hast, ist bereits passiert. Und es gibt nichts, was es ungeschehen machen könnte.«

»Nichts«, flüsterte Flóki. »Es geschieht, damit die Prophezeiung sich erfüllen kann.«

Die alte Frau nickte stumm. Ihre Augen röteten sich, und alle Kraft wich aus ihrem Körper. Sie nahm ihre Hand von seiner Stirn und malte ein weiteres Zeichen in die Luft. Flóki driftete zurück in einen tiefen, traumlosen Schlaf. Er würde sich an nichts erinnern. Es war besser so.

Ächzend setzte sie sich neben ihn auf die Bettkante. »Am Ende ist es gut geworden, weißt du?« Sie betrachtete die feinen Gesichtszüge des Jungen, der wieder tief in die Kissen gesunken war. Die dunkelbraunen, fein geschwungenen Wimpern, die Lippen, die Salzwasser und Wind hatten aufspringen lassen. Den verschorfenden Kratzer an seinem Haaransatz, der ihm vielleicht eine Narbe einbringen würde, blasse Haut. Sie sah in Richtung des Höhleneingangs, wo sich gerade die Katze durch den dicken Vorhang schob, der die Kälte und die Nacht draußen hielt.

»Und doch würde ich alles tun, um es zu verhindern«, seufzte sie. »Genau wie du.«

Die Katze strich ihr maunzend um die Beine, sprang auf ihren Schoß und rieb schnurrend den Kopf an ihrem Kinn. Jórunn streichelte das Tier und lauschte dabei dem Knistern des Feuers. Abwesend stierte sie eine ganze Weile in die Flammen. Dann legte sie Flóki sanft die Hand auf die magere Schulter. »Komm zu dir, Junge.«

Flóki schreckte hoch und starrte Jórunn an. »Erla?«, fragte er verwirrt.

Jórunn schloss die Augen, bevor sie tief ausatmete. »Sie ist noch nicht zurück. Ich denke, sie übernachten am Fluss. Kadlin wird sicher einen guten Platz gefunden haben. Es ist spät. Mach dir keine Sorgen, schlaf ruhig noch ein wenig, wenn du magst. Ist dir warm genug? Morgen wirst du deine Kraft brauchen. Aber zuerst …«

Sie reichte ihm einen Becher mit Tee. Er war längst kalt geworden, doch das machte nichts. Flóki nippte daran. Dann leerte er den Rest in einem Zug und sah sie fragend an.

»Der Rat kommt zusammen«, behauptete sie.

»Morgen schon?«

Sie nahm ihm die Tasse ab und studierte nachdenklich den Bodensatz der Kräuter darin. »Nein. So schnell sind die nicht«, sagte sie vage und ging darüber hinweg. Sie holte Luft. »Aber es gibt da etwas, das du wissen solltest, Flóki. Große Dinge stehen an, und du bist ein Teil davon. Es ist an der Zeit, dass ich dir mehr davon erzähle.«

Ich kann mich kaum noch im Sattel halten, und auch Auðna ist erschöpft. Ich weiß, dass ich ihr eine Pause gönnen und auf eins der anderen Pferde wechseln sollte, aber ich traue mich nicht. Ich kenne Auðna, ihre Bewegungsabläufe, ihre Verhaltensmuster. Ich weiß, wie sie reagiert, wenn sie sich erschreckt – und wovor. Ich fühle mich mit ihr sicher. An den Blicken der anderen sehe ich, dass sie das nicht ganz nachvollziehen können, aber sie respektieren es und nehmen Rücksicht auf meine Bedürfnisse. Diese Art der Wertschätzung ist auch so etwas, das neu für mich ist. Und mich mit Wärme und Dankbarkeit erfüllt.

Wir müssen ein ganzes Stück an einem kleineren Fluss entlangreiten, um eine Furt zu finden, die flach genug ist, dass wir auf die andere Seite gelangen können. Die Brücke ist mal wieder unpassierbar. Die Strömung ist stark, aber Auðna macht ihre Sache großartig. Ich muss mich nur an die anderen dranhängen und die Füße hochziehen. Wobei das tatsächlich die größte Herausforderung ist – aber mein Rücken hat an diesem Tag sowieso ständig etwas zu meckern.

Als Nächstes durchqueren wir ein breites Geröllfeld, das in weiten Teilen nur Schrittreiten möglich macht. Stellenweise müssen wir die Pferde führen und selbst zu Fuß auf jeden Schritt achten. Als hätte ein Riese eine Tüte Riesenkies ausgekippt, überall liegen Stolpersteine herum. Jeder Meter durch diesen Sandur, das Schwemmland von Fluss und Gletscher, kommt mir vor wie eine Ewigkeit.

Als wir es endlich hinter uns lassen, kommen wir etwas flotter voran, aber die Sonne steht schon tief. Die Silhouette des Gletschers, unter dessen riesiger schneebedeckter Kappe einer der vielen Vulkane in diesem Landesteil schlummert, sieht wunderschön aus. Angestrahlt vom einsetzenden Abendrot färbt sich der Schnee dort oben rosa.

Wir folgen ausgetretenen Pfaden und breiteren Wegen durch Wiesen und Weite, bevor es durch Heidekräuter, Moos und nackte Felsen immer steiler bergan geht. Jetzt liegt die Ebene endgültig hinter uns, und wir haben noch immer keine Stelle gefunden, wo wir gefahrlos den breiten Strom queren können. Der frisst sich hier oben immer tiefer durch die Hügel und bildet Gräben und Schluchten. Er führt das gesammelte Wasser mehrerer Zuflüsse mit sich, um es ins Meer zu leiten, und wir müssen immer weiter nach Norden ausweichen. Das Strudeln und Rauschen ist stellenweise ohrenbetäubend, ich bin ganz froh, als wir den Lärmpegel ein wenig hinter uns lassen.

Ich sehne mich nach meinem weichen Daunenbett, aber das gebe ich ganz bestimmt nicht zu, ich schaffe das. Drifa braucht mich.

»Es wird dunkel. Wir können nicht weiter.« Torger lenkt sein Pferd neben das von Kadlin und sieht von ihr zu mir. Die anderen haben zwischendurch bereits die Pferde gewechselt, ich halte sie auf.

»Wir sind doch gleich da!«, wende ich ein. »Es kann nicht mehr weit sein. Man sieht ja schon unseren Hausberg, und ich höre den Wasserfall rauschen.«

Sóley kichert. Ich höre es mehr, als dass ich es sehe. Die Dämmerung verschluckt bereits die Gesichter meiner Reisegefährten. »Nichts für ungut, Erla. Aber die Entfernungen täuschen. Das Rauschen kommt von einem ganz anderen Wasserfall hier in der Nähe.«

»Glaub mir, du möchtest beim Queren nicht aus Versehen in die Strömung geraten«, ergänzt Kadlin. »Aber selbst, wenn wir es noch ohne Zwischenfall über den Fluss schaffen – bis wir drüben sind, ist es stockdunkel, und der Weg danach ist trügerisch. Es ist zu gefährlich. Zwischen den Felsen weiter oben gibt es Höhlen, da finden wir eine geschützte Stelle für die Nacht und Wasser für die Pferde.«

»Und wie bleiben wir warm? Sollen wir uns Steine zuwerfen und Kniebeugen machen?«

»Wie in dem Roman von Halldór Laxness? Da stemmt ein Bauer die ganze Nacht Steine, um sich warm zu halten. Wir wären nicht die Ersten, die eine kalte Nacht draußen auf diese Art überleben.«

Ich reiße die Augen auf. »Das sollte eigentlich ein Witz sein.« Andris Großmutter hat Bücher von diesem berühmten isländischen Schriftsteller, aber ich hatte dort auf dem Hof nie Zeit zu lesen. Außerdem hat sie immer nur düster geseufzt, wenn sie mittags beim Kaffee in einen seiner Romane abgetaucht war.

Torger grinst mich an. »Wir finden etwas Besseres. Vertrau mir.

Selbst wenn du noch gut bei Kräften bist, Erla. Kadlin hat sich eine Pause verdient. Und die Pferde können auch nicht mehr.«

Schuldbewusst kraule ich Auðnas Mähne und blicke zu meiner Freundin hinüber. Das Zwielicht macht es mir unmöglich, ihre Mimik zu lesen. Aber nach allem, was die anderen erzählt haben, bin ich nicht die Einzige, die sich heute ein wenig übernommen hat. Sie hat nicht nur geholfen, mich zum Hof meiner Mutter zu bringen, sie ist mir mit den anderen auf ziemlich ähnliche Weise hinterhergekommen, während Flóki bereits völlig erschöpft im Traumland schlummerte.

»In Ordnung«, sage ich leise. »Entschuldige, Kadlin.«

»Schon gut. Ich verstehe deine Sorge um Drifa. Glaub mir, wenn ich es könnte, würde ich die Zeit noch einmal beugen, dann hätten wir auch keine Begleitpferde gebraucht. Aber ich kann nicht mehr. Mir tut es leid.«

»Das braucht es nicht.« Ich lenke Auðna neben sie und drücke ihre Hand. »Ich habe es immer so furchtbar eilig, dabei weiß ich, dass Sunna sich gut um die Tiere kümmert. Und ich habe Medizin bekommen. Es wird alles gut. Danke, dass ihr das für mich tut. Ihr alle.«

»Kadlin hat Abenteuer gerufen, und wir sind gefolgt«, erklärt Eldar lachend. »Alles besser als Klauenschneiden bei unseren Schafen«, ergänzt Torger und zwinkert mir zu. »Los, kommt. Da oben können wir übernachten. Ich war hier schon mal.« Er steigt vom Pferd, um seinen Wallach das letzte Stück bergan zu führen.

Wir halten an einem Felsvorsprung mit einem kleinen Plateau, das so aussieht, als wäre es wie geschaffen für ein Zeltlager – nur dass niemand ein Zelt dabeihat.

»Wir haben dich hingebracht, wir holen dich auch wieder ab. Schließlich soll niemand von uns allein in den Bergen unterwegs sein. Anordnung von ganz oben.« Kadlin erwidert warm lächelnd meinen Händedruck, schwingt ihr Bein über den Hals eines schokoladenbraunen Wallachs, den sie vor einer Weile gegen ihre Scheckstute getauscht hat, und springt ebenfalls ab. »So, dann lasst uns mal absatteln und die Packtaschen plündern. Mir hängt der Magen jedenfalls in den Kniekehlen.«

»Danke«, stammele ich noch einmal und lehne mich über Auðnas Rücken, um mich ganz langsam und vorsichtig auf den Boden gleiten zu lassen.

»Solange ihr nicht auch noch mit solchen Draugur-Spukgeschichten anfangt …«

Kadlin lacht. »Wo hast du denn so was aufgeschnappt?«

Ich zucke mit den Achseln. »Unwichtig.«

Meine Beine sind wie Pudding, und mein Po fühlt sich an wie ein Brett. In diesem Moment würde ich auf einem nackten Felsen schlafen, wenn ich mich nur lang ausstrecken darf.

»Mein Stiefvater glaubt, dass das Zwischenwesen einer ist.« Mit steifen Fingern löse ich den Gurt und die Schnallen ihrer Trense und ziehe Sattel und Kopfstück von ihrem Körper.

»Menschen!« Kadlin schüttelt den Kopf, und irgendwie erleichtert mich ihre Entrüstung ungemein. »Das sind doch Ammenmärchen. Als ob die Wirklichkeit nicht schlimm genug wäre.« Sie sieht mich zuversichtlich an. »Unsere Männer kriegen das Biest schon. Wir sind hier sicher. Und alles andere wird sich auch finden. Wir haben nichts Böses getan, sagt mein Vater. Sie werden uns nicht den Kopf abreißen bei der Thingversammlung. Sorgen sind doppelte Kraftverschwendung, denn meist sind sie völlig unbegründet. Dann waren sie umsonst. Und sind sie berechtigt, sollte man seine Kräfte nicht für Sorgen verpulvern, sondern für den Moment in der Zukunft aufsparen, in dem man sie braucht.«

»Ich werd's mir merken«, verspreche ich und kraule Auðna ausgiebig unterm Kinn.

Wir verabschieden die Pferde mit einem Gruß in die Nacht. Sie dürfen sich frei bewegen, fressen und in dem plätschernden Bach trinken, der aus einer Quelle irgendwo über uns gespeist wird. Auðna wälzt sich erst einmal genüsslich. Das würde ich jetzt auch gern können. Dieses Korsett bringt mich um. Es juckt und kratzt und scheuert, und wenn ich mich falsch bewege, stechen meine Rippen, und ich bekomme kaum Luft. Aber ich weiß, dass es mich schützt.

Ich habe noch nie gesehen, dass jemand von den Huldu sein Pferd hobbeln, also seine Vorderbeine mit einer losen Fessel versehen, oder gar anbinden würde, wenn sie draußen unterwegs sind und rasten. Sie sagen ihnen einfach, was sie sich wünschen, und lassen die Pferde laufen – in der Gewissheit, dass sie in einer Stunde oder am nächsten Morgen immer noch oder wieder da sind.

»Und wie machen wir Feuer?«, frage ich kleinlaut und reibe mir verstohlen über die Arme. Ich bin hundemüde, und mir ist kalt.

»Feuer?« Kadlin sieht mich erstaunt an.

»Gar nicht«, sagt Eldar leichthin. Er, Torger und die Mädchen wuseln um mich herum, tragen Sättel und Satteltaschen, Decken und Vorrat zusammen und fördern allerlei Praktisches und Nahrhaftes für die Nacht zutage. Torger nimmt mir den Sattel ab. »Ich trag den für dich. Kommst du?«

»Ha?«, mache ich planlos und rühre mich nicht von der Stelle.

»Was ist los?«, fragt mich Sóley, als ich ein wenig unschlüssig im Weg herumstehe. Mir wird bewusst, dass ich noch nie in der freien Natur übernachtet habe, weit weg von jeder Zivilisation, geschweige denn so kurz vorm Polarkreis.

»Ich müsste mal aufs Klo«, gestehe ich leise. Dass ich mich außerdem vor einer eisigen, schwarzen Nacht im Nirgendwo fürchte, behalte ich lieber für mich und beiße mir auf die Zunge, weil vor Kadlin eh keiner meiner Gedanken verborgen bleibt. Aber sie lässt sich nichts anmerken.

»Kannst du noch zwei Minuten warten? Dann kannst du das drin erledigen.«

»Drin?« Ich habe bestimmt nicht vor, in einer Höhle vor zwei Jungs und zwei Mädchen meine Hosen herunterzulassen und mich in eine Ecke zu hocken.

Jetzt prustet Kadlin doch los. »Dreh dich mal um, du Dummerchen. Nichts gegen eine Nacht im Freien, wenn es Sommer ist, man einen dicken Schaffellschlafsack hat und der nächste Hof nicht weit ist, falls das Wetter umschlägt. Aber für heute können wir dir etwas Besseres bieten. Torger hat sich dran erinnert.«

Ich folge ihrem Blick und sehe Torger und Eldar mit unseren Sätteln den Hügel hinaufklettern. Ein bisschen versteckt dahinter sehe ich die Umrisse einer kleinen Hütte, die sich an die Felsen schmiegt. Wo kommt die denn plötzlich her?

»Eine Schutzhütte«, nickt Kadlin strahlend. »Die stehen überall hier in Island. Man muss nur wissen, wo. Manche haben die Huldu errichtet, manche die Menschen. Sie sind eine Lebensversicherung für Hirten und Bauern, die auf der Suche nach verlorenen Schafen von der Dunkelheit überrascht werden. So wie wir, quasi.« Sie lacht mich an.

»Oder von einer Schlechtwetterfront«, brummt Sóley und zeigt stirnrunzelnd über die Berge. Ich folge ihrer Armbewegung mit dem Kopf. Das Abendrot hat Wolkenbergen Platz gemacht, die sich dunkelgrau und rasch näherschieben. »Da oben braut sich was zusammen.«

»Doppelt gut also.«

Staunend folge ich den beiden auf die kleine Anhöhe. Ich brauche länger als sie, um den schmalen Pfad hinaufzuklettern. Aber ich schaffe es, ganz ohne fremde Hilfe, und das macht mich richtig stolz.

Ein paar Meter von der winzigen Hütte entfernt steht tatsächlich eine Außentoilette.

»Halleluja. Die nehme ich«, stöhne ich erleichtert, bin mit drei Schritten dort und schiebe den Riegel des Wellblechkabäuschens zurück. Im schwindenden Tageslicht sehe ich neben der Luke mit dem Holzdeckel jede Menge in Streifen geschnittenes Zeitungspapier an der Wand hängen. Ich bin schlimmeres Toilettenpapier gewohnt. Dieses ist wunderbar. Und sauber sieht es hier drinnen auch aus.

Als ich mir einen Streifen abreiße, bleibt mein Blick kurz an der Jahreszahl rechts oben hängen. 1952. Um den kleiner gedruckten Tag und den Monat zu erkennen, ist es bereits zu dunkel hier drin. Ich frage mich kurz, welches Jahr wir wohl haben, wenn ich meine Familie das nächste Mal besuchen kommen werde. Dann verwende ich das Papier dafür, wozu es gedacht ist – und das hat beinahe etwas Symbolisches. Es ist egal. Ich kann es eh nicht ändern.

Draußen schnauben die Pferde, ich höre unruhiges Getrappel und wie etwas dicht an dem Wellblech entlangschrappt. Ein Pferd wiehert.

»Seid mal still. Habt ihr das auch gehört?«, höre ich draußen von der anderen Seite Sóleys Stimme heraus. Für einen Moment lauschen offenbar alle. Unwillkürlich halte auch ich die Luft an. Aber da sind nur das Heulen des Windes und die Geräusche, die die Pferde machen.

»Da ist nichts«, stellt auch Kadlin fest. »Jetzt fang du nicht auch noch an.«

»Huuuuh«, macht Eldar. Dann setzen die Unterhaltungen wieder ein, werden leiser und verschwinden in der Hütte. Ich genieße den Moment der Ruhe, mich nicht bewegen zu müssen, einfach nur zu sitzen. Aber inzwischen kann ich die Hand kaum mehr vor Augen sehen, und ich kann die kleine Taschenlampe nicht finden, die hier ebenfalls an der Wand hing. Irgendetwas drückt seine Nase von außen gegen das Blech, als ich daran entlangtaste. Ich muss lächeln, das kann nur Auðna sein, die mich sucht, die Gute. Normalerweise bedanke ich mich nach einem Ritt immer mit einer kleinen Aufmerksamkeit, aber heute habe ich nichts, was ich ihr geben könnte. Das Schnaufen entfernt sich. Anscheinend denkt sie sich das auch. Der Wind pfeift um das Plumpsklo und zerrt an dem Blech. Er reißt mir die Tür fast aus der Hand, als ich sie öffne, nachdem ich fertig bin, und ich habe wortwörtlich beide Hände voll zu tun, den Riegel wieder einzuhaken. Erst im dritten Anlauf gelingt es mir. Jetzt gruselt es auch mir bei dem Gedanken, beinahe den Naturgewalten ungeschützt und womöglich gerade mitten im Fluss ausgeliefert gewesen zu sein. Meine Nackenhaare stellen sich auf, und ich bekomme eine Gänsehaut. Wie gut, dass wir hier sind und die Reise unterbrochen haben. Ich muss noch immer so viel lernen über dieses Land und seine Gesetze.

Fröstelnd drehe ich mich um. Dort, wo die Hütte halb zwischen den Felsen verschwindet, ist es beinahe windstill. Wirklich ein guter Ort. Auch die Pferde wissen das zu schätzen. Sie haben anscheinend fürs Erste genug gefressen und sich lieber eine geschützte Stelle dicht bei uns gesucht. Zusammengedrängt stehen sie unter einer überstehenden Felswand. Sie schirmen sich gegenseitig ab, haben ihre dicken Hinterteile gegen den Sturm gedreht und halten ihre Köpfe in der Mitte, als ob sie sich in einer geheimen Runde über etwas ganz Wichtiges beraten würden. Ich muss plötzlich an das bevorstehende Thing denken, an die Verhandlung, die Flóki und Kadlin erwartet. Und mich. Wie wird das ablaufen? Wird das auch wie ein Sturm über uns hinwegfegen? Letztlich geht alles vorüber, fällt mir ein Satz meiner Großmutter ein.

Hinter mir poltert etwas, und die Pferde reißen die Köpfe hoch.

Dann fliegt die Tür der Schutzhütte auf und Sóley steht im Rahmen. Sie späht suchend in die Dunkelheit, ihre Silhouette geisterhaft beleuchtet von flackerndem Licht aus dem Inneren. Hier draußen ist es jetzt wirklich finster. Ohne den hellen Schein aus der Hütte würde ich blind hinüberstolpern.

»Wo bleibst du denn?«, ruft sie gegen den Wind an, erleichtert, als sie mich sieht. Da fallen bereits die ersten Regentropfen. Sie sind mit Hagelkörnern vermischt und eiskalt.

Ich laufe hinüber, so schnell ich kann. Eine warme Wolke schlägt mir durch den Eingang entgegen. Der Raum ist winzig, aber er hat alles, was man zum Überleben braucht. Sóley zieht die Tür hinter mir zu, und im nächsten Moment rumpelt irgendwas von außen dagegen. »Draußen bleiben«, ruft sie übermütig durch das dicke Türblatt. »Was diese Pferde sich manchmal einbilden.« Dann prallt sie beinahe in mich hinein, weil ich vor Verblüffung noch keinen Meter weitergekommen bin.

Dankbar bestaune ich den bollernden Ofen. Es riecht angenehm nach trockenem Torffeuer, ich entdecke einen Korb mit Brennmaterial. Auf einem kleinen Tisch sind bereits Fladenbrot und eine Kanne mit frischem Quellwasser, Dörrfleisch, getrockneter Fisch, ein kleiner Laib Käse und Beeren aufgedeckt.

Kadlin steht mit geschlossenen Augen dicht vor dem Ofenrohr und wärmt verträumt ihre Kehrseite und die Hände. Eldar liegt auf der Matratze von einem der beiden Betten, hat ein Schaffell über sich gezogen und studiert eine Karte der Gegend. An der Wand hängt sogar ein Funkgerät, aber ich wüsste nicht, wen wir anrufen sollten. Und von draußen prasselt jetzt der Regen gegen die kleinen Scheiben und hämmert auf das Blechdach.

Sóley schiebt mich auf einen der Stühle. »Hunger?«

Mein Magen knurrt, und alle lachen. »Ich denke, das soll als Antwort genügen«, grinst Kadlin und setzt sich zu uns. »Freunde«, sagt sie feierlich. »Wir sind gesegnet, und die Götter sorgen gut für uns. Lasst uns danke sagen.«

»Danke«, stimmen alle murmelnd mit ein, und ich schließe mich aus vollem Herzen und selig lächelnd an, als wir uns die Hände zum Gebet reichen.

Irgendjemand hat Tee gekocht. In den Packtaschen von Mutsch und Hrafn finde ich sogar noch einen Schokoladenkuchen, den ich zu unserem Festmahl beisteuern kann, und ich schwöre, dass es die köstlichste Mahlzeit ist, die ich seit Jahren gegessen habe.

Nach dem Essen fallen mir beinahe die Augen zu, und ich fühle mich magisch angezogen von der schlichten Matratze und dem riesigen Schlafsack aus zusammengenähten Schaffellen, den Sóley aus einem schmalen Wandschrank zerrt. Es gibt nur zwei davon in der Hütte, genau wie Betten, und mehr hätten auch gar keinen Platz. Sie lacht laut, als sie meinen bedröppelten Blick sieht. »In so einer Nacht will man nicht alleine schlafen«, grinst sie. »Was meinst du, wie kalt es wird, wenn das Feuer aus ist?«

»Zusammenrücken hält warm!«, meint auch Torger und zwinkert mir zu.

Ich spüre, wie mir die Hitze ins Gesicht schießt.

Da erbarmt sich Kadlin. »Ein Bett für die Mädchen, eins für die Jungs. Die können sich hübsch gegenseitig vollpupsen, nicht wahr, Bruderherz?«

Eldar streckt ihr die Zunge heraus, aber dann fällt sein Blick auf einen Würfelbecher.

»Hey! Großartig! Wer hat Lust?«

Alle jubeln, und Torger räumt bereits den Tisch frei. Ich habe keine Ahnung, wie lange ich durchhalten würde, weil ich mich so müde und zerschlagen fühle, aber mitmachen würde ich auch gern.

Kadlin zieht mich jedoch beiseite. »Ich muss dir was zeigen«, raunt sie mir zu, sorgsam darauf bedacht, dass die anderen keine Stielaugen machen. Mit dem Rücken zu ihnen zieht sie einen zerknitterten Briefbogen aus ihrer Tasche. »Den habe ich heute Vormittag aus Versehen eingesteckt. Er lag auf dem Boden in Jórunns Höhle. Ich musste die Hände frei bekommen und wusste nicht, wohin damit … Aber das ist jetzt eigentlich völlig nebensächlich. Bitte sieh dir das an, und sag mir, was du davon hältst.«

Neugierig nehme ich ihr das beidseitig beschriebene Blatt ab. Es ist vergilbt und fleckig, und es riecht muffig, nach Erde und Staub und … irgendwie ein bisschen nach Kräutern. Aber das ist es nicht, was mir glatt den Atem verschlägt. Es ist die Handschrift der verblassten blauen Tinte.

Sie sieht haargenau aus wie meine eigene. Ich kenne niemanden sonst, der sich solche Mühe gibt mit den Kringeln bei den Großbuchstaben. Mutsch hat mich früher immer damit aufgezogen.

»Woher hast du das?«, frage ich, obwohl sie es mir vor einer Minute erzählt hat, und ich drehe und wende ungläubig den Brief. Wann hätte ich das schreiben sollen? Wieso erinnere ich mich nicht daran? Der Inhalt kommt mir auch überhaupt nicht bekannt vor. Nur ein Name zieht mich sofort in seinen Bann.

»Lies«, sagt Kadlin nur.

Ich bin schon längst dabei.

9. Briefgeheimnisse

Das Wesen hielt witternd die Nase in den Wind und sog den Duft nach schwitzenden Pferden und Menschwesen ein. Sie waren nicht weit von hier. Nicht weit. Bald schon, bald würde es sie eingeholt haben. Durfte nur die Spur nicht wieder verlieren. War einmal schon ganz knapp davor, und dann waren sie plötzlich verschwunden. Einfach weg. Der Herr war böse gewesen. Schlimme Sache, schlimm. Kein gutes Futter, nicht gut.

Musste weiterlaufen, ein Stückchen noch. Nicht mehr lange. Durchhalten jetzt. Das Wasser konnte es schon hören. Plätschern. Laut und nass. Da in der Nähe würde sie rasten, hatte der Herr gesagt. Also hin dort.

Das Untier reckte sich groß auf die Hinterbeine und schnupperte noch einmal. Prüfend witterte es in verschiedene Richtungen. Da lang. Die Fährte war ganz deutlich. Guter Duft. Warm und Pferd und Mensch. Und anderes.

Ein plötzliches Geräusch schreckte das Wesen auf. Mit einem verdrießlichen Brummen ließ es sich auf alle viere nieder und galoppierte ungelenk in die Deckung zwischen den Felsen.

Aber es war hungrig. Magen tat weh. Lang schon nichts mehr gegessen. Anstrengend immer zu jagen, nichts zu bekommen von seinem Herrn. Nicht so wie sonst. Wenn nur die Kette nicht so stören würde. Unangenehmes Klimperding. Wollte es los sein. Kratzte und scheuerte am Hals. Und der Bauch knurrte so laut. Laut. Schreckliches Geräusch. Geräusche machten es ganz kirre. Wo es herkam, war es still.

Das Geschöpf schnupperte erneut.

Dieser Duft war gut. Guter Duft. Bald schon. Kamen immer näher jetzt. Menschlein und Pferde, den Berg herauf. Es musste sich verstecken, zwischen den Steinen war gut. Denken jetzt. Wohin? Oder bleiben?

Sie rochen so fein. Fein und fett. Leise musste man sein auf der Jagd. Kein unnützes Geräusch machen. Die Pferde waren böse, hinterlistige Zottel. Schlugen mit ihren kleinen harten Hufen nach ihm. Das tat weh. Durften die nicht. Sollten ruhig sein und stillhalten. Durften es doch nicht verraten. Oh … Zottel dufteten so köstlich von dort unten, ja, sie kamen. Kamen mit dem Wetter. Es fühlte den Sturm in seinen Knochen und seinem Fell, den aufziehenden Regen. Und die Füße taten weh, so weh. War weit gelaufen, ohne Pause. Keine Hiebe mehr. Schnell sein und gut.

Durst hatte es so viel. Später. Ja, später durfte es trinken. Erst nach dem Mädchen sehen. Würde den Herrn freuen. Wenn nur nicht der Hunger so stark beißen würde im Bauch. Und das Klimperding. Machte es wahnsinnig. Klimperding biss auch. Scheuerte.

Erste Regentropfen fielen und vermischten sich mit Hagel. Gereizt fauchte das Biest. Es hatte nur darauf geachtet, nicht gesehen zu werden, aber von oben gab es keinen Schutz.

Wollte nach Hause. Sie mochten es nicht hier. Und es mochte auch nicht hier sein. Wollte Freiheit. Und Futter. Schnell jetzt, kommt schnell. Gleich geschafft. Sie war da drin. Duftete. Allein. Also warten.

Das Untier baute sich grollend vor der Tür auf und fletschte die Zähne. Warten.

Schützend hielt es sich die klauenbewehrten Pranken über den Kopf. Bauch biss, Kette biss, Hagel biss. Gemeines Wetter.

So verpasste es die Gelegenheit, als sie plaudernd und scherzend an ihm vorübergingen. Ihr Duft stach ihm erst in die Nase, als es bereits zu spät war.

Die Pferde beäugten es misstrauisch. Sie hatten sie draußen zurückgelassen, allein. Eins wieherte, als das Wesen sich sabbernd näherte, und dann drehten sie ihm ihre dicken Hintern zu. Höhnisch. Bedauernd wich es zurück.

Kannte die schmerzhaften Hufe. Würde es nicht wieder probieren. Es tat, als würde es die Tiere ignorieren, und suchte das Menschlein. War in dem Blechkasten verschwunden. Noch nicht wieder draußen, oder?

Das Untier strich einmal rings herum, rieb sich sehnsüchtig an der Wand, rempelte prüfend dagegen.

Dann schwang die andere Tür auf, hinter ihm. Es sprang hinter einen großen Stein, und das Menschlein rannte an ihm vorüber, und die Tür ging zu. Das Heulen des Wesens vermischte sich mit dem Tosen des Windes. Hagel und Regen prasselten ihm schmerzhaft auf den Kopf, wie Schläge vom Herrn.

Das Untier rüttelte noch ein paarmal an dem größeren Blechkasten, in dem sie alle steckten.

Brachte nichts. Zu stabil. Kam nicht rein. Zottelbiester wurden auch unruhig. Sie mochten ihn nicht. Drohten ihm mit den Ohren und den Hufen. Und es war dunkel und nass. Mochte das nicht. Musste essen jetzt. So ein Hunger.

Es schnupperte wieder. Schafe. Vielleicht. Oder ein Vögelchen. Zur Not Fisch. Aber Fisch war nass und glitschig.

Das Wesen schüttelte sich. Dann ließ es sich wieder auf alle viere hinunter und galoppierte bergab in die unwirtliche Nacht.

Pfingstsamstag, 19. Juli 1783

mein liebster Flóki,

jeden Tag, der hier vergeht, beginne und ende ich mit Gedanken an dich und mache mir Sorgen. Geht es dir gut? Hast du das Schreckliche überlebt? In dieser Zeit bist du noch nicht einmal geboren und ...

Verständnislos starre ich Kadlin an. »Was ist das?«, frage ich. »Wer hat das geschrieben? Das kann ja nicht wirklich von mir sein, daran würde ich mich erinnern. Und 1783! Wer ist dieser Flóki, um den es hier geht? Ein Vorfahre von dir?«

»Lies weiter«, sagt sie beschwörend. »Ich habe es auch zunächst nicht begriffen.«

Unschlüssig betrachte ich das vergilbte Schreiben. »Warum zeigst du mir diesen Brief?«, frage ich immer noch misstrauisch. Da stimmt doch was nicht.

»Ich kenne diese Handschrift, Erla, fast so gut wie du selbst. Sieh doch bitte genau hin. Kommt sie dir etwa nicht bekannt vor? Es ist deine! Niemand sonst macht solche Schnörkel.«

Ich verziehe das Gesicht. Dann legt sich meine Begriffsstutzigkeit und mit ihr der Schreck. So ist das also! Ich meine zu begreifen und lege wissend den Kopf schief. »Na gut, du hast mich reingelegt. Wie lustig. Haha!«

Ich drehe mich zu den anderen, die so tun, als ob sie mitten im Spiel sind, sie klackern mit den Würfeln und bezichtigen sich gegenseitig der Schummelei. Dabei belauschen sie bestimmt jedes unserer Worte, um dann im nächsten Moment mit Kadlin gemeinsam in Gelächter auszubrechen und das Ganze aufzulösen. Das ist also die Retourkutsche für die Draugurgeschichte. Aber nichts dergleichen passiert.

»Das ist ein Scherz, oder?«, hake ich nach und lasse mir die Verunsicherung nicht anmerken. »Wirklich gut gemacht, das muss ich zugeben. Du hast bestimmt sehr lange dafür gebraucht, meine Handschrift so perfekt nachzuahmen – oder wer immer das war.«

Kadlin zieht mich mit einem Ruck zu sich herum.

»Nein!«, faucht sie mich an.

»Aua«, beschwere ich mich. Mir tut auch ohne ihre grobe Behandlung jeder Knochen weh.

»Sei doch leise«, mahnt sie todernst. »Ich mache keine Scherze. Zumindest nicht mit so etwas!« Etwas an ihrem Blick stellt mir die Nackenhaare auf.

»Jetzt lies schon weiter.«

Verwirrt halte ich die verblassten Zeilen ins Licht der Tranlampe.

... und das alles erscheint mir völlig absurd und widersinnig. Ich darf nicht darüber nachdenken, denn es raubt mir den Verstand und erfüllt mich zugleich mit unendlicher Sorge. Ich bin auf ewig hier gefangen, so scheint es mir. Und ich weiß nicht, ob ich im nächsten Frühjahr noch lebendig bin. Ob es irgendjemand von uns schafft. Es dünkt mich verwegen, überhaupt ...

»Es *dünkt* mich? So einen Schwurbel würde ich niemals schreiben. Was soll das denn bitte bedeuten?«

Kadlin verdreht die Augen. »Es kommt mir so vor«, übersetzt sie. »Das hat man so gesagt, 1783.«

»Haha«, mache ich noch einmal, aber es klingt schon weniger überzeugt. Niemand nimmt Ausdrucksweisen so schnell an wie ich.

… Es dünkt mich verwegen, überhaupt weiter zu denken als zu den nächsten Tagen, den nächsten Stunden. Vorerst sind wir hier sicher. Immerhin das. Und du bist es, der mir die Kraft gibt, das hier auszuhalten und nicht aufzugeben, obwohl alles in mir schreit und jede Faser meines Seins nichts anderes will als schlafen, einfach nur schlafen, und dann aufwachen und feststellen, dass es nur ein böser Traum ist. Aufwachen in deinem wunderschönen Zuhause, bei deinen Eltern Sunna und Hi

Da ist ein Fleck über dem Namen von Flókis Vater, die Tinte ist an der Stelle verschwommen. Ich schlucke trocken.

»Das muss ein Zufall sein«, murmele ich. Das alles ist komplett unlogisch. Wenn dieser Brief so alt ist, wie er aussieht, wenn das Datum stimmen *sollte*, dann kann hier nur von *irgendeinem* Flóki die Rede sein, einem Vorfahren vielleicht, jedenfalls von einem ganz anderen als dem, den ich kenne. Und dann hieß eben dessen Mutter zufällig auch Sunna, das kann ja mal vorkommen, aber … Mir wird schwindelig, als ich weiterlese.

... bei Jarle und Ulvi, bei den Lämmern. Wie machen sich die Kleinen? Sie wachsen so schnell. Und sag, wie geht es meiner Mutsch und Hrafn und der Kleinen Edda?

Moment mal, nein! *Mein* Flóki? *Meine* Familie? Wie kann das sein? Das ist unmöglich! Was ist das für ein mieser Trick? Wer macht so etwas – und warum? Ich schnappe nach Luft und greife hinter mich nach dem metallenen Kopfgestänge des Bettes. Ich schwanke, mein Kreislauf rutscht mir in die Füße.

Kadlin sieht mich in einer Mischung aus Besorgnis und Aufregung an. »Es ist unglaublich, oder?«

»Mir ist schlecht«, sage ich tonlos und lasse mich vorsichtig auf die quietschende Matratze nieder.

Kadlin schüttelt den Kopf, als ob wir dafür jetzt absolut keine Zeit haben. »Nun lies schon weiter«, fordert sie energisch und schielt zu den anderen hinüber. Aber die sind weiter johlend und plaudernd vertieft in ihr Würfelspiel.

Mein liebster Flóki. Ach, könntest du es mir doch berichten. Könnte ich doch mit eigenen Augen sehen und dort sein. Nur einmal noch würde ich sie so gern anschauen. Ihnen und euch sagen können, wie viel ihr mir bedeutet. Wie lieb ich euch habe. Wie ich euch vermisse! Ist das mein Schicksal? Haben wir es herausgefordert?

Aber was immer du auch tust, wenn du noch lebst: Komm nicht hierher, nicht jetzt, nicht damals, nicht später! Ich flehe dich an. Bleib, wo und wann du bist, du bist überall sicherer als hier! Und wenn du dies liest, dann bin ich es auch, sei dir gewiss. Dann habe ich es geschafft, auf die eine oder andere Weise.

Ich weine, während ich diese Worte zu Papier bringe, und ich will doch nicht weinen. Ich will tapfer sein, sonst kommt Barði und fragt mich, was ich habe, und das hier geht ihn nichts an. Das ist nur zwischen dir und mir und einzig für deine Augen bestimmt, wenn dich diese Zeilen überhaupt jemals erreichen. Ich wage weder, es auszurechnen noch aufzuschreiben, in wie vielen Jahren das sein wird. Ob wir uns jemals wiedersehen werden? Werden wir einen Weg finden?

Ach, mein armer Flóki. Jedes Mal, wenn ich die Augen schließe, bist du bei mir. Ich spüre noch immer deine Umarmung auf meiner Haut, und meine Lippen kribbeln, wenn ich daran denke, wie du mich geküsst hast, bei unserem Abschied. Ich hätte dir so gern gesagt, wie lieb ich dich habe. Aber ich habe mich nicht getraut, und nun ist es zu spät. Unwiederbringlich. Ich weiß nicht, ob ich hier sterben werde.

Die Zeilen verschwimmen vor meinen Augen. Was ist das? Was lese ich da? Sterben? Ein Brief aus dem Jahr 1783? Von mir? An Flóki?

Diesmal muss Kadlin mich nicht ermahnen. Ich kneife die Lider zusammen und fliege weiter über die Zeilen in meiner eigenen, schnörkeligen Handschrift.

Es ist alles dunkel und grau, die Asche nimmt uns die Luft zum Atmen, und die Lavaströme wollen nicht stoppen. Sie kommen näher und näher. Die Lakikrater wüten und fauchen immer noch und spucken ihren glühenden Zorn auf das Land, und alle, die sich und ihre Habe nicht in Sicherheit bringen, sterben. Alles brennt. Es ist furchtbar. Aber ich will nicht jammern. Ich will dir schreiben, damit du immerhin eins weißt, womit ich dich hoffentlich ein wenig trösten kann. Es hat gewirkt!

Ich bereue unendlich, dass ich dich verloren habe. Aber, mein herzensguter, liebster Flóki: Drifa lebt! Sie lebt und ist ganz schnell gesund geworden. In meinem letzten Brief mochte ich es noch kaum glauben, ich stand noch zu sehr unter dem Schock der Ereignisse und des schrecklichen D

Aber es geht ihr immer noch ganz wunderbar, dank dir! Sie hat sich so rasch stabilisiert, es ist so ein Glück, das zu sehen. Der Stein hat genau das Wunder bewirkt, das wir uns für sie erhofft haben. Sie hat ihre alte Form wieder, nein, sie steht noch voller in ihrer Kraft. Ihr Fell glänzt wie Neuschnee in der Sonne, sie hat weiter an Gewicht und Muskeln zugelegt, und wenn mich nicht alles trügt, dann trägt sie sogar ein Fohlen in sich. Der Bauer, bei dem ich untergekommen bin, hat einen prächtigen Rapphengst – in ein paar Monaten wissen wir mehr. Ach – ich sollte keine Pläne machen, und doch tue ich es, ich will ja an eine Zukunft glauben. Ich muss Hoffnung haben, sonst …

Warum bricht das jetzt ab? »Wo ist die nächste Seite?«, frage ich Kadlin atemlos.

Sie hebt die Schultern. »Da war keine. Also, nicht auf dem Boden in der Höhle jedenfalls. Ich vermute …«

»Wir müssen zu Jórunn!«, unterbreche ich sie hektisch. Spätestens jetzt bin ich wieder hellwach. Aufgeregt fuchtele ich mit dem Schreiben herum. »Was für einen Stein meint sie?« Ich weigere mich zu glauben, dass ich das geschrieben haben sollte. »Von wo hat Jórunn diesen Brief? Woher stammt der? Wo ist der Rest? Und wieso hat sie ihn Flóki nicht gezeigt?«

»Wieso willst du denn wissen, dass sie nicht …«

»Hat sie nicht!« Ich halte Kadlin den Mund zu und schiele zum Tisch. »Sonst hätte er was gesagt … oder sich mir gegenüber anders verhalten.« Die anderen sind immer noch am Würfeln und würdigen uns keines Blickes. Bis jetzt.

»Hey, ihr Geheimniskrämer. Wollt ihr nicht endlich rüberkommen?«, fragt Torger. »Zu fünft macht es mehr Spaß. Die schummeln außerdem immer.«

»Helft ihm bloß nicht!«, ruft Eldar und mustert mich neugierig. Kein Wunder, ich bin bestimmt knallrot angelaufen bei dem Gedanken, Flóki würde diese peinlichen Liebesschwüre kennen.

»Wir kommen ja gleich«, verspricht Kadlin ihrem Bruder und sieht mich beschwörend an.

»Kein Wort zu den anderen, solange wir nicht wissen, was das alles bedeutet«, sagt sie leise. »Jórunn muss einen triftigen Grund dafür haben. So oder so.«

Ich falte den Brief noch einmal auseinander und husche mit den Augen über den Text. »Was ist damals passiert? 1783? Wer ist die Laki?«

»Die Laki-Krater sind Vulkane in der Nähe der Eldgjáschlucht im Hochland drüben. Wir nennen die Gegend die Feuerbezirke. Sie sind im 18. Jahrhundert gleichzeitig mit den Grímsvötn unter dem Vatnajökull ausgebrochen«, antwortet Kadlin. Sie sieht verstört aus.

»Das ist doch ein riesiger Gletscher?«, frage ich nach.

»Ja. Aber darunter liegen jede Menge Vulkane«, ruft Sóley zu uns herüber. »Jetzt kommt schon, ihr Trantüten.«

»Und sogar mindestens ein unterirdischer See«, ergänzt Kadlin. »Grímurs Seen – deswegen heißt die Gegend so –, das ist natürlich alles vor vielen Hundert Jahren zu Eis gefroren, sagen die Alten.«

Ich schlucke trocken. »Wann genau war das?«

»Der letzte Vulkanausbruch der Laki-Krater?«

Neugierig späht Eldar mir über die Schulter. Ich lasse es zu, dass Kadlin mir den antiken Brief aus der Hand zieht und wieder in ihre Tasche steckt.

»Was habt ihr da?«, will er wissen.

»Nichts weiter«, schwindele ich. »Das lag hier herum. Da stand was von Lava und Laki. Jetzt möchte ich gern ein bisschen mehr über die isländische Geschichte erfahren.«

»Na, da hast du dir ja das richtige Kapitel ausgesucht in so einer Unwetternacht«, mischt sich Sóley noch einmal ein und winkt uns energisch hinüber an den Tisch. »Los, kommt. Und lasst uns lieber fröhliche Geschichten erzählen.«

»Nein«, widerspreche ich schwach. Mein Herz klopft wie wild, und ich greife verstohlen nach Kadlins Hand. »Ich möchte es gern hören. Was ist passiert damals?«

»Móðuharðindin.« Torger räuspert sich. »Die Nebelnot – das war wohl die schlimmste Naturkatastrophe in der Geschichte Islands. Sie begann mit dem Ausbruch der Laki-Krater.«

Sóley fällt mit düsterer Stimme ein. »Die Eruptionen haben alles verwüstet. Die Laki tobte acht Monate lang, und die Feuer wollten einfach nicht ausgehen. Die Flüsse trockneten aus und führten glühende Lava statt Wasser. Der Himmel verdunkelte sich, Frost und Eis regierten über die Ebene, und über allem lag giftiger, gelber Nebel, der als Säure und Asche auf das Land herabregnete und den Boden verätzte und unfruchtbar machte. So etwas hatte es fast tausend Jahre lang nicht gegeben.«

»Achthundert«, berichtigt Eldar, und sie wirft ihm einen vernichtenden Blick zu, bevor sie fortfährt.

»Das Vieh auf den Weiden vergiftete sich an der Asche und dem Regen, der alles Gras und alle Feldfrüchte ungenießbar machte. Und wer das überlebte, verhungerte wegen der folgenden Missernten im vulkanischen Winter. Tausende Menschen und Tiere verloren während der Móðuharðindin innerhalb von zwei Jahren ihr Leben.«

»Zuerst fielen allen die Zähne aus …«, behauptet Torger und schneidet mir eine gruselige Grimasse.

»Genug jetzt mit den schlimmen Geschichten«, beschwert sich Kadlin, löst ihre Hand aus meinem Klammergriff und reibt ihre schmerzenden Finger. Ohne es zu merken, habe ich wohl ganz schön doll zugedrückt.

»Entschuldige«, murmele ich.

»Du wolltest es wissen«, sagt Eldar achselzuckend und klappert mit dem Würfelbecher. »Na? Jetzt in Stimmung für eine kleine Knobelrunde?«

»Ich weiß nicht«, sage ich abwesend, während ich versuche, die gruseligen Fantasiebilder aus meinem Kopf zu vertreiben. »Wann genau war das?«

»Wenn ich es dir verrate, bist du meine nächste Würfelpartnerin«, bestimmt Eldar und grinst.

Ich nicke erschöpft.

»1783 bis 1784.« Feixend klopft er auf den Stuhl neben sich. Gehorsam stehe ich auf und falle beinahe hin, weil meine Beine mich nicht tragen wollen.

»Alles in Ordnung mit dir?«, erkundigt sich Sóley und mustert mich besorgt. »Hör mal, das ist fast zweihundert Jahre her«, versucht sie mich zu trösten.

»Hunderteinundsiebzig«, sagen Eldar und ich wie aus einem Munde. »Kann ich bitte einen Schluck Tee haben? Mir ist irgendwie nicht gut.«

Der Spruch meiner Großmutter huscht erneut durch mein überlastetes Gehirn: *Auch das geht vorüber.* Aber etwas anderes beißt sich regelrecht in mir fest: Es gibt einen Weg, Drifa zu retten.

10. Träume sind Schäume

Flóki lag in dieser Nacht lange wach. Er hatte die Arme hinter dem Kopf verschränkt und sah durch die Luke im Stalldach in den klaren Sternenhimmel hinauf. Wie strahlend weiße Schneeflocken, die jemand vom Fallen abhielt, hingen sie dort oben am Firmament. Als hätte Gott selbst die Zeit angehalten und sie mitten in der Bewegung eingefroren.

Und doch raschelte neben ihm das Stroh. Er hörte die Schafe wiederkäuen, und die Pferde kauten Heu und schnaubten zwischendurch leise. Zeit und Raum. Stillstand und Bewegung. Gesundheit und Krankheit, Heilung und Sterben, Hell und Dunkel, Tag und Nacht. Alles existierte parallel.

»Es ist ein Mysterium«, hatte Jórunn gesagt.

Flóki seufzte tief. Und was für eins. Tausend Dinge gingen ihm im Kopf herum, seit sie unter vier Augen geredet hatten. Danach hatte sie ihn fortgeschickt. Nein, das stimmte nicht.

Es hatte ihn nach Hause gezogen. Er redete sich ein, dass er der alten Frau ihr Bett nicht wegnehmen wollte. Aber das war es nicht. Nicht nur. Vielleicht war Erla ja doch schon zurück? Natürlich wusste er, dass die Wahrscheinlichkeit sehr gering war. Jórunn behielt recht, aber der Ritt hatte ihm gutgetan, um den Kopf durchzupusten. Er hatte dringend frische Luft gebraucht. Raum, nach all den Offenbarungen und neuen Fragen, die ihm ohnehin niemand beantworten konnte, auch nicht die alte Kräuterfrau. Und er hatte nach Drifa sehen müssen. Um sich davon zu überzeugen, dass Jórunn im Unrecht war. Aber wie immer hatte sie auch damit recht behalten. Es war unbegreiflich. Und es machte ihm Angst.

Wieso er? Warum Erla? Wie waren sie da hineingeraten? Was in aller Welt verlangten die Götter von ihm? Hatte er die Nornen herausgefordert, die Schicksalsweberinnen? Aber womit? Wie konnte er sie besänftigen? Und wer verlangte am meisten nach seiner Aufmerksamkeit? Urð, die gütig das Gewordene bewahrte? Verðandi, die das Werdende der Gegenwart knüpfte, oder Skuld, die unerbittlich und gerecht ihren Finger in die Wunde des Webstücks ihrer Schwestern legte, in die daraus entstehende Schuld, die Konsequenzen allen Seins? Jórunn sagte, alle drei wachten über das Gefüge der Welt, sie gossen Yggdrasil, die Weltenesche, den Schicksalsbaum. Und dass es nicht um Zukunft, Gegenwart oder Vergangenes ginge, sondern dass das zu linear gedacht sei. Ihm schwirrte der Kopf. Er verstand nur, dass etwas durcheinandergeraten war. Erla und er würden es wieder in Ordnung bringen, aber es sei mit Opfern verbunden. Ihre Gaben waren ihr Schicksal. In jedem Segen steckte ein Fluch, und jedes Unheil trug die Heilung in sich. Und so schlössen sich die Kreise.

Seine Stirn schmerzte. Und das tat sie vor allem wegen all dieser komplizierten Gedanken und nicht so sehr wegen der Verletzung, die er zuerst gar nicht bemerkt hatte. Vorsichtig tastete er nach dem Schnitt. Ab und zu brannte und pochte die Stelle, nachdem Jórunn sie behutsam ausgewaschen und mit Salbe versorgt hatte.

»Deine Gabe ist die größte von allen und birgt die meiste Gefahr. Geh achtsam mit ihr um. Und mit dir selbst«, hatte sie gesagt und ihn zum Abschied lange gedrückt.

Flóki starrte in den Nachthimmel hinauf.

Viermal hatte er es inzwischen getan: den Raum gebeugt. Er konnte die Gabe tatsächlich immer besser kontrollieren, und es strengte ihn von Mal zu Mal weniger an. Wobei das aber vermutlich auch einfach daran lag, dass er beim ersten Mal vier Pferde und vier Menschen auf einmal über eine ziemlich weite Strecke bewegt hatte. Als er Erla dann nur noch ein Stockwerk höher gebracht hatte, war er noch so erschöpft vom ersten Mal, dass er nicht einschätzen konnte, wie viel Kraft diese kurze Strecke gekostet hatte – und da hatte er noch gar nicht gewusst, was er eigentlich tat.

Heute Mittag am Meer war es die Kraft der Verzweiflung gewesen, die ihn und Brúna in die heiße Quelle transportiert hatte. Danach war er fix und fertig gewesen. Das war vermutlich vor allem der Anstrengung und der Kälte davor geschuldet – und er hatte es allein getan. Der letzte Versuch war von allen der einfachste gewesen, aber auch der erste, bei dem er bewusst gesteuert hatte, wen er wohin schicken wollte – und er hatte erneut Unterstützung von Kadlin gehabt.

Er musste lächeln, als er Erlas glückliches Gesicht vor sich sah, auf der Anhöhe vor Hrafns Hof.

»Ich komme bald wieder«, hatte sie versprochen. Er hoffte, dass es wirklich so war. Dass der Wunsch, dort bleiben zu wollen, nicht in ihr gewachsen war, sondern sich beruhigt hatte, sobald sie zurück in der vertrauten Umgebung war, bei ihren Leuten. Sie gehörte dort nicht mehr hin, in die Menschenwelt, sie gehörte zu ihm, zu den Seinen, und offenbar hatten sie eine gemeinsame Aufgabe zu bewältigen – aber das musste sie selbst herausfinden. Darauf vertraute er. Er wusste es, und Jórunns Worte waren in dieselbe Richtung gegangen.

Natürlich hatten Kadlin und er ihr gebeichtet, dass sie Erla geholfen hatten – na ja, mit leuchtenden Augen erzählt traf es besser. Er hätte auch beim besten Willen nicht gewusst, wie er seinen Zustand sonst hätte erklären sollen, weder die nassen Klamotten und seine Erschöpfung noch den Umstand, dass er Jórunn am liebsten herumgewirbelt hätte vor Glück.

Die alte Heilerin hatte nur so getan, als ob sie es nicht guthieß. Darüber war er sich sicher. Sie hatte sich mit ihm gefreut, er hatte es an ihrem warmherzigen und weisen Schildkrötenblick gesehen, obwohl sie voller Sorge war, weil er sich kaum auf den Beinen halten konnte und Kadlin ihn stützen und ihm sogar beim Ausziehen helfen musste.

Dabei hätte sie erheblich strenger mit ihnen beiden sein müssen. Er hatte das Verbot des Goden missachtet. Und doch hatte sie ihn nicht dafür geschimpft, dass er Erla zu ihrer Mutter gebracht hatte – auf seine Art. Auf seine neue Art. Noch immer verzogen sich seine Mundwinkel zu einem breiten Lächeln, wenn er daran dachte.

Jórunn hatte ihnen beiden nur sehr ernst eingeschärft, vorsichtig zu sein und diese Kraft nicht zu unterschätzen. Selbst ihre mahnenden Worte, als er später allein mit ihr war, galten nur seiner Selbstfürsorge.

Die Gabe stand ihm nicht unbegrenzt zur Verfügung, hatte er sich gemerkt. Sie forderte ihren Tribut.

»Jede Kraft trägt auch eine Gegenkraft in sich, Flóki. Das Licht den Schatten, das Feuer die Asche, das Leben den Tod. Deine Gabe ist noch mehr als Kadlins mit dem Schicksal von vielen verbunden. Achte und bewahre meine Worte. Gib deinem Körper und deinem Geist Zeit, sich zu erholen. Du bist jung, aber unterschätze nicht die Nachwirkungen. Geh nicht leichtfertig damit um. Bitte. Und hütet euch beide vor diesem Zwischenwesen. Es sollte nicht hier sein. Es sollte gar nicht existieren, und doch ist es hier aufgetaucht. Gebt acht!« Sie hatte ihm ihre Hand auf die Schulter gelegt, und er hatte sie genommen und vor seinem Herzen fest zwischen seinen Fingern gehalten.

»Das werde ich, ich verspreche es dir.«

Dann hatte er losgelassen und war übermütig um die beiden herumgehüpft – eher getorkelt, wenn er ehrlich war –, mit der Wolldecke um die Schultern und darunter splitterfasernackt, denn seine durchweichte Kleidung hing zum Trocknen neben dem Kamin.

Peinlich schnell hatte er nach Luft gerungen. Hatte sich keuchend an Kadlin festgehalten, sich mit den Händen auf den Oberschenkeln abgestützt und sich aufs Atmen konzentriert – und darauf, den Schwindel abklingen zu lassen. Er hatte husten müssen und Blut geschmeckt. Kadlin hatte ihn mit großen Augen angesehen und Jórunn ihm stumm ein Taschentuch gereicht, damit er sich die Nase abwischen konnte. Dass es nicht nur von dort stammte, hatte er ihnen nicht erzählt. Doch die Heilerin musterte ihn so, als ob sie es dennoch wüsste. Alles wusste sie.

Dann hatte sie ihm einen widerlich schmeckenden Tee gebraut. Kadlin hatte ihn in Jórunns Bett gesteckt, damit er sich gründlich aufwärmte, während die Hausherrin das Abendessen zubereitete, eine kräftige Brühe mit Eiern, Kräutern und Lauch. Er war sofort eingeschlafen.

Es war also nicht ungefährlich. Nun, das hatte er schon selbst herausbekommen. Auch jetzt musste er noch einmal husten und verzog das Gesicht, als er erneut diesen metallischen Geschmack in seinem Mund spürte.

Lautlos kam die Stallkatze aus dem Dunkel auf seinen Bauch gesprungen und strich ihm schnurrend mit dem Köpfchen ums Kinn.

»Geht schon wieder«, murmelte er und spuckte das Blut in sein Taschentuch. Man sollte es vermutlich wirklich nicht damit übertreiben.

Trotzdem fragte er sich, ob da nicht noch mehr gewesen war, was Jórunn ihm und Kadlin hatte erzählen wollen. Sie hatte einen Stapel alter Briefe aus einem Versteck in der Wand geholt, als sie dachte, dass er schliefe. Er war von den Geräuschen wach geworden. Sie hatte einen Brief in die Hand genommen, überflogen, zurückgelegt, in alle übrigen Umschläge gespäht und sich dann suchend überallhin gebückt, als ob sie eine Seite vermissen würde. Als er sie fragte, ob er suchen helfen solle, wirkte sie beinahe erschrocken. Später lag das Bündel auf ihrem Schreibtisch, und sie hatte es immer wieder unschlüssig angesehen, etwas schien sie zu sorgen. Aber vielleicht war es auch nichts.

»Am Ende wird alles gut«, hatte sie ihm aus den Runen gelesen. »Daran halte dich. Solange es schmerzt und quält, ist es noch nicht vorbei. Heilung wird geschehen. Habe Zuversicht, was auch immer du tust, und deine Entscheidung wird die richtige sein. Was zählt, ist nur, dass du sie triffst. Aus ganzer Seele, aus freien Stücken und mit all deinem Sein – egal, was der Rat oder Erla oder irgendwer sonst morgen von dir erwarten.«

»Wann?«, hatte er gefragt. »Wann wird es wieder gut sein?«

Aber darauf hatte sie nichts erwidert. Nur die Runen aufgelesen und zurück in ihren Beutel getan.

Nachdenklich kraulte er die Katze, die sich quer über seiner Brust zusammengerollt hatte.

Vorsichtig, um das Tier nicht zu vergraulen, griff er neben sich und stopfte das Taschentuch unter seine ordentlich zusammengefaltete und extrem nach Torffeuer riechende Kleidung. Dann legte er sich wieder auf den Rücken, zog sich die Decke bis zum Kinn und rutschte sich mit der schnurrenden Wärmflasche auf seinem Bauch zurecht.

Er sah wieder nach oben. Blassgrüne Schlieren schoben sich jenseits der Dachluke über den Himmel, waberten durch das fast schwarze Nachtblau, nahmen an Intensität zu und begannen ihren sphärischen Tanz. Die ersten Nordlichter des Herbstes.

Flóki dachte an Erla. Ob sie die Lichter auch sah, drüben bei Hrafn und Björk? Ob sie noch wach lag, so wie er? Und dabei vielleicht auch an ihn dachte?

»Es ist ein Mysterium. Alles existiert parallel«, wiederholte er Jórunns Worte noch einmal für die Katze.

Dann musste es doch auch einen Weg geben, wie Erla sowohl hier als auch dort leben konnte, zwischen den Welten pendeln, ohne dabei Lebensjahre zu verlieren? Vielleicht war das ein Zeichen, und es würde wirklich funktionieren.

In den alten Sagas standen Legenden über die sogenannten Weltenwanderer. Jede Generation brachte einen hervor, hieß es. Vielleicht konnte Erla dieser Jemand sein? Oder er? Gleich morgen würde er mit Jórunn reden. Wenn jemand etwas darüber wusste, dann sie. Wie dumm, dass er sie nicht gleich heute gefragt hatte – er war zu aufgeregt gewesen. Aber morgen war auch noch ein Tag.

Zufrieden legte er sich auf die Seite und kuschelte sich zum Schlafen ein, sodass nur noch seine Nasenspitze aus den dicken Daunen lugte. Er sah Erlas Gesicht vor sich, als wäre sie ganz dicht bei ihm. In seiner Vorstellung hatte er sie wieder im Arm, atmete den Duft ihrer frisch gewaschenen Haare, ihrer Haut, spürte ihre Wärme. Die Katze verzog sich maulend in die Kuhle seiner Kniekehlen. Aber da war er bereits weggedämmert, und im Schlaf lächelte er immer noch.

Ich schlafe unruhig. Die Nacht ist durchzogen von seltsamen Träumen. Ich stehe in der Dunkelheit. Pferdewiehern umgibt mich. Ich spüre ihre Leiber, die Wärme ihrer Körper. Ich höre ihr Trappeln. Sie haben Angst. Sie brauchen mich. Sie flehen mich um Hilfe an. Zu Hunderten. Aber wer bin ich, dass ich ihnen helfen könnte? Ich kann sie nicht einmal sehen. Es ist Nacht. Finstere Nordnacht. Nicht einmal mein Stern leuchtet mir den Weg. Es riecht nach Schwefel, nach Feuer und Lava, nach versengtem Fell und Angst. Ich wusste nicht, dass Lava einen Geruch hat. Verbrannte Erde. Nichts wächst mehr. Alles fließt. Aber hier ist es nicht Wasser, sondern ein träger Strom aus Feuer und Glut. Ich gleite sanft hinab. Angezogen von seiner Wärme. Spüre ihn, wie er durch mich hindurchkriecht. Mich verbrennt und in die Erde sinken lässt. Eine Schlange, die mich umhüllt und wieder freigibt, sich mit mir an den Wurzeln eines mächtigen Baumes zusammenrollt. »Yggdrasil.« Aus dem Nichts höre ich eine vertraute Stimme. Über mir, in mir. Wie sanftes Wellenwiegen. »Schlaf«, höre ich sie murmeln, wie damals, als ich im Fiebertraum in Jórunns Höhle lag, und schaue in mein eigenes Gesicht. Wässrige Augen, die sich um mich weben, eine runzelige Hand, die meine hält und uralte Lieder summt. Fremd und doch so vertraut. Der Schwanz einer Schlange ringelt sich um unser beider Handgelenke. »Schlaf und werde heil. Du bist in allen Zeiten vertäut und geborgen.«

In den Schatten der Weltenesche sehe ich rötliche Umrisse, Schemen. Zusammengedrängte Körper, wispernde Stimmen. Sie warten auf mich. Sie harren aus. Da lauert etwas in der Tiefe. Ich will sie warnen. Wovor? Ist das der Draugur? Gibt es ihn doch? Ich werde fortgerissen in einem tosenden Strudel. Und wieder ist da dieses rot glühende Lachen. Höhnisch. So als hätte ich keine Chance. Es macht mich wütend. Ammenmärchen!

Thorbjörn taucht vor meinen geschlossenen Augen auf. Ich erinnere mich an den Moment, als der alte Mann das zusammengerollte Stück Leder aus seiner Westentasche zutage förderte. Wieder sehe ich, wie er es öffnet, mir das Symbol darauf zeigt und fest gegen meine Stirn drückt. Dann rollt er das Leder wieder zusammen und schließt meine Finger darum. »Folge immer dem Nordstern. Und vergiss den Ægishelm nicht. Er wird dich beschützen. Asenheil und Wanensegen.«

»Asenheil und Wanensegen«, wiederhole ich im Traum. Meine Worte hallen, als würde ich sie in einer Höhle sprechen. Dann ist Stille. Kälte. Ich friere. Ich bin allein. So lange allein.

Die Dunkelheit umhüllt mich. Ich zittere. Ich fürchte mich. Alles an mir schmerzt. Eine dunkle Zeit liegt vor uns. Aber ich darf nicht aufgeben. Sonst sind die Pferde verloren. Sonst ist alles verloren. Nicht nur Drifa. Dann wäre alles umsonst. Ich muss meiner Bestimmung folgen.

Und es gibt Hoffnung. Von irgendwoher habe ich ein Streichholz. Ich zünde es an und sehe funkelndes Eisglitzern. Gletscherlicht. Der Nordstern taucht vor meinen geschlossenen Lidern auf, sanft und ruhig blinkt er mich an und strahlt mit seiner Zuversicht bis in mein Herz. Ganz kurz nur. Dann ist wieder Nacht. Nordnacht. Sie fühlt sich friedlich an, und endlich lasse ich los. Bin müde, so müde. Es ist längst geschehen.

Ich brauche den Stein. Er wird mich führen.

Und wieder ist da diese andere Stimme, die der fremden alten Frau: »Beginne die Reise von Anfang an.«

Schweißgebadet wache ich auf. Um mich herum sind nur die normalen Geräusche der Nacht. Das friedliche Atmen meiner

Freunde, das Knacken von Glut im Ofen und sich abkühlendem Eisen, das metallische Geräusch, wenn der Wind gegen das Wellblech der Hüttenwände drückt. Der Regen hat aufgehört.

Vorsichtig, um Kadlin und Sóley nicht zu wecken, greife ich in den Beutel, den ich immer um meinen Hals trage, seit ich bei den Huldu bin. Ich erfühle sie mehr, als dass ich sie in der Dunkelheit sehen kann: die Runen und ihre rotbraune Gravur aus getrocknetem Blut. Sie pulsieren leicht unter meinen Fingern. Sie beruhigen mich. Auf seltsame Art und Weise geben sie mir Halt. Nach einer ganzen Weile lasse ich sie in den kleinen Lederbeutel zurückgleiten. Ich schlafe wieder ein.

Am nächsten Morgen scheint die Sonne durch das winzige, einfach verglaste Fenster und kitzelt mich in der Nase. Als ich mir über die Augen reibe und blinzele, merke ich allerdings, dass es nicht die Sonne ist, sondern Kadlins Haare, die mich im Gesicht piksen. Sie murrt im Schlaf, als ich mich vorsichtig aus dem Schaffell in die Höhe robbe und ihren Arm von meinem Bauch schiebe. Mein Korsett drückt, und mein Fuß ist eingeschlafen, weil er während der Nacht irgendwie unter Sóleys Bein geraten ist. Die Jungs sind bereits wach.

Torger grinst mich an. »Kaffee?«, fragt er und schiebt damit das Nachhallen meiner seltsamen Träume in den hintersten Winkel meines Bewusstseins.

Ich nicke begeistert. »Wo hast du den denn her?«

»In diesen Schutzhütten ist alles vorrätig. Wer sich etwas nimmt, ersetzt das Verbrauchte wieder. Nur so ist gewährleistet, dass jeder in der Not hier wirklich findet, was er braucht.«

»Oder sie«, knurrt Sóley und reckt sich, wodurch nun auch Kadlin wach wird. »Zweimal Zucker bitte«, sagt sie gähnend und streckt mit halb geschlossenen Augen die Hand aus.

»Gut geschlafen?«

»Mhm«, brummt sie und nimmt mir den emaillierten Becher ab, den ich ihr weiterreiche, als ich mir sicher bin, dass sie nicht im Halbschlaf damit kleckert und uns alle verbrüht. Torger gibt mir noch einen für mich.

»Kaffee im Bett. Das hat was«, seufzt Sóley und schlürft hingebungsvoll.

Die Tür fliegt auf, und Eldar kommt herein und mit ihm ein Schwall kalter Morgenluft.

»Wie die Hühner auf der Stange«, kichert er, als er uns drei betrachtet: im Bett sitzend, die Kaffeetassen mit beiden Händen umklammernd wie den heiligen Gral. »Habt ihr wenigstens Eier fürs Frühstück gelegt, oder gackert ihr nur?«

»Könnte sein«, erkläre ich ernst und zeige auf die Satteltasche, die ich von Hrafn bekommen hatte. »Schau mal nach. In der Keksdose.«

Alle lachen, als er verdattert guckt, weil er tatsächlich ein halbes Dutzend Eier, eingeschlagen in ein Baumwolltuch, in einer Blechbüchse findet, in der vorher amerikanisches Gebäck war. Zumindest steht das auf der Packung.

Eine Dreiviertelstunde später sitzen wir gestärkt auf den Pferden. Die Jungs und Sóley plappern fröhlich miteinander und reiten nebeneinanderher, wo immer der Weg es zulässt. Kadlin und ich reiten schweigend und hängen unseren eigenen Gedanken nach.

Die fünf Wechselpferde folgen uns. Ich habe nicht einmal mehr Augen für die grandiose Landschaft, für die saftigen, sanft hügeligen Wiesen, die sich mit beinahe ebenen Schotterfeldern, kleinen Seen und Moosflächen abwechseln. Nach einer weiteren Stunde im Sattel, die uns auf ziemlich holprigen, schmalen Wegen bergauf und bergab führt, haben wir endlich eine geeignete Stelle zum Überqueren des Flusses gefunden. Sagen zumindest die anderen. Mir kommt die Strömung immer noch gewaltig vor, und in diesem Moment ist sogar der seltsame Brief völlig nebensächlich geworden.

Wenn ich das Ohrenspiel von Auðna richtig deute, findet sie die Idee, in dieses eiskalte, ziemlich schnell vor sich hin strudelnde Gewässer zu klettern, auch nicht besonders einladend. Allein die Böschung ist schon recht steil. Und dass wir die Satteltaschen abnehmen und uns um die Schultern hängen, erweckt nicht gerade mein Vertrauen. Aber hinüber müssen wir nun mal, und Torger lässt uns keine Bedenkzeit. Er treibt seinen Fuchs als Erster hinein. Mit aufgerissenen Nüstern tastet sich der Wallach über die Steine.

»Los, jetzt du«, sagt Eldar.

Er meint mich. Aber ich bin wie erstarrt. Mein Mund ist plötzlich ganz trocken, und mir ist übel. Ich hätte wirklich kein zweites Ei essen sollen, aber nun ist es zu spät. Ich starre Torger hinterher, dessen Pferd inzwischen bis zum Bauch im Wasser ist und sichtlich mit den Stromschnellen kämpft. Dabei sind sie noch nicht einmal übers erste Viertel des Flusses hinausgekommen.

»Dann gehe ich als Nächstes«, sagt Sóley. »Bleib dicht hinter mir. Kadlin und ich nehmen dich in die Mitte.« Sie nickt mir aufmunternd zu und lenkt ihre Stute an mir vorbei die Böschung hinunter. Ihr Pferd strauchelt einmal kurz, aber dann ist auch sie im Wasser.

»Worauf wartest du?«, ruft sie mir über die Schulter zu. »Komm schon!«

»Wir müssen«, drängt nun auch Kadlin hinter mir.

Ich kann nichts dafür, aber ich finde die Idee, im Oktober in Island einen reißenden Fluss zu durchreiten, gerade ziemlich bescheuert. Ich muss an Flóki denken und wie nass und kalt er gestern war, an die Horrorgeschichten von ertrunkenen Schafhirten, an Ingvars Nachbarn Thorvald, der lange Umwege in Kauf genommen hat, um Briefe zwischen mir und meiner Mutsch hin und her zu transportieren.

»Dieser Fluss ist gefährlich«, murmele ich. Torger ist inzwischen in der Mitte angekommen. Da verliert sein Pferd augenscheinlich den Halt. Schnorchelnd und prustend fängt es an zu schwimmen und wird von der Strömung mehrere Meter weit abgetrieben.

»Pass auf!«, schreie ich und kralle mich in Auðnas Mähne.

»Jetzt komm endlich«, ruft Sóley. »Die haben das schon tausendmal gemacht. Sie können das! Und du auch!«

»Wir müssen zusammenbleiben«, mahnt Kadlin. »Beeilt euch.«

»Jesus Maria«, murmele ich und schlage ein Kreuz. Dann treibe ich Auðna halbherzig voran und lehne mich weit zurück, weil es so steil bergab geht. Ich spüre, wie sie schlittert und auf den losen Steinen am Ufer ins Rutschen kommt, dann sind wir unten, und sie steht bereits bis zu den Fesseln im Wasser. Ich klammere mich mit beiden Händen an der Mähne fest und muss mich zwingen, meine Beine nicht um ihren Bauch zu knoten. Hat das eben auch schon so laut getost?

Torger ist am anderen Ufer angelangt. Ich sehe, wie sein Fuchs sich drüben aus dem Wasser kämpft und sich schüttelt wie ein Hund im Regen.

Immerhin das. Meine Knie zittern, und ich würde gern flüchten, aber das geht anscheinend nur nach vorn.

»Wir schaffen das«, brabbele ich unsicher und schnalze mit der Zunge, damit meine Stute weitergeht. Auðna dreht die Ohren in meine Richtung, aber ich würde mir selber auch nicht glauben. Missmutig stampft sie mit dem Vorderhuf auf, als wollte sie den Wassermassen ihre Kraft demonstrieren, dann sind wir drin.

»Ich bin dicht bei dir«, höre ich Kadlin hinter mir. »Keine Angst.«

»Mhm«, nicke ich. Das Wasser spritzt bis über meine Oberschenkel, und ich spüre, wie die Strömung jedes Mal an Auðna zerrt, wenn sie ein Bein vom Boden hebt. Ich habe fürchterliche Angst. Noch nie habe ich einen so breiten und wilden Fluss durchquert.

»Los, weiter, nicht stehen bleiben.«

Aber Auðna ist wie festgefroren. Sie sperrt die Nüstern auf und schnorchelt. Aus dem Augenwinkel sehe ich, wie Kadlin neben uns geritten kommt. Auch sie hat zu kämpfen, ihr Pferd vorwärtszutreiben, nur dass sie dabei energischer vorgeht als ich. Das Wasser spritzt, und dann verliert Auðna den Halt. Wir schwimmen und werden von der Strömung mitgerissen, aber Kadlin schafft es irgendwie, meine Zügel zu erwischen. Jetzt trudeln und schwimmen unsere Pferde beide.

»Halt dich fest«, ruft sie mir zu.

»Das habe ich vor!«, gebe ich panisch zurück. Das Wasser ist eiskalt und schwappt mir bis zum Höschen. Es dauert nur Sekunden, bis ich meine Beine nicht mehr spüren kann. Ich habe keine Ahnung, was ich tun soll. Absteigen? Selbst schwimmen? Aber bevor ich meine Füße aus den Bügeln bekomme, spüre ich, dass Auðna wieder Grund unter den Hufen hat.

»Oh du lieber Gott, oh du lieber Gott«, höre ich mich stammeln. Dann sind wir alle vier sicher auf der anderen Seite, und ich bin so nass, dass man es nicht mal merken würde, wenn ich mir vor lauter Angst in die Hosen gemacht hätte.

»Na? War doch gar nicht so schlimm, oder?« Sóley grinst mich an und reicht mir die Hand zum Einschlagen. »Gletscherflusspremiere!«

»Wir feiern später«, bitte ich matt. »Ist es noch weit? Nur damit ich weiß, ob ich noch Zeit habe, mir die Haare einzudrehen. Ach warte, ich hab die Lockenwickler vergessen.«

Eldar lacht. »Kein Wunder, dass Flóki dich mag. Du bist witzig.«

Ich verrate ihm jetzt nicht, dass das eigentlich ernst gemeint war. Erstaunt sehe ich mich um. Die Vegetation hat sich verändert. Hier ist es wieder Herbst. Wann ist das denn passiert? Vorhin schon? Markiert der Fluss eine Grenze? Oder ist es mir nur nicht aufgefallen? *Weltenwanderin,* summt es in mir. Und dadurch fällt mir etwas ganz anderes ein. »Wie nah sind wir eigentlich an Jórunns Höhle? Müsste das von hier aus nicht auf dem Nachhauseweg liegen?« Dieser seltsame Traum verfolgt mich. Er will mich einfach nicht aus seinen Klauen lassen. Und wenn mich Jórunn immer wieder bis in meine Träume verfolgt, vielleicht sollte ich mich dann endlich mal dagegen wehren, ständig von ihr abgewimmelt zu werden. So, als ob man der kleinen Ausländerin zwar hilft, weil man das nun mal tut, aber wirklich zu tun haben will man nichts mit ihr. Inzwischen hat sich einiges angestaut!

Die Jungs blicken fragend zu Kadlin. Sie sehen ein bisschen betreten aus.

»Was? Bin ich unter ihrer Würde?«, funkele ich zu ihnen hinüber.

»Was willst du denn dort?«, will Sóley wissen. »Da ist es nicht geheuer.«

»Na hört mal, ihr redet von meiner Lehrerin«, sagt Kadlin unwirsch, aber mich blitzt sie dabei an.

»Ja, aber das ist was anderes«, murmelt Torger. »Man sagt, sie ist keine von uns und dass das Unglück von Generationen an ihr klebt.«

»Was für ein Quatsch«, schimpft Kadlin. »Sie hat euch allen schon mehr als einmal geholfen!«

Torger bearbeitet hoch konzentriert mit dem Daumennagel einen Fleck auf seinem Sattel.

Ich denke an den Ausspruch meiner kleinen Schwester. »Tja, an mir klebt anscheinend auch so einiges.«

»Halte dich besser fern von ihr«, ergänzt Eldar unbeeindruckt vom Unmut seiner Schwester. »Niemand geht freiwillig dorthin, wenn er kein wichtiges Anliegen hat.«

»Oh, das habe ich allerdings. Ich habe jede Menge Fragen. *Wir* …« Ich zeige auf Kadlin. »… haben jede Menge Fragen.«

»Dann lass Kadlin das regeln«, schlägt Sóley vor und wechselt ein paar komische Blicke mit ihr. »Ist doch ihre Lehrherrin.«

»Lass uns nach Hause reiten«, bittet Kadlin. Sie lenkt ihre Stute neben mich und sieht mich beschwörend an. Ihr Knie drückt gegen mein Bein, und ich bin mir ziemlich sicher, dass das Absicht ist.

»Aber …?« Jetzt verstehe ich die Welt nicht mehr. »In dem Br…«

»Wir müssen alle raus aus den nassen Klamotten«, unterbricht sie mich scharf. »Der Ritt war anstrengend, und du willst doch sicher Drifa sofort die Medizin deiner Mutter bringen, oder?«

»Ja … natürlich, sicher«, sage ich verwirrt. Ihr Blick erlaubt mir gar keine andere Antwort. Wieso ist die Stimmung auf einmal so komisch?

Sóley atmet mit einem tiefen Seufzer aus und setzt sich mit Eldar und Torger an die Spitze unserer kleinen Reitgruppe. Kadlin bleibt neben mir. »Kein Wort über den Brief. Zu niemandem«, fordert sie eindringlich. »Ich hatte nicht gedacht, dass ich das extra erwähnen muss!«

Ich nicke, fassungslos darüber, dass die Huldu anscheinend ebenso abergläubisch sind wie die Menschen auf der anderen Seite.

»Ha?«

»Wir reden später.«

Sie schulmeistert mich wie ein kleines Kind, das verletzt mich, aber am meisten wurmt mich, dass ich keine Ahnung habe, worum es hier eigentlich geht. Flóki und Kadlin gehen ganz selbstverständlich und sogar sehr ehrfurchtsvoll mit Jórunn um. Wieso haben die anderen Angst vor ihr? Oder gibt es einen anderen Grund dafür, dass sie die alte Heilerin meiden?

11. Götterdämmerung

Die Medikamente würden nichts nützen. Flóki sah Erla dabei zu, wie sie hingebungsvoll Drifas Wunden einrieb. Gleich nach ihrer Rückkehr war sie in den Stall gestürzt. Dann hatte sie ihn um ein Geschichtsbuch gebeten. Drei Stunden lang war sie auf dem Heuboden verschwunden und hatte gelesen. Dann hatte sie einen Teller Skyr gelöffelt, ein paar Beeren eingesteckt und war wieder in den Stall gelaufen. Erzählt hatte sie noch nichts, und Flóki wusste nicht, wohin mit sich und seiner Unruhe. Würde sie gehen? Würde sie bleiben? Was war los mit ihr?

Hier stand sie nun und cremte Drifa erneut mit dieser Salbe ein, die sie von ihrer Mutter hatte. Die Stute ließ es teilnahmslos über sich ergehen. Sie hatte vor ein paar Tagen angefangen, sich sacht hin und her zu wiegen, ihr Gewicht von einem Huf auf den anderen zu verlagern und dabei mit dem Kopf zu pendeln, von links nach rechts, immerzu. Sie machte es jedoch nur, wenn Erla es nicht sah. Er hatte das noch nie erlebt bei einem Pferd, aber als seine Mutter es sah, sagte sie, man nannte es Weben. Und es war nicht gut. Sie hatte es einmal gesehen bei einer Stute, die ihr Fohlen verloren hatte. Tiere taten es aus Trauer, aus Hoffnungslosigkeit, aus Einsamkeit, es gab viele Möglichkeiten. Wenn Erla in der Nähe war, schien es, als ob Drifa sich zusammenriss, sich bemühte, ihre Seele nicht davontreiben zu lassen. Aber ihre Augen waren so matt wie ihr Fell. Und Flóki hatte beinahe das Bedürfnis, sich mit ihr zu wiegen. Vielleicht half es ja und linderte den Schmerz, der in ihm brodelte.

Er fragte sich, ob Erla auf ihn hören würde, wenn er sie bäte, loszulassen. Die Stute gehen zu lassen, damit sie nicht länger litt. Und dann schämte er sich gleich wieder für diesen Gedanken. Erla war eine Kämpferin. Und Drifa war es auch.

Sie war so verändert. Erla. Er fragte sich, was geschehen war. Auf dem Hof ihrer Eltern? In der Nacht oder auf dem Ritt? Aber er mochte sie nicht drängen. Sie hatte gesagt, sie würden reden, sobald Kadlin wieder hier war. Aber Kadlin war zu Jórunn weitergeritten, und er glaubte nicht, dass sie so schnell zurückkehren würde. Also drückte er sich einfach weiter in Erlas Nähe herum. Mistete den Stall aus, legte den Tieren frisches Heu vor, kontrollierte die Klauen der Schafe. Nie weiter als eine Pferdelänge oder höchstens zwei von Erla entfernt.

Erla redete weiterhin leise auf die Schimmelstute ein.

»Wann müsste man es sehen?«, fragte er schließlich und stützte sich mit dem Kinn auf der Forke ab.

Erlas Kopf flog herum. »Was meinst du?«

»Ob sie wirkt«, erklärte er verdutzt. »Die Medizin, die du mitgebracht hast.«

Erla schluckte. Dann brach sie ohne weitere Vorwarnung in Tränen aus. Er lehnte die Forke an die Wand und lief zu ihr, schloss seine Arme um sie und hielt sie fest. Etwas Besseres fiel ihm nicht ein, aber es schien nicht ganz verkehrt zu sein.

»Gar nicht«, brach es aus ihr heraus. »Es wird nicht helfen. Ich brauche diesen verdammten Stein. Aber Kadlin sagt, sie weigert sich, mich zu sehen. Sie will mich nicht zu ihr bringen.«

»Wer? Zu wem? Und was für einen Stein?«

»Kadlin. Mich, zu Jórunn«, schluchzte Erla haltlos. »Jórunn weiß einen Weg, aber offenbar will sie nicht, dass jemand davon erfährt. Ich verstehe das alles nicht, Flóki. Es stand in dem Brief, den ich geschrieben

habe. Ich! Das ergibt doch keinen Sinn. Kadlin sagt, Jórunn darf nicht wissen, dass ich das überhaupt gelesen habe. Ich soll nicht darüber reden, und dass sie den Brief zurückbringen muss, bevor Jórunn was merkt. Aber wenn es der einzige Weg ist, um sie zu retten, um alle zu retten, dann muss ich es doch versuchen, oder etwa nicht? Warum hat Jórunn mir nichts gesagt? Oder wenigstens euch?«

»Von welchem Brief redest du? Und um wen zu retten?«, fragte er und streichelte behutsam über ihren Rücken. Gänsehaut breitete sich auf seinen Armen aus, noch bevor sie ihm endlich antwortete.

»Die Pferde, Flóki. Nicht nur Drifa. Alle Pferde, und die Menschen auch. Wenn die Nebelnot kommt. 1783. Da gibt es einen Stein, der Drifa gesund macht. Du hast sie gerettet. Es steht alles in dem Brief, aber ich habe nur einen Teil lesen können. Kadlin sagt, ich darf dich das nicht fragen, bevor sie mit Jórunn gesprochen hat. Und auch weil das Althing ansteht und ihr …« Sie schluchzte wieder. »Aber die Zeit drängt doch. Du bist Drifas einzige Chance. Kadlin und du, ihr seid meine letzte Hoffnung. Allmählich werde ich noch verrückt. Hilfst du mir? Bitte, Flóki, hilf mir doch!«

Er hielt sie, so fest er konnte, hockte sich mit ihr ins Stroh und ließ sie weinen, bis der Tränenstrom versiegte. Sie sah ihn mit großen, geröteten Augen an. Sie war so schön. Sein Zeigefinger zitterte ein wenig, als er ihr ganz zart zwei Tränen unter den Augen wegwischte. »Sag mir, wie ich helfen kann. Ich tue alles für dich.«

Ihr Gesicht war ganz nah vor seinem. Er konnte sie atmen hören, und alles an ihm kribbelte. Vor allem in seinem Bauch.

Flókis Lippen sind ganz weich auf meinen. Es prickelt und bizzelt wie bei einem Sommergewitter. Wenn man die Elektrizität spüren kann, die in der Luft liegt. Oder wie Brausepulver, nur besser. Viel besser, und ich wünsche mir, dass die Zeit stehen bleibt und wir immer hier sitzen bleiben und uns einfach nur weiterküssen. Denn dann kann ich an nichts anderes denken als an ihn. Alle Knoten in meinem Kopf lösen sich auf und die in meinem Bauch sowieso. Da ist nur noch Platz für dieses wunderbar kribbelige, weiche, warme Gefühl.

Ein Schatten fällt in die Tür. Kadlin.

»Du hast es ihm gesagt?«

Widerstrebend löse ich mich aus Flókis Umarmung und wische mir blinzelnd und ein bisschen verlegen die verbliebenen Tränenspuren ab. Irgendwie fühle ich mich ertappt und bloßgestellt, aber ich möchte trotzdem nicht aufstehen und Flókis wärmende Nähe aufgeben. Ich möchte hier einfach nur sitzen und mich von ihm trösten lassen. Wenn er bei mir ist, wird alles gut, und dann ist es mir auch egal, was andere denken.

»Ja, natürlich.«

Flóki scheint es nichts auszumachen, dass Kadlin uns erwischt hat, und eigentlich ist ja auch wirklich nichts dabei. Er ist wie immer die Ruhe selbst und lächelt mich an. Dann hilft er mir behutsam hoch. Aber auch als wir stehen, hält er mich weiter fest und nimmt meine Hand ganz fest in seine.

»Kann ich diesen Brief mal sehen? Vielleicht kann eine dritte Meinung nicht schaden.«

Kadlin verzieht das Gesicht. Sie zögert. »Ich weiß nicht, ob …« Dann scheint sie es sich plötzlich anders zu überlegen. Sie zuckt mit den Achseln, sieht mir fest in die Augen und zieht den Brief langsam aus ihrer Tasche.

Mir fällt wieder ein, was sonst noch alles auf diesen beiden Seiten steht, und ich werde rot. Aber das ist jetzt auch schon egal.

Flóki setzt sich und fängt an zu lesen.

»Ich dachte, du wolltest zu Jórunn reiten?«, frage ich, schnappe mir ein Messer und eine fette Rübe und schneide den Lämmern mundgerechte Häppchen, weil ich so nervös bin.

Sie schüttelt stumm den Kopf. »Ich wollte den Brief heimlich zurücklegen. Aber ich weiß nicht mehr, was richtig oder falsch ist oder wie ich sie darauf ansprechen soll. Ich bin damit genauso überfordert wie du, Erla.«

»Wo warst du denn die ganze Zeit?« Flóki sieht skeptisch von dem Brief hoch und an Kadlin hinunter. Ihre Reithosen sind immer noch nass, zwar nur bis zum Oberschenkel, aber trotzdem wäre es sicher gesünder, wenn sie sich umziehen würde.

»Du holst dir ja den Tod«, sage ich und beiße mir auf die Zunge, weil ich dabei klinge wie meine Mutsch.

»Ich bin nicht so nass, wie es aussieht«, erklärt sie prompt. »Die gewachsten Lederhosen halten ziemlich dicht. Mir ist nur ein bisschen Wasser in die Stiefel gelaufen, aber das ist inzwischen gut durchgewärmt.« Sie grinst schief in meine Richtung. »Ich bin ziellos in der Gegend herumgeritten und habe nachgedacht.«

»Und hat es geholfen?«

»Nicht wirklich«, gibt sie zu und betrachtet ihre Fußspitzen. »Aber ich denke, es wird einen Grund geben, weswegen Jórunn uns – und dir – nichts von diesem Brief erzählt hat. Vielleicht gibt es etwas auf den nächsten Seiten, das nicht für unsere Augen bestimmt ist. Ich meine … 1783, Erla. Und du stehst hier. Das ist Magie, oder nicht? Was die anderen oben in den Bergen angedeutet haben, über Jórunn. Es wird viel geredet, weißt du?«

»Und wenn es so wäre?! Es ist mir schnurzpiepegal. Da steht drin, dass ich weiß, wie man Drifa retten kann. Aber ich weiß es *nicht*. Und Flóki weiß auch nichts von einem Stein. Ich brauche eine Erklärung für das alles!«

»Die gibt es ganz sicher«, sagt Flóki leise und sieht mich seltsam an.

Ich werde rot und spüre wieder seinen Mund auf meinem, und ich weiß, dass mindestens einer von den beiden gerade meine Gedanken liest.

»Du hast das geschrieben?«, fragt er verwirrt. »1783?«

»Ich weiß es nicht«, gebe ich zu und nehme ihm das Schreiben wieder ab. »Aber ich glaube an den Inhalt. Es geht um Drifa. Wir können sie retten. Das ist das Wichtigste, was in dem Brief steht, Flóki.« Flehend sehe ich ihn an, aber Kadlin drängt sich dazwischen.

»Wir wissen das nicht, Erla.«

»Sie wird leben«, wiederhole ich beharrlich. »Heilung ist möglich. Sie ist sogar zum Greifen nah.« Ich wedele mit dem Blatt Papier herum. »Da steht es doch drin! Könnt ihr mich jetzt bitte zu Jórunn bringen, damit sie uns die fehlende Seite gibt?«

»Und wenn sie die gar nicht hat?«

»Wir werden es nie erfahren, wenn wir sie nicht fragen.«

»Wenn das stimmt, was da … geschrieben steht, dann … Es klingt gefährlich«, sagt Flóki bedächtig und sieht zu Drifa. »Aber es ist vielleicht einen Versuch wert?«

»Wenn ich dort den Stein finden kann, der Drifa heilt, dann werde ich das Risiko eingehen. Ich schaffe das – mit eurer Hilfe. So wie ich hinkomme, bringt ihr mich auch wieder zurück. Jórunn muss uns lediglich verraten, was das für ein Stein ist, der das alles möglich macht! Wir brauchen die nächste Seite dieses Briefs! Und alle anderen, die sie vielleicht noch hat! Lasst mich doch einfach nur mit ihr reden. Bitte!«

»Da waren noch mehr Briefe in ihrer Höhle«, sagt Flóki plötzlich.

»Ja. Und?«, faucht Kadlin ihn an und wendet sich an mich. »Du verrennst dich, Erla.«

»Dann hättest du mir das nie zeigen dürfen, Kadlin.«

»Selbst wenn ich es könnte, ich würde dich niemals in das Jahr 1783 bringen. Das ist viel zu gefährlich.«

»Dann bring mich nach 1782. Ich werde längst fort sein, bevor die Laki ausbricht. Ihr habt es schon einmal getan. Ihr könnt es wieder tun. Bitte! Drifas Leben hängt davon ab. Tu es für sie! Tu es für all die Menschen, die ich warnen kann!«

Sie schüttelt den Kopf und sieht mich erschrocken an. »Ich habe noch überhaupt nie jemanden in die Vergangenheit geschickt. So weit kann niemand die Zeit beugen. Das ist … unmöglich!«

»Das kannst du nicht wissen, es hat nur einfach noch niemand versucht!«

»Du willst wirklich in die Vergangenheit?«, fragt Flóki, aber wir hören ihn kaum.

»Wir dürfen das nicht. Seid ihr verrückt geworden? Muss ich euch daran erinnern, dass wegen uns ein Althing ansteht und wir uns ohnehin schon gefährlich oft über die Verbote hinweggesetzt haben? Wenn die uns erwischen, dann …«

»Dann geh ich zum Goden und sag ihm, dass ich muss!«

»Erla! Nein!«

Aber ich bin so richtig in Fahrt. »Er wird mir die Erlaubnis schon geben, wenn ich ihm alles erzähle!«

Und während ich es ausspreche, wird mir klar, dass das sogar der allerbeste Weg überhaupt ist! Ich habe das Geschichtsbuch gelesen. Ich weiß ja, was passiert ist damals. Ich werde ihm sagen, dass ich Massen von Isländern retten kann, wenn er mich gehen lässt. Ich muss nur rechtzeitig dort sein. Ich kann sie alle warnen und in Sicherheit bringen, in den Norden, in die Westfjorde von mir aus oder weit in den Osten, ins Austurland. Dorthin, wo den Aufzeichnungen nach die Winde so günstig standen, dass das Schlimmste verhindert wurde. »Ich kann vielleicht Hunderte von Menschen retten. Die Hulduvölker. Pferde!«

Kadlin starrt mich fassungslos an. »Es ist dir ernst, oder? Du glaubst das wirklich, Erla. Aber …« Ihr Blick wird eindringlich. »Du kannst die Geschichte nicht verändern, hörst du? Da mache ich nicht mit. Schicksalsfäden zu weben ist den Nornen vorbehalten. Hüte dich vor dem Zorn der Götter.«

Ich stampfe mit dem Fuß auf. »Wieso sollten die Götter wütend auf mich werden, wenn ich ihre Arbeit erledige? Wenn ich Gutes tue? Wenn ich Leben rette? Aber bitte – fragen wir die Runen, was ich machen soll …« Ich sehe zu Kadlin. »… und darf. Einverstanden.«

»Erla!«

Aber ich fingere bereits nach dem Beutel um meinen Hals und mache es so, wie der alte Thorbjörn es mich gelehrt hat. Ich schließe die Augen und bete. Spüre den Puls in meinen Fingerspitzen, synchron mit meinem Atem. Ich lausche nach innen, in den Beutel hinein, und fühle, welche der Steinchen die Antwort auf meine Frage in sich tragen. Drei Stück sollen es sein. Eins für die Vergangenheit, für das, was mich hierhergebracht hat. Eins für die Gegenwart, für das Werdende, das bereits ist. Und eins für die Konsequenzen, im Guten wie im Schlechten, das, was die Zukunft bringt, die daraus entstehen mag. Die Botschaft, die in all dem verborgen ist. Diese drei behalte ich in meiner Hand, als sie förmlich von meinen Fingern angezogen werden. Den Rest schüttele ich aus und breite ihn auf dem Boden aus, damit diese Steine mir den größeren Blick auf das Ganze ermöglichen. Erst danach lege ich meine drei dazu.

Kadlin sieht mir über die Schulter.

Ich sehe *Thurisaz*, den Riesen, die Macht Thors selbst, die zum Guten wie zum Schlechten wandeln kann. Sie kann Zerstörung, aber auch Regeneration bringen, eine kraftvolle, große Veränderung, schmerzvolle Ereignisse. Ich schlucke. Sie ist umrahmt von *Isa*, der eisigen Starre, und *Kenaz*, dem Feuer. Darüber liegt *Naudhiz*, die Not, die für Hindernisse und eine schwere Zeit steht, für die kosmische Kraft der Mächte. Rückschläge liegen vor mir, die mich mahnen, stark zu bleiben, den Schicksalsweg weiterzugehen, meiner Bestimmung weiter zu folgen. Leid und Not zu überwinden. *Perthro* sagt mir, dass ich am Anfang von etwas Großem stehe und nur durch mein Bauchgefühl zur Erkenntnis gelangen kann, wenn ich meine Aufgabe im Leben verstehen will. Ursache und Wirkung, Geburt und Wiedergeburt, verborgenes Wissen. Und jedem Anfang wohnt ein Zauber inne, fällt mir ein, eine Gedichtzeile von Hermann Hesse. Auch *Berkano*, die Birke, Baum des Lebens und des Todes, mahnt mich, mit mutigen Schritten voranzuschreiten, einem Neubeginn entgegen. *Raidho* – das Lebensrad, die Reise – schlägt noch einmal in dieselbe Kerbe. Dreimal geht es um Veränderung, Wachstum, Neubeginn. Ich muss mich setzen. Aber die Würfel sind bereits gefallen, auch das sagen die Runen. Und da ist *Eihwaz*, das treue Pferd. Es steht für Energie und Kraft. Bilder und Erinnerungen an meinen Schlaf an den Wurzeln des Weltenbaums drängen an die Oberfläche meines Bewusstseins. Meine Reise durch die Anderswelt steht unter großem Schutz. Alle anderen Runen liegen. Aber *Ingwaz*, das Himmelslicht, das die Wende zum Guten bringt, steht wie mein Nordstern über allem. Nach dem Rückzug, wie beim Kokon eines Schmetterlings, wird es Transformation, einen Neuanfang in neuer Gestalt bringen.

»Was bedeutet dieses Kreuz?«, fragt Flóki leise. Er zeigt auf *Gebo*, die erste der drei Runen, die mir förmlich in die Hand gesprungen sind.

»Das ist die Gabe Freyas«, erkläre ich. »Die Kraft der Liebe. Geschenk oder Opfer, je nachdem. Auf jeden Fall ist sie mit Großzügigkeit und Hingabe verbunden.«

»Auf Heirat und Freundschaft kann *Gebo* auch hindeuten«, ergänzt Kadlin, die ebenfalls neugierig näher gekommen ist. »Es geht um harmonische Beziehungen und Einigkeit.«

Ich werfe einen scheelen Seitenblick zu ihr hinüber.

»Was wirst du jetzt tun?«, fragt sie beinahe ehrfürchtig.

Ich betrachte die anderen beiden Schicksalsrunen.

Gleich neben *Gebo* liegt *Ansuz*, die das Erlangen und Anwenden magischer Kraft durch die Vorfahren symbolisiert.

»Dahin geht mein Weg. Das Wissen und die Verbindung zur göttlichen Kraft nutzen«, sage ich beklommen, und wir alle drei starren auf *Dagaz:* den Durchbruch, das Licht.

Ich sehe, wie Kadlin mit sich ringt. »Gut. Reiten wir zu Jórunn«, sagt sie endlich, und ich atme erleichtert aus. »Aber das heißt noch gar nichts!«, schiebt sie sofort hinterher. »Jórunn weiß, was zu tun ist. Und danach werden wir uns richten, klar?«

»Klar«, sagt Flóki, und auch ich nicke.

»Wir werden verfolgt«, sage ich nach einer Weile.

Flóki dreht sich im Sattel um und kneift die Augen zusammen. Es hat zu schneien begonnen, und er muss blinzeln, weil sich die Flocken zwischen seine Wimpern legen. »Ich sehe nichts.«

Kadlin folgt meiner Kopfbewegung mit den Augen. »Doch. Dahinten zwischen den Felsen ist irgendwas.«

»Wo denn?«

Ein paar Brachvögel flattern mit empörten Tüi-tüi-Rufen nur wenige Meter vor uns auf und fliegen davon. Unsere Pferde schnauben irritiert. Brúna macht einen kleinen Satz zur Seite, aber Flóki hat keine Mühe, das Gleichgewicht zu halten, obwohl er gerade nach hinten sieht.

»Jetzt ist es wieder weg.«

»Kann es sein, dass der Gode uns beobachten lässt?«, frage ich bang und streichele Auðna beruhigend über den Hals. Ich bin heilfroh, dass sie nicht gescheut, sondern nur den Kopf hochgerissen hat.

Vage Bilder aus meiner Kindheit steigen in mir hoch. Das Gefühl von Angst. Mutsch, die mich bei der Hand nimmt und mahnt, ganz leise zu sein, während wir uns in Häuserruinen ducken. Das

Klackern von Soldatenstiefeln auf Beton, während sie mir den Mund zuhält und das Herzklopfen in meiner Brust noch lauter ist. Es schlägt im gleichen Takt wie die Hufe unserer Pferde.

»Die hätten uns schon längst angehalten und gefragt, was wir vorhaben«, meint Kadlin.

»Das waren bestimmt nur Brachvögel.«

»Oder ein Polarfuchs, der einen Brachvogel jagt.«

»Oder ein hungriger Draugur.« Kadlin schneidet eine Grimasse.

»Nicht witzig«, sage ich.

Flóki betrachtet mich mit zusammengezogenen Augenbrauen. Ich habe Schweißausbrüche.

»Geht's dir nicht gut?«

»Doch, alles in Ordnung«, schwindele ich. Dann schüttele ich den Kopf. »Lasst uns umkehren.«

»Ha?«

»Ich muss zu Drifa. Da stimmt irgendwas nicht. Ich habe ein komisches Gefühl.«

»Aber …?«

»Bitte.«

Kadlin hebt ergeben die Schultern und wendet ihren Schecken. »Wie du wünschst.«

»Was ist denn los?«, fragt Flóki und lenkt Brúna neben mich.

»Ich habe keine Ahnung. Aber ich muss in den Stall. Jetzt.« Mein panisches Gefühl wird immer stärker. Ich schnalze mit der Zunge und tölte Auðna an. So sind wir einfach schneller als im Trab. Und diesmal kann ich diese Gangart auch auf Anhieb richtig gut sitzen. Nur schade, dass ich keine Zeit habe, es zu genießen. Denn im nächsten Moment lösen sich ein paar Steine von den Felsen über mir. Felsbröckchen und größere Klumpen Erde spritzen um mich herum. Alles ruckelt. Für die Pferde gibt es kein Halten mehr. In gestrecktem Galopp donnern sie das Bachbett entlang.

»Was war das?«, rufe ich panisch.

»Ein kleines Erdbeben«, sagt Kadlin und sieht mich angespannt an.

»Raus aus dem Bachbett«, sagt Flóki nur. »Schnell.«

»Wieso denn?« Mir sitzt der Schreck in den Knochen, aber das Rumpeln hat schon längst wieder aufgehört. Doch Flóki und Kadlin treiben bereits ihre Pferde auf den steilen Hang zu, und meine Stute hängt sich an die beiden dran und überholt sie sogar. Ich kann nichts dagegen tun, außer mich in die Bügel zu stellen, nach vorn zu lehnen und mit beiden Händen gut in der Mähne festzuhalten. Mit zwei Sätzen ist sie oben.

»Unter den Gletschern kann sich Tauwasser sammeln. Wie in einer Schale«, erklärt Flóki, während er Brúna hinter mir die Böschung hinauftreibt. »Man weiß nie, ob ein Beben einen Gletscherlauf auslöst«, japst er ein wenig außer Puste. »Dann haben wir gleich eine Flutwelle hier, so schnell kannst du gar nicht gucken.«

»Aber der Mýrdalsjökull ist doch weit weg«, wundere ich mich und sehe skeptisch zurück in das kleine Rinnsal unter uns.

»Täusch dich nicht«, sagt Kadlin. »Wasser ist schnell.«

Dann hören wir etwas rauschen. Die Pferde drängen weiter weg vom Rand, und das ist gut so. Denn tatsächlich schießt plötzlich eine Flutwelle da entlang, wo wir eben noch entlanggetöltet sind.

»Übergeschwappt«, sagt Flóki und grinst entschuldigend.

Ich schlucke trocken.

Ich versuche ja, mich an Kadlins Rat zu halten, dass Sorgen nur Kraft vergeuden und nichts bringen, aber ich kann nichts dagegen tun. Anscheinend sieht man mir das an. Oder vielmehr Auðna. Genervt wirft sie den Kopf und schlägt mit dem Schweif. Sie versucht, sich meinen Händen zu entziehen, weil ich die Zügel zu fest halte.

»Entschuldige«, sage ich und bemühe mich, lockerer zu werden.

»Langsam, es ist alles gut.« Flóki reitet neben mich. »Die warmen Quellen, erinnerst du dich?«

»Natürlich.« Ich werde rot, als ich an unser Bad denke, und finde es süß, dass er versucht, mich abzulenken.

»Sie entstehen dadurch, dass die Vulkane niemals schlafen, weißt du? Sie heizen sie unterirdisch ein. Darum dampft der Boden an manchen Orten so.«

»In der Nähe von Hveragerði ist das richtig schlimm«, bestätigt Kadlin. »Es stinkt und blubbert wie in einem Kessel von Teufels Großmutter.«

»Du musst es ja wissen«, foppt Flóki sie.

Ich muss mitlachen. Aber nur kurz. Dann nehme ich die Zügel wieder auf.

»Nach Hause«, bitte ich knapp und treibe Auðna bereits wieder an.

12. Glück und Glas …

Jórunn ging auf und ab. Wie ein Panther im Käfig tigerte sie immerzu hin und her, zwischen dem Tisch mit den vorbereiteten Kräutern und dem offenen Herdfeuer, auf dem das ausgelassene Schmalz köchelte. Sie hatte begonnen, Salben herzustellen, um sich abzulenken, aber sie konnte sich nicht konzentrieren. Sie wusste, dass Kadlin, Flóki und Erla auf dem Weg zu ihr waren. Und dass sie nie in der Höhle ankommen würden.

Sie wusste, dass das Zwischenwesen ihnen unterwegs auflauerte, sie aber nie erreichen würde. Und sie wusste, dass Kadlin alles daransetzen würde, dass Erla nicht zurückreiste, weil sie …

Die alte Kräuterfrau hielt inne. Das Mädchen hatte die fehlenden Seiten des Julibriefes gefunden, das erste Blatt. Das musste es sein. Aber dann wusste sie nicht, dass …

Jórunn rührte so heftig in dem Topf mit dem flüssigen Fett, dass es über den Rand spritzte und die Flammen sich zischend und auflodernd beschwerten.

Erschrocken fror sie mitten in der Bewegung ein. Vielleicht war das der Widerspruch in sich, ein Paradox? Ihr Versuch, sich nicht einzumischen, war in Wirklichkeit mehr Einmischung als alles andere. Sie starrte zu der einäugigen Katze hinüber, von der sie intensiv beobachtet wurde.

»Ich muss gehen«, erklärte sie, wischte sich die Hände am Rock ab und riss im Vorübereilen ihren Reitumhang vom Haken an der

Wand. Dann drehte sie auf dem Absatz noch einmal um und zog den Schwenkarm mit dem blubbernden Topf aus der Hitze. »Untersteh dich«, mahnte sie die Katze. Dann rannte sie hinaus.

Das Wesen kratzte sich am Hals. Hol das Mädchen, hatte der Meister gesagt. Ist nicht so schwierig, hatte der Meister gesagt. Ist doch nur ein dummes Kind und nicht von hier.

War selbst nicht von hier. Mochte die Kette nicht. Unnützes Klimperding. Danach lass ich dich laufen, und du bist frei, hatte er gesagt. Kannst fressen. Schlafen. Weggehen. Was du willst.

Ganz dummes Ding. So dumm. Aber der Meister hatte geholfen, als es dunkel war, so dunkel da drin. So allein.

Es war den Jugendlichen gefolgt, seit sie in den Bergen übernachtet hatten. In dieser Blechbüchse. Mit den kalten, glatten Wänden und dem Hagelwetter. Und immer Hunger, und es roch so gut. Die bösen Pferdezottel hatten gemeine Hufe. Mochten seine Nähe nicht. Man kam auch gar nicht an sie ran. Niemals fast. Ganz anders, als der Meister gesagt hatte.

Alles.

Aber nicht mehr lang jetzt. Bald geschafft. Und dann nach Hause. Hause gehen. Mochte nicht mehr. Waren immer einen Schritt schneller. Machten Lärm. Krach. Laut. Machten, dass der Himmel es nass spritzte oder mit Eiskugeln nach ihm schoss. Und jetzt kamen auch noch die Flocken. Weiß und kalt.

Es fletschte die Zähne und streckte die Zunge aus dem triefenden Maul. Verdutzt klappte es die Kiefer wieder zusammen.

Kalt und nass.

Noch einmal öffnete es weit das Maul, legte den immensen Kopf in den Nacken und sah in den Himmel.

Kalter Schnee. Schmolz auf der Zunge. Knurpste ein bisschen … und dann Wasser. Wie wenn man durch ganz dünne Knöchelchen biss.

Beglückt hockte es sich in den Schnee und schob noch einmal die Zunge in die Luft. Versunken brummend.

Zwei Vögel stoben auf. Machten tüi-tüi-tüi. Wieder laut und schrill. Immer Lärm! Weg da! Weg!

Das Untier reckte sich und schlug leer mit den Pranken in die Luft. Dann rumpelte die Erde. Es störte sich nicht weiter daran und schleckte am Schnee. Da fiel ihm etwas ein. Es sprang auf und sah sich um.

Das Bachbett war leer. Und Wasser kam. Viel davon. Nur keine Kinder mehr. Keine Pferde. Waren weg. Einfach weg. So gemein.

Mit den Nüstern suchte es die Witterung der Zweibeiner und ihrer Tiere. Dann galoppierte es auf allen vieren in dieselbe Richtung davon.

Immer, immer, immer kam etwas dazwischen. Aber jetzt war es sauer.

Im Stall ist alles ruhig. Mir fällt ein Stein vom Herzen, so schwer, dass man es mindestens bis Hvolsvöllur hören müsste, wenn nicht bis hinüber nach Reykjavík. Nichts ist eingestürzt. Das Erdbeben hat keine Schäden angerichtet. Flóki ist natürlich trotzdem ins Haus gerannt, um dort nach Sunna und den Kleinen zu sehen.

Drifa liegt entspannt im Stroh, als sei überhaupt nichts gewesen, nur die beiden Lämmer blöken mich zur Begrüßung an. Boogie hängt wie immer mindestens ein Heuhalm aus dem Mäulchen, und Woogie steht auf den Hinterbeinen, die Vorderfüße auf den kleinen Zaun gestützt.

Einen gnädigen Augenblick lang gelingt es mir fast zu glauben, dass der Brief, die Verletzung, sogar mein Unfall – dass alles, einfach alles – nur ein böser Traum war.

Aber dann stöhnt Drifa, und ihr Schmerz geht mir durch und durch, und ich muss der Realität ins Auge sehen, auch wenn mein Herz sich beharrlich weigert, das vom Kopf her zu verknüpfen. Mein tapferes Schimmelchen bemüht sich aufzustehen, aber es kann nicht. Drifa kommt nicht allein hoch. Mehrmals versucht die weiße Stute, sich mit der Hinterhand Schwung zu geben, aber sie hat einfach zu wenig Kraft. Sofort eile ich zu ihr und versuche, sie zu stützen, aber sie ist viel zu schwer, ich schaffe das nicht allein. Es ist unmöglich. Ich plumpse neben ihr ins Stroh.

»Kadlin, bitte hilf mir!«

Kadlin bleibt schweigend stehen. Sie sieht mich traurig an.

»Was?«, frage ich, aber sie gibt mir keine Antwort, sondern wendet sich Flóki zu, als er hereinkommt.

»Wir müssen sie wieder in den Flaschenzug hängen«, rufe ich ihm zu.

Flóki kommt jedoch nicht herbeigeeilt. Er wechselt einen langen Blick mit Kadlin, dann nähert er sich ganz langsam, geht neben mir in die Knie, wo ich mit Drifa sitze und ihren Kopf auf meinem Schoß halte. Sie hat sich erschöpft auf die Seite fallen lassen und atmet ganz schwer. Mein armes Schimmelchen, mein Schneegestöber. Flóki streicht mir sanft über den Rücken.

»Tu mir das nicht an!«, schluchze ich. »Bleib verdammt noch mal hier. Wir retten dich, hörst du?!«

»Erla, vielleicht ist es besser …«

»Nein!«, schreie ich Flóki an. »Ich will das nicht hören. Sprich es ja nicht aus, hörst du! In dem Brief stand, dass ich sie retten kann. Wir können das. Also tun wir es auch, verstanden?! Jetzt! Bringt mich nach 1783. Tut es einfach. Mich und sie.«

»Und wie willst du den Stein …?«

»Ich werde das blöde Ding schon finden. Wir brauchen Jórunn nicht.«

»Wie sollen wir das denn ohne sie anstellen?«, fragt Flóki.

»Vorausgesetzt, *dass* wir dir helfen können.« Kadlin stellt sich mit verschränkten Armen vor mich.

»Weil es nur ein Pferd ist, nicht wahr? Das willst du doch sagen, oder?« Ich blitze sie von unten herauf an. Dann lasse ich Drifas Kopf vorsichtig ins Stroh sinken und stehe auf. Meine ganze Hilflosigkeit, meine Wut, mein Zorn brechen aus mir heraus. Ich weiß, dass es ungerecht ist, dass sie vermutlich nicht einmal für ihr eigenes Pferd so ein Wagnis auf sich nehmen würde, weil sie einfach anders aufgewachsen ist. In einem Land mit einer so unerbittlichen Natur muss man sich früh an die Gesetze der Schöpfung gewöhnen. Es wird geboren und gestorben, und nur die Starken überleben lang genug. Aber ich bin nicht hier zur Welt gekommen, sondern in einem Land, in dem zwölf Jahre lang ein Verrückter an der Macht war. »Ich habe den Zweiten Weltkrieg überlebt. Ich habe alles verloren, meine Heimat verlassen, ich habe mich für euch entschieden statt für meine eigene Familie, und ich werde jetzt nicht dabei zusehen, wie mein Pferd stirbt«, tobe ich weiter.

Kadlin rollt mit den Augen, und ich kann es sogar verstehen. »Nein, Erla. Darum geht es gar nicht. Hör mir doch zu … Wenn Flóki seine Gabe für dich einsetzt, wenn er dich so weit zurückbringt, ist das gefährlich. Ist es das wert? Kann ein Pferd das wert sein, Erla? Bitte verlang das nicht von ihm. Du liebst ihn doch, und –«

»Ich werde ihr helfen, Kadlin«, fällt Flóki ihr ins Wort. »Es wird alles gut werden. Vielleicht hat das alles einen tieferen Sinn. Erla hat recht. Es geht nicht nur um Drifa. Wir können etwas tun! In der Vergangenheit!«

Kadlin sieht bestürzt von ihm zu mir.

»Und wenn es nur hundert sind, die mir zuhören«, mache ich genau da weiter. »Selbst wenn es nur ein Dutzend wären … oder ein Einziger – wenn ich eine Herde Schafe oder Pferde retten kann – wäre es das etwa nicht wert? Die Möglichkeit, unsägliches, grauenvolles Leid zu verhindern?«

Aus dem Augenwinkel nehme ich eine Bewegung wahr. Jórunn löst sich aus dem Schatten und sieht mich für den Bruchteil einer Sekunde unergründlich an.

»Doch. Das wäre es«, sagt sie mit heiserer Stimme. »Und du musst tun, was dir bestimmt ist, Erla Björksdóttir. Ich werde dich nicht aufhalten.«

»Jórunn«, sagt Kadlin überrascht.

»Wieso aufhalten?«, fragt Flóki.

»Für Erklärungen haben wir keine Zeit«, sagt Jórunn. »Ich dürfte gar nicht hier sein. Macht schnell, bevor er kommt.«

»Wer denn?«, frage ich verwirrt.

»Und wie?«, fragt Flóki.

Die Heilerin kommt mir irgendwie bekannt vor, aber ich kann ihre Gesichtszüge nicht einordnen. Vielleicht liegt es auch nur an den verschwommenen Erinnerungen, die ich an meine Blutvergiftung oder den Sturz habe. »Gib ihr dein Geschenk, Junge.«

Flóki starrt sie mindestens so verdutzt an wie ich. Geschenk? Jetzt?

Aber Jórunn meint es ernst, so wie sie guckt.

»Woher weißt du …?«

»Tu es. Jetzt!«, wiederholt sie und zieht ungeduldig die Augenbrauen zusammen.

Flóki gehorcht. Zögernd wühlt er etwas aus seiner Hosentasche. Es ist ein Anhänger, ein Stück schillerndes Glas, so wie es aussieht, wunderschön eingefasst in ein aus Pferdehaaren geknüpftes Nest.

»Ich habe die Scherbe am Strand gefunden«, erklärt er verlegen und macht einen Schritt auf mich zu. »Zuerst wollte ich sie Ulvi oder Jarle schenken. Aber sie passt viel besser zu dir. Die Fassung habe ich aus Schafwolle von deinen Lämmern und Schweifhaaren von Brúna, Auðna und Drifa gemacht.«

»Echt jetzt?«, platzt Kadlin heraus. »Dafür ist Zeit?«

Ich muss kurz grinsen, aber ich werde sofort wieder ernst, als ich das rund geschliffene Glas aus der Nähe betrachte.

»Flóki, das ist … wunderschön!« Staunend nehme ich das Schmuckstück an und hänge es mir um den Hals. Unsere Hände berühren sich, und es kommt mir vor, als würde durch das elektrische Bitzeln zwischen uns das Glas aufleuchten und ein ganzes Universum freigelegt werden. Ganz kurz nur, dann wird die Scherbe wieder dunkel.

»Das ist kein Glas«, sagt Jórunn leise. »Man nennt diesen Stein Labradorit. Er ist sehr selten und …«

Dann bricht die Hölle los.

Ein haariges Monster schießt durch die Tür und stürzt sich direkt auf mich. Ich kann seinen heißen, bestialisch stinkenden

Atem in meinem Gesicht spüren und bin vor Schreck wie gelähmt. Wie angewurzelt, ich kann mich keinen Zentimeter fortbewegen. Es ist wie ein Déjà-vu ... Ich bin zurück im Hochland. Auf Drifa. Es sind dieselben Pranken mit den zentimeterlangen Krallen, die nach mir ausholen. Aber diesmal kann Drifa mich nicht retten. Diesmal bleibt das Wesen selbst, hoch aufgerichtet in seiner tödlichen Kraft, mitten im Schlag einfach stehen.

Alles steht.

Mitten in der Bewegung eingefroren. Und nicht nur das Untier, sondern auch Jórunn, Flóki und die Lämmer. Nur ich kann mich bewegen, aber um ein Vielfaches verlangsamt. Meine Hand umklammert immer noch Flókis.

Kadlin hält die Arme weit ausgebreitet, so wie damals, als sie die Zeit auf Ingvars Hof für mich gebeugt hatte, damit ich nicht zu spät nach Hause kam. Sie sieht aus, als würde sie alles, was im Stall ist, in einen Mantel aus Energie hüllen wollen. Und der abgeschliffene Stein um meinen Hals fängt schwach pulsierend an zu leuchten.

»Was ist das? Was passiert hier?«, will ich panisch losschreien, aber selbst meine Stimme klingt gedehnt und gar nicht nach mir. Wie eine Schallplatte, die jemand mit der falschen Umdrehungszahl viel zu langsam von Hand abspielt.

»Ich beuge die Zeit, ich habe sie nahezu zum Stillstand gebracht«, knirscht Kadlin durch zusammengepresste Zähne hervor. »Aber mehr geht nicht. Ich kann das nicht lange halten. *Du* musst gehen, Erla. Das Vieh ist hinter *dir* her, sagt Jórunn.« Sie betont das ganz deutlich, und damit ich es auch wirklich verstehe, fügt sie in Gedanken hinzu: *Aber lass Flóki hierbleiben. Es kann ihn töten, wenn er euch drei trägt! Du hast den Brief gelesen, du weißt, was geschehen wird. Du verlierst ihn.*

»Das tue ich nicht«, widerspreche ich trotzig. »Ich halte ihn fest!«

»Ich habe den Brief auch gelesen«, antwortet Flóki plötzlich mit ruhiger, klarer Stimme und löst sich aus der Erstarrung, als würde sie für ihn nicht gelten. *Seine Gabe ist die stärkste von allen*, hallt es in meinem Kopf. *Aber auch die gefährlichste* – woher auch immer dieser Satz auf einmal kommt.

Er tritt so nah neben mich, dass ich das elektrische Kribbeln zwischen uns spüre, stärker als je zuvor. »Es ist gut, Kadlin. Ich weiß, was ich tue. Jórunn hat auch mit mir gesprochen. Und sie hat mir auch von der Prophezeiung erzählt. Sie ist die Weltenwanderin. Sie kann helfen. Es ist, wie sie gesagt hat, es geht längst um viel mehr.«

Ich verstehe kein Wort und glotze nur hilflos von einem zum anderen. Was für eine Weissagung? Ich will nicht, dass Flóki etwas passiert. Aber ich will auch nicht von ihm getrennt werden. »Wovon redet ihr? Was soll ich denn jetzt machen? Ich kann doch nicht …« Ich schüttele den Kopf. »Ich gehe nirgendwohin ohne euch.« Ich sehe mich nach einer Waffe um, einer Schaufel, einem Messer, irgendwas. Aber nichts davon ist greifbar. Mein Blick fällt auf mein sterbendes Pferd, dann auf Flóki. Es zerreißt mich.

»Könnt ihr nicht einfach das Vieh wegschaffen?«

»Dann würde Drifa ebenfalls sterben.« Ich weiß es selbst, in dem Moment, als es ausgesprochen wird, als hätte ich die Worte zur Sekunde gedacht.

»Dann soll es so sein. Ich bleibe.«

»Das wirst du nicht. Hör auf zu streiten«, herrscht mich Flóki an. »Ich werde auf dich warten. Ich verspreche es dir.« Er schielt zu Kadlin, und ich begreife, was er vorhat. Sie soll es nicht wissen.

Kadlin schnieft. Ihre Hände zittern. Ich sehe eine dünne Blutspur aus ihrer Nase rinnen und auf ihr Kinn tropfen.

»Es ist nicht mehr viel Zeit. Jetzt hau schon ab, Erla. Jórunn und ich vertreiben das Zwischenwesen, und ich passe auch gut auf deine Lämmer auf. Ehrenwort.«

»Aber …«, wende ich ein. Ich weiß, dass sie meine Gedanken liest. Das kann ich nicht tun!

»Es ist gut so. Keine Zeit jetzt! Geht jetzt. GEHT!«

»Du musst zu den Laki-Kratern, Erla. 1783«, redet jetzt Flóki auf mich ein.

»Ich bin mir da nicht mehr so sicher.«

Beschwörend nimmt er meine Hände in seine. Es ist, als ob er Strom durch mich hindurchschickt. »Die Zeitreise wird die Energie freisetzen, die von Anbeginn die deine war.«

Kadlin angelt mit einer Hand nach der Mistgabel, die ich gesucht habe, und hält sie wurfbereit auf das Zwischenwesen gerichtet.

»Nein, wartet, bitte. Es muss anders gehen. Das darf nicht sein. Mir fällt was ein. Gleich.« Ich dränge die Tränen zurück. Keine Zeit für so was, keine Zeit. Konzentrier dich, Erla Björksdóttir! Ich presse die Hände an die Schläfen, damit mir nicht der Kopf wegfliegt. Warum kann ich nicht ein ganz normales Leben mit meiner Mutter, Hrafn und Edda führen? Und mit Flóki?

»Wir müssen es *jetzt* tun! Folge deiner Bestimmung.«

Der Anhänger liegt glimmend und pulsierend auf meiner Brust. Er wird immer wärmer.

»Erla, schnell jetzt!«, stöhnt Kadlin. Ihre Nase blutet stärker. Jetzt fangen auch ihre Beine an zu zittern.

Mein Blick fliegt zu Drifa. Sie atmet kaum noch. Vor ihr auf dem gestampften Lehmboden haben sich zwei Strohhalme wie zufällig über Kreuz gelegt. Doch ich weiß, dass es nicht so ist. Die Rune *Gebo*, wie in meinem Orakel. Das Opfer der Liebe. Ist es das wert? Ich sehe Flóki an. Aber wie komme ich ohne ihn wieder zurück? Ohne Kadlin?

»Der Stein«, murmele ich und löse meine Hand aus Flókis, um den Anhänger mit meinen Fingern zu umschließen. »Eure Kräfte aktivieren ihn. Er hat begonnen zu leuchten, seit Kadlin die Zeit beugt. Durch die Energie der Zeitreise wird er aufgeladen, wie eine Batterie.«

Ich fixiere Jórunn. Sie kann nichts sagen, sie braucht es auch gar nicht. Er wird mich wieder nach Hause tragen. Zu ihm.

»Bist du bereit?«, fragt Flóki tonlos.

Er ist es offenbar. Er würde sein Leben für mich aufs Spiel setzen. Er tut es bereits. Ulvi hat mir erzählt, wie schrecklich blass er aussah, als er mich aus dem Hochland gerettet hat. Wie lange er Blut gehustet hat und Schmerzen hatte. Er dachte, niemand würde davon wissen, aber kleine Schwestern merken alles. Und petzen.

Wie gern würde ich ihn jetzt in den Arm nehmen, ihm sagen, wie lieb ich ihn habe, ihn noch einmal küssen, bevor wir uns … auf diesen Weg machen. Aber es ist keine Zeit dafür. Zeit …

»1783«, antworte ich entschlossen und drücke die Tränen in meinen Augen weg.

»1783«, wiederholt Kadlin.

Ich gehe zu Drifa hinüber, hocke mich zu ihr und greife in ihre Mähne. Dann sehe ich Flóki fest in die Augen.

Flóki nickt. Er ballt die Fäuste. Schweiß steht auf seiner Stirn. Er atmet keuchend, als um ihn herum ein Nebel entsteht, Nebel voll elektrischem Flimmern. Blitze, dünn wie Spinnweben, zucken darin herum und fahren in den Stein um meinen Hals. Jeder dieser Fadenblitze ist wie ein kleiner Stromstoß. Andere Blitze kommen dazu. Sie laden ihn auf.

Kadlins Energie hat ein dunkles Grün. Flókis ist violett. Meine ist petrolblau. Die Intensität unserer vereinten Farben zwingt mich, die Augen zu schließen.

»Es ist so weit«, höre ich Flóki von ganz weit her. Er streckt mir seine Hand entgegen. Aber ich werde sie nicht ergreifen. Ich will, dass er hierbleibt und auf mich wartet, wie er es versprochen hat. In Sicherheit. *Gebo.* Jeder muss ein Opfer bringen. Ich werde es schon irgendwie zurückschaffen. Ich habe ja den Stein.

»Jetzt!«, brüllt Kadlin.

»Ich hab dich lie–« Weiter komme ich nicht. Denn da reißt mich die wilde Kreatur um. Ich spüre den fauligen Atem in meinem Gesicht. Und dann sind da Flókis Fingerspitzen an meinen, haken sich ein, ziehen mich weg. Für den Bruchteil einer Sekunde, so kommt es mir vor, fließt die Zeit wieder normal. Dann rennt sie rückwärts. Flókis Finger rutschen durch meine. Er rammt das Zwischenwesen von der Seite. Doch es schlägt nach ihm, mit einem beiläufigen Tatzenhieb. Flóki stürzt.

Das Letzte, was ich sehe, ist Flóki, wie er mir seine Hand entgegenstreckt.

Dann bin ich in der Farbennebelnacht.

Strudel wirbeln um mich herum. Ich bin schwerelos, körperlos. Alles dreht sich. Zuerst verliere ich Kadlin. Ich kann sie nicht länger halten, dann rutscht auch Flókis Hand aus meiner. Etwas, das stärker ist als wir, reißt uns auseinander. Das Zwischenwesen? Ich spüre Fell. Nein, das ist Drifa. Sie trägt mich, sie ist bei mir. Lebt sie? Sind wir beide tot?

Da ist ein rotbärtiges Gesicht. Es sieht mich finster an. Hasserfüllt. Es macht mir Angst.

Mein Schrei verhallt tonlos im Nichts.

Ich sehe die Sterne, farbige Nebel und bunte Galaxien. Ich tauche ein, mitten in das Farbenspiel des pulsierenden Leuchtens. Schwärze, nein, dunkles Blau. Strahlendes Licht und formlose, undurchdringliche Dunkelheit wechseln miteinander, wie in einem kosmischen Urzeitgewitter. Bilder formen sich, Gestalten, Worte. Da ist eine Höhle. Ein Mädchen sieht mich an, sie entzündet ein Streichholz. Ihr ist so kalt. Ich sehe sie. »Es hat angefangen, Elin, Weltenwanderin, Weltenwandlerin. Ihr habt eine Aufgabe. Stellt euch der Zukunft. Du, Elin, gehe weiter. Du, Erla, gehe zurück. Folgt eurer Bestimmung, folgt den Schicksalsfäden, die die Nornen für euch weben. Kämpft.« Ich erkenne Jórunn, sie blickt mich aus einer spiegelnden Wasserfläche an, noch älter als jetzt, ihr langer grauer Zopf ist silberweiß geworden. Ihr wässriger Blick beginnt sich um mich zu drehen, zu weben und zu wirbeln.

Und da sind Nordlichter, nicht nur grün, sondern vielfarbig. Unsere Farben sind das: Flókis, Kadlins und meine – und die derer, die vor uns waren und die nach uns noch kommen werden. Schillernd und bunt tanzen die Nebel wie Feenkleider am Firmament.

Immer schneller, wilder, werden zu einer feurigen Morgenröte. Und dann:

Leere.

Absolutes Nichts.

Als ob Zeit und Raum stillstehen.

Lange.

Mir fällt auf, dass ich nicht mehr atme. Aber ich brauche Sauerstoff.

Ich will leben.

Keuchend hole ich Luft, es fühlt sich an, als ob ich einen ganzen See durchtaucht hätte.

Dann setzt das Drehen wieder ein, aber diesmal geht es von mir aus – nein – von dem Gegenstand auf meiner Brust. Eine kreiselnde Rückwärtsbewegung, gegen den Uhrzeigersinn, trudelnd, langsamer werdend, kommt zum Stehen. Ein kurzer Halt, ein Ruckeln, dann ein Vorwärtsziehen, als ob sich etwas auspendelt, mit dem Uhrzeigersinn nun. Schwingende Restenergie, die nicht recht weiß, wohin, bis der Takt sich selbst bestimmt und in normalem Tempo weiterlaufen kann.

Zeit.

Raum.

Ich.

»Wo bin ich?«

Meine Stimme hallt. Die Luft ist feucht, ich spüre sie kühl auf meiner Haut. Ein einzelner Tropfen platscht hallend auf den Boden, trifft auf Stein.

Das ist eine Höhle.

Bin ich allein?

Mein Kopf brennt wie Feuer. Etwas Warmes berührt mich, atmet neben mir. Fell. Es riecht nach Pferd. Schnaubt und kitzelt mich mit sanften Barthaaren und federweichen Lippen, als es mir übers Gesicht schnobert.

Sofort beruhigt sich mein tobendes Herz. Dann springt es mir vor Freude fast aus der Brust.

»Drifa«, flüstere ich in die Schwärze und taste hinein.

Freundliches, sanftes Blubbern ist die Antwort. Ich setze mich auf, bekomme wunderbar weiches Fell zu fassen, Mähne, Haut.

»Drifa«, juchze ich glücklich.

Meine Augen gewöhnen sich erst langsam an die Dunkelheit. Noch langsamer fließen Erinnerungsfetzen zusammen und versuchen, ein Ganzes zu bilden.

»Du … Es geht dir gut, oder? Es hat funktioniert!« Ich weiß noch nicht genau, was das bedeutet, aber das Gefühl ist überwältigend. Ich kann mein Glück kaum fassen, es gibt keinen Zweifel. Ich schlinge die Arme um Drifas Hals und rappele mich hoch. Meine Füße wollen mich im ersten Moment kaum tragen, mir ist schwindelig und speiübel, aber Drifa ist da. Mein Schimmelchen, mein Augenstern. Sie steht! Auf allen vier Beinen! Ich kann es kaum glauben. Es ist wohl ein Wunder. »Es hat funktioniert«, wispere ich noch einmal tonlos, weil meine Stimme versagt und ich nach dem übrigen Inhalt dieser Erinnerung suche.

Drifa ist wieder sie selbst. Ich taste sie am ganzen Körper ab, ihre Wunden sind verschorft. Alles trocken. Ein Wunder! Mein Pferd ist wieder gesund! Sie lebt! Wir beide leben! Ich stelle es nicht infrage, ich bin einfach nur glücklich.

»Es hat funktioniert!«, rufe ich jetzt aus voller Kehle und zucke zusammen, als das Echo von den Wänden prallt und mir antwortet, viel lauter, als ich gewollt habe.

»Ist jemand hier?«, versuche ich jetzt mein Glück, aber niemand antwortet außer meiner eigenen Stimme. Mein Herz klopft wie wild. Doch da ist noch etwas Pulsierendes, auf meiner Brust. Ich greife nach dem Anhänger, der in wunderschönen Farben sanft glimmendes Licht abgibt. Als wäre der Nachthimmel in diesem Stein gefangen. Die Milchstraße, mit Millionen flirrenden Glitzerpunkten. Eine weitere vage Erinnerung gehört dazu, die sich nicht mehr greifen lässt, wie ein Traum, der im Erwachen mehr und mehr verschwimmt. Aber einer dieser glitzernden Punkte ist mein Nordstern, so scheint es mir, nein – ich weiß es. Er leuchtet stärker als alle anderen, und um ihn herum tanzt vielfarbiges Nordlicht. Es leuchtet mir den Weg.

»Und jedem Anfang wohnt ein Zauber inne, der uns beschützt und der uns hilft, zu leben«, murmele ich, und mir wird wehmütig ums Herz.

Ich halte mich an Drifa fest und sehe mich um. Die Wände geben einen flackernden Lichtschein wieder.

»Kadlin? … Flóki?«, wispere ich in die Höhle hinaus. »Jórunn?«

Jetzt nehme ich auch schwach den Geruch von Rauch wahr. Ist das ein Lagerfeuer? Dann muss da Frischluft sein. Und wo Feuer und Luft sind, da sind auch Menschen.

»Flóki? Bist du da?« Mein Herz schlägt immer schneller. Natürlich wird er das sein. Wer denn auch sonst? Da war noch etwas anderes, etwas, das ich erledigen sollte. Ich runzele die Stirn. Nicht wichtig. Drifa und Flóki. Das ist wichtig. Mein Flóki. Ich habe keine Ahnung, wie er es geschafft hat. Mein Gedächtnis ist lückenhaft. Das spüre ich, aber das ist ebenfalls völlig egal. Er wartet auf mich, genau wie er es versprochen hat. Das ist alles, was zählt. Flóki – und Drifa an meiner Seite.

»Wir sind zurück! Komm«, sage ich euphorisch zu meinem Pferd. »Lass uns die anderen suchen und den Ausgang finden. Und dann machen wir uns auf den Weg nach Hause.«

FORTSETZUNG FOLGT

Glossar

Aussprache einiger isländischer Namen und Ausdrücke und ihre Bedeutung

Auðna, sprich »Öithna« (weiches englisches th wie in either): Glück

Barði, sprich »Barthi« (englisches th): der Bärtige

Brúna, sprich »Bruna«: die Braune

Drifa, sprich »Driewa«: Schneegestöber

Flóki, sprich »Flouki« (ou wie in blow): struppig, Filz

Gudny, sprich »Güthni«: die Göttliche

Hrafn, sprich »Hrapp«: Rabe

Hrafnhildur, sprich »Hrapphildür«: Rabenkampf

Hveragerði, sprich »Kweragerthi«: Stadt in Südisland

Ingvar, sprich »Ingwar«: Krieger Gottes

Jórunn, sprich »Jourüh(d)«: berühmte Zauberin Odins

Móðuharðindin, sprich »Mouthüharthindin«: die „Nebelhärte“

Rauði, sprich »Röithi« (englisches th): der Rote

Sóley, sprich »Soulej«: Hahnenfuß

Suðurland, sprich Süthürland: isländische Region, „Südland“

Urð, sprich »Ürth«: Schicksal

Verðandi, sprich »Werthandi«: das Werdende

Þingvallavatn, sprich »Thingwatlawah«: See in Südisland

Sæl!, sprich »Sajl«: Grüß dich!

Takk fyrir, sprich »tahk ferir«: Danke

Ég saknaði þín líka!, sprich »Jäh saknathi thin lika«: Ich habe dich auch vermisst.

Andskotans!: Verdammt!

Karin Müller
Nordlicht, Band 1:
Im Land der wilden Pferde
€ 10,00, Klappenbroschur
ISBN 978-3-505-14126-3
Ab 12 Jahren

Ausgerechnet Island – Schnee, Eis und Kälte! Die 15-jährige Elin ist alles andere als begeistert, als sie mit ihrer Mutter nach Island reisen muss. Und dann ist auch noch ein Ausritt auf Islandpferden geplant! Dabei ist für Elin eigentlich ganz klar: Pferde und Reiten, das war mal! Doch als sie auf Island ankommt, spürt sie sofort eine besondere, geheimnisvolle Verbindung zu der Insel. Ein wunderschönes Pferdeabenteuer im Land der Elfen, Feen und Trolle mit einem Hauch Romantik!

Nordlicht, Band 2:
Im Bann der wilden Pferde
€ 10,00, Klappenbroschur
ISBN 978-3-505-14176-8

Nordlicht, Band 3:
Die Magie der wilden Pferde
€ 10,00, Klappenbroschur
ISBN 978-3-505-14231-4

www.schneiderbuch.de

Karin Müller
Nordstern, Band 1:
Der Ruf der freien Pferde
€ 14,00, Klappenbroschur
ISBN 978-3-505-14355-7
Ab 12 Jahren

Das Prequel zur Bestseller-Reihe *Nordlicht*: So fing alles an!

Die 14-jährige Erla wandert im Sommer 1949 mit ihrer Mutter nach Island aus. Sie hat es schon in Deutschland nie leicht gehabt, weil sie Dinge sieht, die andere nicht wahrnehmen. Doch in dem fremden, neuen Land wird alles nur noch schwerer. Erla ist fassungslos über den dünnen Grat aus Respekt und abergläubischer Angst der Isländer vor dem Unsichtbaren Volk. Die Bauernfamilie, auf deren Hof sie arbeiten soll, treibt ein undurchsichtiges Spiel und schikaniert sie. Durch ein Missverständnis wird ihre Mutter weit entfernt untergebracht und selbst die Natur scheint sich gegen sie verschworen zu haben. Einzig die Pferde sind Erla Trost und Zuflucht. Mit ihnen erlebt sie ihre schönsten Momente, allen voran mit der Schimmelstute Drifa. Und da ist Flóki, der zu den Verborgenen gehört, und sie mit einer alten Kräuterfrau bekannt machen möchte. Erla gerät zusehends zwischen die Fronten – und dann überschlagen sich die Ereignisse.

Ein mitreißender Pferderoman vor der traumhaft-magischen Kulisse Islands.

www.schneiderbuch.de

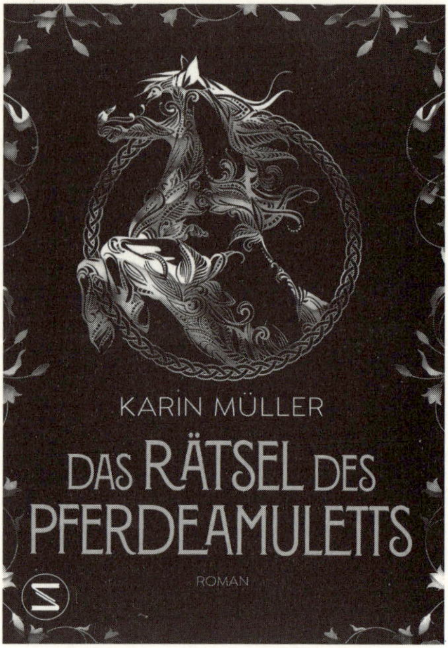

Karin Müller
Das Rätsel des Pferdeamuletts, Band 1
€ 12,00, Klappenbroschur
ISBN 978-3-505-14321-2
Ab 12 Jahren

Godje lebt nach dem Tod ihrer Eltern bei der von ihr nur liebevoll »Nana« genannten Oma. An ihrem vierzehnten Geburtstag findet sie auf dem Treppenabsatz vorm Haus ein geheimnisvolles Geschenk ohne Absender. Das kleine Paket enthält ein seltsames Amulett mit einer Darstellung der keltischen Pferdegöttin Epona. In den darauffolgenden Tagen passieren nun aber ungewöhnliche Dinge …

Das Rätsel des Pferdeamuletts, Band 2:
Godivas Geschenk
€ 12,00, Klappenbroschur
ISBN 978-3-505-14323-6

Das Rätsel des Pferdeamuletts, Band 3:
Eponas Erbe
€ 12,00, Klappenbroschur
ISBN 978-3-505-14415-8

www.schneiderbuch.de

Leseprobe aus

KARIN MÜLLER

DAS RÄTSEL DES PFERDEAMULETTS

Prolog

Die regennassen Blätter funkelten im Licht der Scheinwerfer. Sie sahen aus wie zerbrechliche Kunstwerke aus Glas. Und genau wie Kristall zerbarsten sie unter den rutschenden Hufen der Pferde. Was von den Blättern übrig blieb, war glitzernder Pflanzenbrei, auf den sich ein roter Tupfen verirrte.

Nasses Herbstlaub auf Teer und Asphalt und ein einzelner Tropfen Blut.

Als würde dem eisigen Regen das nicht gefallen, wusch er den Fremdkörper fort, verwässerte den unpassenden Schimmer, bis er kaum noch zu sehen war. Er verlor sich in öligen Regenbogenschlieren, im Widerschein blauer Lichter. Sie machten die Illusion von Glas in den angefrorenen Pfützen fast perfekt.

Die Stute starb ohne einen Laut. Ihr Körper lag quer auf der Fahrbahn. Ein zweites Pferd stand auf drei Beinen neben ihr, zitternd, schwer atmend. Männer in Stiefeln rannten an den beiden Tieren vorbei, auf den Graben zu. Sie hatten keinen Blick für das schwarze Fohlen, das auf unsicheren Hufen über die Straße tapste und mit hellem Stimmchen nach seiner Mutter rief. Die blinkenden Lichter der Sirenen spiegelten sich in dem kleinen Messingschild an dem noch viel zu weiten, nagelneuen Lederhalfter, in das erst am Vormittag sein Name eingraviert worden war. Die übrigen Pferde grasten mit aufgesperrten Nüstern am Straßenrand, jagten über ein abgeerntetes Maisfeld oder versuchten, zurück auf die Weide zu kommen.

Aus dem umgestürzten Fahrzeug drang für einen Augenblick ein Wimmern. Eine Frauenhand streckte sich nach dem Umriss des Mannes, der bei dem Unfall herausgeschleudert worden war.

Die Feuerwehrleute riefen sich Kommandos zu. Sie eilten zu den beiden Menschen, bargen die Frau. Sanitäter übernahmen. Der Tierarzt und sein Team waren fast zeitgleich zur Stelle. Sie kümmerten sich um die Pferde, schlangen Gürtel und Stricke um Hälse, um die Tiere in Sicherheit zu bringen. Versorgten Wunden, legten Verbände an. Überall eilige, routinierte Hände und Füße.

Gegen den Strom, wie in Zeitlupe, bewegte sich zwischen ihnen eine Frau, trat auf den Einsatzleiter zu, eine entsetzliche, stumme Frage auf den Lippen. Als er bedauernd den Kopf schüttelte, schlug sie die Hände vor den Mund, wich zurück, als habe er sie geschlagen, bis ein schrilles, junges Wiehern die zähen Schleier der Hintergrundgeräusche zerriss und in ihr Bewusstsein drang. Ihr Blick löste sich von dem Mann in Uniform und wanderte langsam zu dem schwarzen Hengstfohlen. Es stand auf den Hinterbeinen, riss sich von den Helfern los und trabte über die glitschige Fahrbahn zu seiner toten Mutter. Mit den Lippen begann es, das nasse Fell der weißen Stute abzutasten, zwischen den Beinen nach Milch zu suchen, den Körper zärtlich zu schubsen. Die Frau ging mit gesenktem Kopf auf die Tiere zu. Sie ließ das kleine Rappfohlen eine Weile gewähren. Dann griff sie nach dem Halfter. Ihre Hand verbarg das Messingschild. Nur noch der erste Buchstabe, ein großes A, war zu erkennen, als sie das Fohlen daran fortzog. Sanft. Beharrlich. Nach vorn gewandt.

Ihr Fuß streifte ein Päckchen. Es lag im Gras, unbeachtet, zwischen Glassplittern und Blech. Tropfen perlten von der hellbraunen Oberfläche des Packpapiers. Der Regen ging in Schnee über. Die königsblaue Tinte auf dem reich verzierten Aufkleber verschmierte mit jedem Regentropfen mehr. »Für Godje« war zwischen den Schlieren zu erkennen.

Unbemerkt trat eine dunkle Gestalt aus den Schatten. Sie bückte sich und hob es auf.

Die Frau hielt einen Moment inne, zögerte, als ob sie sich umdrehen wollte. Doch sie schüttelte sich nur kurz, wie wenn ihr ein Schauer über den Rücken liefe. Dann ging sie entschlossen weiter. Jeder Schritt schien sie enorme Willenskraft zu kosten. Aber sie drehte sich nicht mehr um. Der Dunkle verschwand ebenso leise, wie er gekommen war.

1. Silber, Zimt und Packpapier

Zehn Jahre und einen Tag später

»Happy birthday to you, happy birthday to you, happy birthday, liebe Godje, happy birthday, to youuuuuu!« Ein Funkenregen aus Wunderkerzen sprühte um Nanas Gesicht, als sie die Geburtstagstorte aus der Küche hereintrug. Vorsichtig stellte sie den Teller vor mir auf den Esstisch.

Ich hibbelte auf meinem Stuhl herum. Stillsitzen war noch nie eine meiner herausragendsten Fähigkeiten gewesen. Wie lange sollte ich mir denn noch die Augen zuhalten? Das war verflixt schwer! Heimlich linste ich ein drittes oder viertes Mal durch meine Finger. Ganz kurz nur.

Der Tisch war überladen mit bunt eingepackten Geschenken. Jedes einzelne war liebevoll mit Schleifchen, Glitzer oder Aufklebern verziert. Unsere beiden Frühstücksgedecke fanden kaum Platz inmitten der vielen Päckchen, und einen farbenfrohen Blumenstrauß hatte ich auch schon entdeckt.

Meine Nana rückte mit einer knappen, zärtlichen Handbewegung das Foto zurecht, das wie immer zwischen den beiden Tellern am Kopfende stand. Ich biss mir auf die Unterlippe.

Ihre Finger ruhten einen Moment auf dem Silberrahmen. Dann atmete sie aus und wendete sich mir zu.

Schnell schloss ich den Spalt zwischen meinen Fingern.

»Alles Gute zum Vierzehnten, mein Engel«, rief sie und wischte sich die Hände an der Küchenschürze ab. »Augen auf!«

Das ließ ich mir nicht zweimal sagen. Ich blinzelte bühnenreif und ließ meinen Blick über das Geburtstagsbüfett und die Funken sprühende Torte schweifen. »Wow! Danke, Nana!« Endlich aus meiner erzwungenen Ruhe befreit, sprang ich auf und schlang meine Arme um ihre weichen Schultern. »Du bist die allerbeste Oma auf der ganzen Welt.«

Nana drückte mich schmunzelnd an sich. »Na, das will ich doch hoffen. Schließlich ist das mein Lieblingsjob.«

»Ach was, ich bin nur ein Job für dich?« Ich wand mich aus der Umarmung und grinste meine Großmutter an. Für ihr Alter hatte sie einen ziemlich festen Griff.

Nana lächelte zurück. »Immerhin machst du inzwischen nicht mehr ganz so viel Arbeit wie früher.«

»So, so!« Spielerisch drohend zog ich die Augenbrauen zusammen und bewegte den Zeigefinger vor Nanas Gesicht hin und her. Die Sache mit dem Job war ein Running Gag zwischen uns, weil sie für die Vormundschaft ein wenig Geld bekam: Zum Leben zu wenig und zum Sterben zu viel, pflegte sie zu sagen.

Nana schüttelte den Kopf. »Du bist meine Berufung und mein größter Schatz.« Lachend packte sie mich an den Ohren und schmatzte mir einen Kuss auf die Stirn.

»Schon besser!«, antwortete ich und feixte. Dann drehte ich mich zum Tisch. Die Päckchen zogen mich magisch an, und Hunger hatte ich auch. »Lass mich raten – die gleiche Prozedur wie letztes Jahr? Nur *ein* Geschenk vor der Schule …?«

»Die gleiche Prozedur wie in jedem Jahr!«, bestätigte Nana. »Nur ein Geschenk! Aber bevor du es öffnest, puste zuallererst die Kerzen aus.« Sie zeigte auf die Torte, auf der die Wunderkerzen inzwischen längst verglimmt waren. Aber vierzehn schmale Kerzen genügten, um langsam die Sahne zum Schmelzen zu bringen.

Ich gehorchte.

Für einen Moment schloss ich die Augen und sammelte mich. Ich wusste genau, was ich mir wünschte, auch wenn dieser Wunsch niemals in Erfüllung gehen konnte. Es war mein eigenes kleines Geburtstagsritual. Dann holte ich tief Luft und blies mit aller Kraft.

Ein Licht nach dem anderen verlosch. Vierzehn dünne Rauchfäden waberten gemächlich Richtung Zimmerdecke, während ich versuchte, wieder zu Atem zu kommen. Ich sollte dringend mit Sport anfangen.

»Bravo!«, lobte meine Großmutter und lud mir ein Riesenstück Marzipantorte auf den Teller. »Was hast du dir gewünscht?«

»Das darf man doch nicht verraten, Nana! Das weißt du genau.« Ich zwinkerte ihr zu, stopfte mir einen Riesenhappen Sahnecreme mit Biskuit in den Mund und schielte kauend zu den Päckchen. »Welbffeff bffoll ibff bemm –?« Schnell schob ich noch eine Gabel voll Kuchen hinterher und spülte mit einem Schluck heißer Zimtschokolade nach. Blöde Schule. Zumindest an Geburtstagen sollte man vom Unterricht befreit werden.

Nana tippte wie nebenbei mit der Fingerspitze auf eine kleine türkisfarbene Schachtel mit goldenem Kräuselband. Also streckte ich brav die Hand danach aus. »Na gut. Wenn du meinst?!«

Mit fliegenden Fingern zupfte ich am Knoten herum. Dabei fiel mein Blick aufs Ziffernblatt meiner zerkratzten Armbanduhr. Mir blieb nicht mehr viel Zeit.

Vielleicht war in diesem Päckchen ja die lang ersehnte neue Uhr drin? Die mit dem schicken Lederarmband, die wir neulich im Schaufenster in der Fußgängerzone in der Stadt gesehen hatten? »Verflixt, ich muss gleich los. Sonst verpasse ich den Bus … na hopp, geh schon auf!«

Endlich gab das Band nach. Ich ratschte das Papier weg und hielt ein weiteres Schächtelchen in der Hand. Langsam klappte ich den Deckel zurück.

Aus dem Augenwinkel sah ich, wie meine Großmutter die Hand auf ihr Dekolleté legte. Das tat sie immer, wenn sie nervös war.

»Was ist das?«, fragte ich leise und kaute auf meiner Lippe herum. Ich wagte kaum, den flachen silbernen Gegenstand zu berühren. Kunstvolle Ornamente waren in das kleine Oval graviert. Behutsam strich ich mit der Fingerkuppe über die Struktur.

»Das ist ein Familienerbstück«, flüsterte Nana und räusperte sich. »Man kann es öffnen. Ich bin mir sicher, deine Mutter hätte gewollt, dass du es heute bekommst. Es ist also eher ein Geschenk deiner Eltern als von mir. Ein kleiner Bilderrahmen, den du dir umhängen kannst.«

Was sie nicht aussprechen musste, weil es uns beiden schmerzlich bewusst war, war die Tatsache, dass wir beide heute eigentlich unser Zehnjähriges hatten.

Ich nickte stumm. Was hätte ich dazu auch sagen sollen. Meine Eltern waren seit zehn Jahren tot, auf den Tag genau. In den ersten Jahren danach hatte ich mich überhaupt nicht mehr auf meinen Geburtstag freuen können – bis Nana beschloss, dass wir ihn künftig und bis in alle Ewigkeit um einen Tag nach hinten verschieben würden, auf den 19. Dezember. Seitdem gingen wir an meinem ursprünglichen Geburtstag erst auf den Friedhof und dann in die Kirche. Dort zündeten wir eine Kerze an – und tags darauf feierten wir das Leben, mein zweites Leben bei Nana, wie sie sagte. Jedes Jahr mit einer Kerze mehr auf der weltbesten selbst gebackenen Torte. Mit extraviel Marzipan, nach Bourbonvanille schmeckender Sahne und hausgemachter Himbeermarmelade. Das fühlte sich wunderbar an und schmeckte auch so. Vor allem, wenn es dazu heiße Schokolade mit einer Prise Zimt gab – mein absolutes Lieblingsgetränk.

In Zeitlupe nahm ich das kleine Oval von seinem samtigen Polster und drehte es zwischen meinen Fingern hin und her. Es wirkte beinahe wie ein kleines Buch an einer silbernen Kette, es fühlte sich kühl an, und ein leichter Schauer rieselte mir über den Nacken. An der Seite fand ich ein winziges Häkchen. Hier konnte man den Verschluss entriegeln. Unsicher sah ich zu Nana. Sie nickte mir aufmunternd zu. Ihre Augen schimmerten verdächtig.

Der Mechanismus klemmte ein wenig. Im Gegensatz zum Rest des Schmuckstücks wirkte er neu, vielleicht war das Medaillon an dieser Stelle einmal repariert worden. Ich hielt die Luft an und vergaß sogar, meine armen Lippen zu zerbeißen. Meine Eltern blickten mich an. In Farbe. Mein Vater Fergus links, meine Mutter Chloe rechts, auf den Innenseiten der silbernen Ovale. Gänsehaut pur. Sie schauten mich fröhlich an. Gut gelaunt. Freundlich. Und fremd. Da war eine gewisse Distanz. Die aber natürlich nicht mir galt, sondern einem unbekannten Fotografen. Ich starrte in die Gesichter, als könnten sie mir Antworten auf all meine Fragen geben. Eine Sekunde lang. Was war damals passiert? Warum habt ihr mich allein gelassen? Und warum tragen wir alle so komische Namen? Zwei Sekunden. Dann klappte ich das Medaillon entschlossen zu. Ich fühlte Nanas Blick auf mir. Die Erinnerung ehren und lebendig halten, aber niemals in der Vergangenheit herumstochern, das war ihr Credo, mit dem ich aufgewachsen war. Darum sprachen wir auch nie mehr darüber, was damals genau passiert war. Sie schien auf etwas zu warten.

»Das ist … das ist … Danke!«, stammelte ich und flüchtete in Nanas Umarmung.

»Gefällt's dir?«, fragte sie leise und strich mir über den Kopf. Ihre Hand zitterte leicht. »Du bist jetzt vierzehn, und da deine Eltern …« Sie brach ab. »Du kannst es auf deinen Nachttisch stellen … oder auf deinen Schreibtisch. Oder dir umhängen. Ganz wie du magst. Sie haben es für dich richten lassen. Damals. Kurz bevor …«

Ich nickte. Wir wollten nicht weiter darüber reden. »Legst du's mir um?«

Nana hielt mir schweigend ihre geöffnete Hand hin, und ich ließ den Anhänger hineingleiten, drehte mich und schob mir dabei die verwuschelten Haare aus dem Nacken. Ich wusste noch nicht, wie ich das Gefühl des kühlen Silbers auf meiner Haut fand. Ich zuckte kurz, und mein Herz klopfte, doch Nanas Hand auf meiner Schulter bildete einen seltsam beruhigenden Kontrast. Ich tastete danach, und ihre Finger hielten meine umschlossen. Warm und gut. Ich atmete tief durch.

Unsere alte Küchenuhr schlug halb. Erschrocken machte ich mich los. »Verflixt, ich muss zum Bus!« Bedauernd schielte ich zu meinem halb leer gegessenen Kuchenteller und spurtete los.

Meine Schultasche wartete bereits neben den Stiefeln im Flur. Eilig klemmte ich mir die Jacke unter den einen und den Rucksack über den anderen Arm. Ich ließ mir von Nana noch eine letzte Gabel voll Torte in den Mund schieben. Dann riss ich die Tür auf. Mit dem nächsten Schritt versetzte ich einem unscheinbaren, kleinen grauen Paket einen schwungvollen Tritt. Es rutschte von der Fußmatte, wo es mitten im Weg gelegen hatte, und blieb zwischen den Blumentöpfen und Tonfiguren liegen. Ich war buchstäblich darüber gestolpert. Irritiert starrte ich dem Ding hinterher. Wieso hatte der Absender denn nicht geklingelt? Oder hatten wir es nicht gehört?

»Geburtstagskind, yaaaayyyyy!«, schallte es zu uns herauf. »Beeil dich, sonst müssen wir laufen!«

Ich riss meinen Blick los. Am Rosenbogen, der die beiden weißen Mäuerchen links und rechts von der Eingangspforte zu unserem Häuschen krönte, standen Fenja und Lou mit zwei knallroten Ballons. Sie winkten hektisch. Auf dem einen erkannte ich eine Eins, auf den anderen war eine Vier gemalt.

»Wow, guck mal, wie cool!« Meine Miene hellte sich schlagartig auf. Eilig drückte ich Nana einen Abschiedskuss auf die faltige Wange. »Ich glaube, ich muss mich jetzt wirklich beeilen!«

»Das sehe ich auch so!«

Ich registrierte noch halb, wie Nana den beiden zuwinkte, dann galt meine Aufmerksamkeit voll und ganz meinen überdreht auf und ab springenden Freundinnen. Das graue Päckchen würde auf meine Rückkehr warten müssen.

Wir rannten den ganzen Weg durch die Reihenhaussiedlung zur Haltestelle, und doch hätten wir den Bus beinahe um Haaresbreite verpasst. Der Fahrer staunte nicht schlecht, als wir uns mit Luftschlangen um den Hals und den beiden äußerst widerspenstigen Ballons ins Wageninnere und bis nach hinten durchquetschten, aber er guckte nicht mürrischer als sonst auch. Maria hüpfte unruhig auf ihrem Platz herum. Sie erwartete uns bereits. Erleichtert atmete sie auf und räumte ihr großzügig verteiltes Gepäck vom Vierersitz unter der Heckscheibe auf den Boden: Plastiktüten, Büchertasche, Winterjacke, Mütze, Sportbeutel. *Sportbeutel?* »Oh nein! Ich habe meine Sportsachen vergessen!«

»Jetzt schon Alzheimer? Ist das nicht ein bisschen früh?« Fenja knuffte mich grinsend in die Seite.

»Ihr hättet doch auch mitdenken können«, beschwerte ich mich und ließ mich von Maria abküssen.

»Herzlichen Glückwunsch, du vergessliches Huhn! Da seid ihr ja endlich. Ich dachte schon, ihr lasst mich hängen.« Sie tauschte Blicke mit einer Frau in den Vierzigern, die grimmig jede ihrer Bewegungen verfolgte. Die Regiobusse bei uns im Landkreis beförderten nicht nur Schüler. Wer als Erwachsener morgens mit den Öffis fuhr, sah sich allerdings einer eingeschworenen minderjährigen Übermacht gegenüber. »Happy, happy birthday!« Maria knuddelte mich durch, und die Erwachsene, die ein Gesicht machte, als hätte sie in eine Zitrone gebissen, drehte sich weg.

»Danke. Ich habe meine Sportsachen vergessen!«, jammerte ich.

Lou kicherte. »Das ist so typisch. Wahrscheinlich wird das mit vierzehn alles noch schlimmer mit dir statt besser.«

»Vergiss Sport. Was hast du geschenkt bekommen?«, wollte Fenja wissen.

Ich setzte ein Gewinnergrinsen auf. »Berge«, behauptete ich. »Aber ihr wisst ja, dass ich die erst nach der Schule aufmachen darf.«

»Nicht mal eins?«, bohrte Maria.

Ich schüttelte den Kopf. »Keine Zeit gehabt.« Hoffentlich schoben sie meinen roten Kopf auf die stickige Luft hier drin. Warum auch immer, ich konnte es nicht begründen. Aber ich hatte keine Lust, ihnen mein Medaillon zu zeigen. Das war … privat. Oder zumindest war der Regionalbus dafür nicht der passende Ort.

»Und, willst du feiern?« Lou sah mich mit schief gelegtem Kopf von der Seite an. »Frag nicht, ob, sondern wann«, mischte sich Tessa ein und hakte mich unter. »Du musst unbedingt Jungs einladen«, zischte sie mir verschwörerisch ins Ohr. »Fynn kann Bier besorgen.«

Ich verdrehte die Augen. »Nicht witzig!« Natürlich war das ein Witz, aber ein schlechter. Ich hatte weder Lust auf Alkohol noch auf Fynn und seine Freunde, und wenn Tessa ihn auch noch so süß fand. Im letzten Dezember musste ich *unbedingt* mit zur Weihnachtsfeier im Reitverein, weil Fynn da eine Quadrille mitgeritten war. Ausgerechnet am 18. Dezember, ich hasse dieses Datum! Ein unglaublich langer Nachmittag, vor allem, wenn man nur das Alibi ist. Die Kälte in dieser Reithalle kroch mir in jede Pore, und natürlich durften wir uns auch nicht auf die Strohballen gleich hinter der Absperrung setzen. – Da hätte er uns ja sehen können! Was für ein Quatsch – deswegen waren wir doch da, oder nicht?

Ich hatte keine Ahnung von Pferden und außerdem immer das Gefühl, dass sie mich anstarrten. Tessa fand, dass ich einfach eine blühende Fantasie hatte und dass Pferde so was nicht machten, aber mir passierten immer komische Dinge mit Pferden. Und ich wusste zufällig, dass Tessa keine Ahnung hatte und sich auch nur für diese Riesenviecher interessierte, seit sie auf Fynn stand. Das hinderte sie aber nicht daran, mir alles über Quadrillen zu erklären. Jetzt wusste ich also, dass das eine Art Synchronreiten mit mindestens vier Pferden und Musik war. Falls ich mal einen Blog mit unnützem Wissen schreiben sollte – Q wie Quadrille war schon mal abgehakt. Vor allem auch, weil mich eine der Reiterinnen dafür rundmachte, dass ihr Zosse mir am Tor fast auf den Schoß gesprungen wäre. Blöde Tussi. Ich meine, was konnten wir denn dafür, dass sie ihr Biest nicht im Griff hatte? Ehrlich, ich hätte mir fast in die Hosen gemacht, als das Ungetüm plötzlich neben uns alle vier Hufe in den Boden rammte, ihr die Zügel aus der Hand riss und seinen Kopf an meiner Schulter rieb. Ich dachte tatsächlich, es frisst mich auf, als es dann auch noch durchdringend wieherte und alle Pferde in der Nähe antworteten. Ich hielt mir die Ohren zu. Und Tessa war keine Hilfe! »Unauffällig, hab' ich gesagt«, zischte sie und zerrte mich weg, nur damit Fynn uns in dem Tumult nicht doch noch bemerkte.

Zu Hause bekam ich dafür auch noch den Ärger meines Lebens mit Nana. Sie mochte Pferde noch weniger als ich. Nana flippte schier aus, weil ich nach »Misthaufen« roch, und das auch noch einen Tag vor meinem Geburtstag. »Wir sind sowieso schon spät dran! Geh duschen! Zieh dich um! Sofort!« Sie griff nach einer Bürste und schrubbte hysterisch an meiner Jacke.